CRISTINA EXTERNEST

Dolce Vita ohne Dieter

GOLDMANN

Buch

Nomen est Omen – davon ist Susanne Klein überzeugt. Hieße sie Angélique, Laetitia oder wenigstens Alicia, wäre ihr Leben garantiert weitaus aufregender. So aber muss sie sich mit einem ziemlich langweiligen Dasein als arbeitslose Bibliothekarin, Vollzeithausfrau und Gattin von Steuerberater Dieter begnügen.

Zu ihrem vierzigsten Geburtstag bekommt Susanne von Dieter eine vollautomatische Brotbackmaschine, obwohl sie sich ein romantisches Wochenende in Italien gewünscht hat. Als Dieter sich dann auch noch von der blutjungen Vanessa verführen lässt, hat Susanne endgültig genug: Sie steigt in den nächstbesten Flieger nach Italien. Dieters Kreditkarte nimmt sie natürlich mit, und seine Geliebte ebenfalls. Zu Susannes Überraschung ist Vanessa eine tolle Reisebegleitung, denn sie weiß, wie man das Leben genießt …

Weitere Informationen zu Cristina Externest sowie zu lieferbaren Titeln der Autorin finden Sie am Ende des Buches.

Cristina Externest

Dolce Vita ohne Dieter

Roman

GOLDMANN

FSC
www.fsc.org
MIX
Papier aus verantwortungsvollen Quellen
FSC® C014496

Penguin Random House Verlagsgruppe FSC® N001967

1. Auflage
Originalausgabe August 2022

Umschlaggestaltung: UNO Werbeagentur GmbH
Umschlagmotiv: FinePic®, München
Redaktion: Anne Fröhlich
LS · Herstellung: ik
Satz: GGP Media GmbH, Pößneck
Druck und Bindung: GGP Media GmbH, Pößneck
Printed in Germany
ISBN: 978-3-442-49157-5

www.goldmann-verlag.de

Prolog

Shakespeare hatte keine Ahnung. Er lag völlig daneben, als er Julia die berühmten Worte in den Mund legte: »Was ist schon ein Name? Was wir eine Rose nennen, würde mit einem anderen Namen genauso süß duften.«

Das war natürlich völliger Unsinn. Und niemand wusste das so gut wie Susanne. Als ob sich ein Romeo jemals in eine Frau verliebt hätte, die zum Beispiel Doris hieß. Oder Irene. Oder eben Susanne.

Susanne!

Dieser Name klang nach: Anzüge immer pünktlich aus der Reinigung abholen, das Essen nie anbrennen lassen, niemals den Geburtstag der Schwiegermutter vergessen, Eingefrorenes grundsätzlich mit Datum beschriften und »für den Notfall« stets Nähzeug in der Handtasche mit sich führen. Neben Taschentüchern und Pflastern, versteht sich.

Eine Susanne war immer nett.

Susanne hatte es satt, Susanne zu sein. Und das nicht erst seit Kurzem. Eigentlich schon seit langer Zeit, genau genommen, seit sie denken konnte. Oder zumindest, seit sie lesen konnte. Also ungefähr seit fünfunddreißig Jahren.

Susanne hatte schon immer gerne gelesen. Schon in der Grundschule war sie ein Bücherwurm gewesen; als Teenager wurde das Lesen geradezu zur Obsession. Tage- und nächtelang entfloh sie so dem Susanne-Sein. Die Heldinnen in ihren Büchern hießen Angélique oder Cassia oder Violetta. Sie waren begehrenswert und umschwärmt, sie lebten auf Schlössern, bekamen Heiratsanträge von Grafen und führten rund um die Uhr ein aufregendes Leben. In teuren Kleidern und auf hohen Schuhen natürlich.

Es war nur folgerichtig, dass Susanne Bibliothekarin wurde. Allerdings hatte sie nicht erwartet, dass sie nach einem fünfjährigen Hochschulstudium in einer kaum frequentierten Kleinstadtbibliothek von morgens bis abends Karteikarten sortieren und Bücher in Regale einräumen würde. Und schon gar nicht erwartet hatte sie, dass nach über zehnjähriger akribischer Pflege besagter Karteikarten – es waren circa achttausend Stück – jemand kommen und die Kärtchen innerhalb von Sekunden entsorgen würde, ohne auch nur mit der Wimper zu zucken.

Die Stadt hatte auf ein Computersystem umgestellt,

und das machte Susannes Arbeit noch langweiliger – aber nicht lange, denn ein halbes Jahr später wurde die Bücherei geschlossen.

Durch eine Verkettung unglücklicher Umstände wurde Susanne somit im Alter von sechsunddreißig Jahren zur Vollzeit-Hausfrau. Wobei die Verkettung hauptsächlich darin bestand, dass sie mit Dieter verheiratet war. Und die unglücklichen Umstände waren die Tatsache, dass es weder in ihrer Heimatstadt noch in erreichbarer Umgebung eine Bücherei gab, die zusätzlich zu den zwei bis fünf Susannes, die sie bereits beschäftigte, eine weitere brauchte.

Seit vier Jahren widmete sich Susanne nun also mehr oder weniger ausschließlich der Aufgabe, Dieters Leben, das sowieso schon viel zu geordnet war, noch geordneter zu gestalten.

Dieter war Steuerberater. Er hatte eine eigene Kanzlei, die er zusammen mit seiner Zwillingsschwester Anna führte. Das war vielleicht nicht sehr aufregend, aber er war ein zuverlässiger Ehemann, der Susanne ein sorgenfreies und bequemes Leben bot. Und mehr als einen Dieter konnte eine Susanne wohl nicht erwarten.

Ein sorgenfreies und bequemes Leben war wichtig und erstrebenswert, das hatte schon ihre Mutter immer gesagt. Ruth war eine praktisch denkende Frau und hatte ihren Mann Walther – Susannes Vater – ganz offensichtlich nach den entsprechenden Kriterien ausgesucht. Das einzig Aufregende und Unerwartete an Walther war das »h« in seinem Namen. Er war Beamter bei der Stadtverwaltung gewesen und inzwischen im Ruhestand. Wie Susanne war auch ihre Mutter Hausfrau.

Sie könne sich wirklich nicht über Dieter beschweren, fand Ruth. Er verdiente gut, war weder gewalttätig noch Alkoholiker, und er betrog Susanne auch nicht mit anderen Frauen. Er war sauber und ordentlich, und zweimal im Jahr fuhren sie zusammen in den Urlaub. Im Frühsommer nach Portugal und im Herbst nach Wangerooge. Was wollte sie mehr? Susanne hatte doch wirklich allen Grund, zufrieden zu sein.

Sicher, sie wäre gerne auch einmal woanders hingefahren oder zumindest zu einer anderen Zeit verreist, aber Dieter hatte ihren Vorschlägen immer schlagkräftige Argumente entgegenzusetzen: »Was willst du dich denn in den Schulferien mit all den Familien in Spanien um die Sonnenliegen streiten? Außerdem ist es im Hochsommer viel zu heiß am Mittelmeer.« Und: »Italien im Herbst? Wangerooge ist doch schön, außerdem ist der Service im Hotel immer ausgezeichnet.«

Eigentlich hatte Susanne wirklich nie einen Grund gehabt, sich über ihr Leben im Allgemeinen und Dieter im Besonderen zu beschweren. Doch dann war plötzlich alles anders geworden …

Erstes Kapitel

Alles begann mit Susannes vierzigstem Geburtstag.

Sie war den ganzen Tag gereizt. Statt stundenlang in der Küche zu stehen, um das Abendessen für die Verwandtschaft vorzubereiten, wäre sie an diesem Donnerstag viel lieber mit ihrem Mann zum Essen ausgegangen. Ihre Eltern und Schwiegereltern, Dieters Tanten sowie seine Zwillingsschwester Anna und ihre beiden Söhne – ebenfalls Zwillinge – hätte man auch am Sonntagnachmittag zum Kaffee einladen können.

Aber Dieter fand, dass es praktischer war, »alles in einem Aufwasch« zu erledigen. »Dann haben wir den Sonntag für uns«, argumentierte er.

Womit gemeint war, dass er bei schönem Wetter in den Tennisclub gehen konnte.

»Aber wenn du unbedingt Kuchen haben willst, dann mach doch einfach eine richtige Geburtstagstorte zum Nachtisch, mit Kerzen zum Ausblasen für die Kinder!«, setzte er hinzu.

Also verbrachte Susanne den Tag damit, das Essen für die Feier am Abend vorzubereiten, was eine Herausforderung darstellte: Anna war derzeit Veganerin, Susannes Vater musste wegen seines hohen Blutdrucks salzlos essen, Tante Zelda litt unter Gluten-Intoleranz, Schwiegermutter Inge mochte keinen Fisch, die Zwillinge aßen kein Gemüse, und Dieter vertrug keinen Käse.

Damit jeder genug Auswahl hatte und sich niemand zurückgesetzt fühlte, musste Susanne also mehrere Gerichte zubereiten. Und wie von Dieter gewünscht, backte sie auch die Geburtstagstorte – aus Rücksicht auf Tante Zelda glutenfrei, versteht sich. Für Anna gab es einen Kuchen ohne Eier, was sich im Nachhinein allerdings als unnötig erwies: Just an diesem Tag hatte Dieters Zwillingsschwester nämlich beschlossen, Diät zu machen und nichts Süßes zu sich zu nehmen.

Der Abend hielt keine großen Überraschungen bereit. Die Feier verlief wie immer.

Vor dem Essen diskutierte man über Steuervorteile. Auch Dieters Vater und dessen Schwester Zelda waren Steuerberater, inzwischen allerdings im Ruhestand. Während des Essens drehte sich das Gespräch um Schlankheitskuren und die Beschwerden, die eine falsche Ernährung mit sich brachte. Nach der Torte ging man – bis auf Susanne, die den Tisch abräumte und dann in der Küche die Geschirrspülmaschine füllte –

hinüber zum Wohnbereich und begutachtete dort das Geschenk, das Susanne von Dieter bekommen hatte: eine vollautomatische Brotbackmaschine mit Multifunktion.

Susannes Vater Walther und Dieters Vater Rolf stürzten sich sofort auf die Betriebsanleitung, um sie eingehend zu studieren. Ruth, Schwiegermutter Inge sowie Tante Hanne waren von dem Rezeptbuch, das der Maschine beilag, begeistert, und die Zwillinge spielten auf ihren Handys. Dieter und Anna besprachen Geschäftliches mit Tante Zelda, die noch hin und wieder in der Kanzlei aushalf.

»Hast du gesehen, dass du die Maschine so programmieren kannst, dass sie beispielsweise um vier Uhr früh anspringt?«, rief Walther so laut, dass Susanne es in der Küche hören konnte. »Du musst nur abends vor dem Zubettgehen den Teig einfüllen, dann hast du um sechs Uhr backfrisches Brot!«

»Du kannst sogar eine Fernbedienung mit ans Bett nehmen, falls du kurzfristig beschließt, dass die Maschine früher oder später anspringen soll«, rief Rolf, gleichermaßen angetan.

»Das wird nicht nötig sein«, rief Susanne zurück.

»Wieso?«, fragte ihr Schwiegervater erstaunt.

»Ich esse morgens Müsli und Dieter grundsätzlich nur Rühreier!«

»Ja, aber wenn mal Besuch kommt«, führte Ruth an.

Susanne packte den letzten Teller in den Geschirrspüler und ging dann zu den anderen in den Wohnbereich. »Um sechs Uhr morgens?«

Ihre Mutter sah sie an, als hätte sie etwas völlig Unpassendes gesagt. Vielleicht sollte sie sich doch etwas mehr für die Brotbackmaschine begeistern, überlegte Susanne. Das Geschenk war immerhin besser als die Geflügelschere vom letzten Jahr. Aber ehrlich gesagt hatte Susanne insgeheim auf ein Wochenende in Italien gehofft. Oft genug erwähnt hatte sie es ja.

Die Brotbackmaschine sei Annas Idee gewesen, wie Dieter ihr morgens beim Auspacken stolz verraten hatte. »Das ist die beste und teuerste, die es auf dem Markt gibt. Ich muss mal sehen, ob wir die nicht irgendwie absetzen können.«

»Also hier sind wirklich tolle Rezepte drin«, begeisterte sich Tante Hanne, die immer noch in dem Rezeptbuch blätterte.

»Du hättest ja auch gleich mal ein Brot backen können!«, meinte Ruth. Klang ihre Stimme vorwurfsvoll, oder bildete Susanne sich das nur ein?

»Für heute Abend?«, fragte sie verblüfft.

Ruth zuckte die Achseln. »Ja, warum nicht, und dazu gleich noch eine Käseplatte.«

»Eine Käseplatte ohne Gluten und Käse?«, gab Susanne genervt zurück.

»Jetzt sei doch nicht so pedantisch, Susanne!«, kam Dieter seiner Schwiegermutter zu Hilfe.

»Ich bin mir sicher, dass es in diesem Buch auch Rezepte für glutenfreies Brot gibt«, sagte Anna schnippisch.

Susanne erinnerte sich plötzlich an das Geschenk, das Anna letztes Jahr von Dieter zum Geburtstag bekommen hatte: eine wunderschöne Armbanduhr. Mit Swarovski-Steinen.

Schnell schob sie den Gedanken fort und überlegte, wo sie die Brotbackmaschine am besten unterbringen sollte. In der Küche war definitiv kein Platz. Vielleicht im Keller? Im Schrank hinter der Eismaschine war vielleicht noch genügend Stauraum, aber die Maschine war ganz schön breit, vielleicht konnte man dann die Tür nicht mehr schließen. Am besten maß sie das Fach erst genau aus, bevor sie morgen das schwere Teil nach unten wuchtete. Hier im Wohnzimmer konnte die Brotbackmaschine jedenfalls nicht stehen bleiben.

Die Unterhaltung plätscherte noch eine Weile vor sich hin. Dann gab Inge, die meistens früh müde wurde (weil sie grundsätzlich in aller Herrgottsfrühe mit dem täglichen Hausputz begann), wie üblich das Startzeichen zum Aufbruch: »Dieter muss doch sicher morgen früh raus.«

»Ein Gutes hat es ja, wenn man unter der Woche feiert: Die Gäste sind früh weg«, frohlockte Dieter zufrieden, als um halb elf alle gegangen waren. Womit er meinte: Ich bin morgen nicht zu müde für meinen Tennisabend.

Susanne allerdings war ganz schön erschöpft. Nachdem Dieter ins Bett gegangen war, räumte sie noch schnell die Gläser in die Küche und machte sich daran, vorsichtig das Kerzenwachs vom Tisch zu kratzen. Die Zwillinge hatten beim Ausblasen der Geburtstagskerzen eine ziemliche Sauerei veranstaltet. Da versuchte man am besten schnellstmöglich zu retten, was zu retten war. Der Tischläufer war sicher hin, aber von dem Holztisch ließ sich das Wachs vielleicht noch entfernen.

Am nächsten Tag räumte Susanne das Haus auf, bügelte Dieters Hemden, kaufte fürs Wochenende ein und schaffte die unhandliche Brotbackmaschine in den Keller. Dann fuhr sie noch schnell zu ihren Eltern, um ihnen den Rest des Geflügelsalates vorbeizubringen. Ihre Mutter würde sich bestimmt darüber freuen (»Den isst Vati doch so gerne!«), dachte sie.

Ruth war enttäuscht, dass Susanne kein Brot mitbrachte. »Ich habe natürlich gedacht, dass du wenigstens heute die schöne neue Maschine ausprobierst, mich hätte ja sehr interessiert, wie sie sich reinigen lässt«, sagte sie säuerlich. Susanne verabschiedete sich schnell, sie musste ja noch kochen.

Als Dieter von der Arbeit kam, hatte sie ein leichtes Abendessen vorbereitet – Dieter wollte ja noch zum Tennis. Nach der Mahlzeit brachen sie beide auf. Dieter spielte freitagabends immer mit Freunden Doppel und trank anschließend im Clubhaus ein paar Bier. Susanne besuchte dann immer ihren Buchclub.

Der Buchclub wurde abwechselnd von einer der Teilnehmerinnen ausgerichtet. Sieben Frauen, alle mehr oder weniger in Susannes Alter:

Heike, eine ehemalige Schulfreundin, war Kundenbetreuerin in der örtlichen Sparkassenfiliale. Dagmar war in der Altenpflege tätig und eine Freundin von Renate – Hausfrau und Nachbarin von Heike. Karin arbeitete seit der Mittleren Reife für eine eingesessene Firma, die Dichtringe herstellte. Sie war inzwischen dort Sachbearbeiterin und seit zwei Jahren in Teilzeit tätig. Ute und Ulla waren beide Hausfrauen. Ute ging mit Karin, Heike und Suanne zum Chor. Ulla hatte Susanne durch die Bücherei kennengelernt.

Meistens ging es beim Buchclub recht entspannt zu. Die Gastgeberin sorgte für die Getränke: In der Regel Tee oder Saft, hin und wieder war man auch mal so kühn und machte eine Flasche Wein auf – und das, obwohl fast immer alle mit dem Auto da waren!

Die aktuelle Lektüre war ein Werk mit dem Titel *Die*

andere Frau. Darin ging es um eine Ehefrau, die seit Jahren von ihrem Mann betrogen wurde, ohne davon eine Ahnung zu haben. Susanne fand das Buch nicht besonders spannend, freute sich aber dennoch auf den Abend. Langweiliger als ihre Geburtstagsfeier konnte er kaum werden.

Als sie mit einigen Minuten Verspätung bei Karin eintraf, waren bis auf Ulla alle bereits versammelt. Man saß etwas beengt am Esstisch in der Küche. Im großen Wohnzimmer nebenan wäre es weitaus bequemer gewesen, aber da war bereits Steffen, Karins Mann, und guckte Sport. Das ergab Sinn, schließlich war der Fernseher in der Küche ein bisschen kleiner, und Fußball wirkte auf einem großen Bildschirm nun mal viel besser.

»Ach«, sagte Dagmar nur enttäuscht, noch bevor Susanne die Runde begrüßen konnte. Susanne blickte die Freundinnen fragend an.

»Wir dachten, du hättest was zum Knabbern mitgebracht«, erklärte Ute.

»Schokonüsse und Chips oder so was«, ergänzte Heike.

»Machst du doch sonst auch immer«, setzte Karin in vorwurfsvollem Ton hinzu.

»Ja, tut mir leid«, sagte Susanne. »Ich hatte gestern noch was besorgt, aber Dieter hat alles an die Zwillinge verfüttert.«

»Gestern Abend?« Heike überlegte. Dann schlug sie sich gegen die Stirn. »Ach, du hattest ja Geburtstag, das hatte ich völlig vergessen! Das tut mir aber jetzt leid ... Wie peinlich.«

»Du hättest aber auch mal was sagen können!«, schaltete sich Dagmar wieder ein. »Wenn ich das gewusst hätte, hätte ich eine Flasche Sekt besorgt«, fügte sie leicht beleidigt hinzu.

Heike entschuldigte sich für ihre Vergesslichkeit, Dagmar wiederholte, dass Susanne ja wirklich etwas hätte sagen können, und Karin ärgerte sich, dass sie keinen Sekt im Haus hatte. Renate schlug vor, später mit Tee anzustoßen, und Ute meinte, dass sie ja einen Kuchen hätte backen können.

»Das macht doch nichts«, beruhigte Susanne die Damen.

In dem Moment klingelte es. »Das wird Ulla sein«, sagte Karin und ging, um die Tür zu öffnen.

Es war in der Tat Ulla, aber sie war nicht alleine. In ihrer Begleitung war eine junge, sehr attraktive Blondine. Sie war stark geschminkt, trug einen kurzen Rock, hohe Schuhe und ein enges T-Shirt. Bei diesem Aufzug kam man nicht umhin, ihre wohlgeformten Beine und die imposante Oberweite zu bemerken.

»Ich habe Vanessa mitgebracht«, erklärte Ulla.

Vanessa war allen seit Jahren ein Begriff: Sie war Ullas Nichte, vierundzwanzig Jahre alt, lebte in Köln und hatte neben einer abgebrochenen Schulausbildung zwei abgebrochene Lehren vorzuweisen. Vor Kurzem hatte sie es – aufgrund welcher Fähigkeiten auch immer – geschafft, eine gut bezahlte Stelle bei einem Tourismusunternehmen auf Gran Canaria an Land zu ziehen. Dorthin würde sie in ein paar Wochen übersiedeln. Weil sie ihre Wohnung in Köln bereits gekündigt hatte, lebte sie übergangsweise bei Ulla.

Renate organisierte einen weiteren Stuhl, während die anderen einfach nur Vanessa anstarrten.

Jetzt zauberte Ulla eine Flasche Sekt aus ihrer Tasche und überreichte sie Susanne: »Herzlichen Glückwunsch nachträglich!«

Karin schnappte Susanne die Flasche sofort aus der Hand. »Die stelle ich am besten erst mal kalt, damit wir dann gleich anstoßen können.«

»Also, wenn man mir was gesagt hätte, dann hätte ich ja auch Sekt mitbringen können«, wiederholte Dagmar in pikiertem Ton.

»Und ich hätte eine Torte gemacht, wenn man mir Bescheid gegeben hätte«, erklärte Ute noch einmal.

Heike wechselte schnell das Thema. »Du bist also Vanessa«, wandte sie sich an die junge Frau.

»Wir haben schon viel von dir gehört«, ergänzte Renate.

»Schön, dass wir dich mal persönlich kennenlernen«, meinte Ute. Susanne fand allerdings nicht, dass sie besonders erfreut aussah.

»Ulla meinte, ich sollte mal euren Buchclub kennenlernen«, erwiderte Vanessa. Allerdings wirkte sie nicht gerade so, als ob sie die Ansicht ihrer Tante teilte.

Man beäugte sich gegenseitig. Vanessa sah sich die Bekannten ihrer Tante genau an; Heike, Dagmar, Renate, Karin, Ute und Susanne musterten Ullas Nichte von Kopf bis Fuß.

Die Buchclubmitglieder sahen alle recht durchschnittlich aus, fand Susanne. Keiner der Damen fehlte ein Bein oder ein Ohr, keine war besonders hässlich oder hatte eine Warze auf der Nase. Man konnte nur nicht gerade sagen, dass sie das Beste aus ihrem Typ machten. Sie sahen bieder aus und waren mehr oder weniger konservativ gekleidet. Ein Besuch beim Frisör und bei der Kosmetikerin hätte den meisten gutgetan, und Dagmar und Renate hätten mal eine Diät gebrauchen können. Heike, Karin, Ute und Ulla sah man definitiv ihr Alter an – sie sahen keinen Tag jünger aus als vierzig.

All das konnte man von Vanessa nicht behaupten.

Natürlich, dachte Susanne, für einen Moment frustriert. Eine Vanessa kann gar nicht bieder sein. Nomen est omen. Dieters Tanten Hanne und Zelda waren der beste Beweis dafür: Hanne war Hausfrau. Zelda dagegen (die im Übrigen gar nicht kochen konnte) hatte die

Welt gesehen, als Steuerberaterin immer gut verdient und machte auch jetzt noch oft Urlaub in Italien und Afrika. Sie kleidete sich gut und aß mindestens dreimal die Woche auswärts.

Nicht zum ersten Mal dachte Susanne darüber nach, was aus ihr selbst geworden wäre, wenn sie nicht Susanne, sondern Angélique geheißen hätte. Oder Laetitia oder Allegra oder wenigstens Alicia. Sie hätte Schauspielerin werden können! Oder Spionin. Aber mit Sicherheit wäre sie heute keine mit einem Dieter verheiratete Hausfrau in einer Kleinstadt. Davon war sie überzeugt. Und mit Sicherheit hätte niemand es gewagt, ihr zum vierzigsten Geburtstag eine vollautomatische Brotbackmaschine mit Fernbedienung zu schenken.

Auf der anderen Seite – das musste ja auch mal gesagt werden – starb eine Susanne nicht mit vierzig an einer Überdosis. Oder wurde von ihrem zwanzig Jahre jüngeren Liebhaber verlassen und erst Tage später von der Putzfrau mit aufgeschnittenen Pulsadern in der Badewanne gefunden. Eine Susanne verlor auch nicht plötzlich ihr ganzes Hab und Gut. Eine Susanne war selbst gegen Wasserschäden versichert.

War sie undankbar? Sie hatte ein schönes Haus, einen Ehemann, der gar nicht so schlecht aussah, und die Brotbackmaschine schien ja das beste und teuerste Modell zu sein, das der Markt hergab. Hatte Anna gesagt. Anna – der Dieter zum Geburtstag eine schöne Uhr geschenkt hatte. Um die Susanne sie beneidete.

Aber warum sollte Dieter ihr auch eine Uhr schenken? Wo sie doch sowieso immer pünktlich war?

Vanessa unterbrach ihre Gedanken. »Worum geht es denn in dem Schinken?«

Susanne brauchte einige Sekunden, um zu realisieren, dass Vanessa das Buch meinte, das in der Mitte des Tisches lag und an den Grund des Treffens erinnern sollte: *Die andere Frau,* eine Taschenbuchausgabe mit gerade mal 268 Seiten. In Susannes Augen wohl kaum ein »Schinken«, aber anscheinend sah Vanessa das anders. Sicher las sie normalerweise nur Zeitschriften? Oder vielleicht las sie überhaupt nicht?

Ulla klärte ihre Nichte in ein paar Sätzen über den Inhalt auf, was Vanessa nur mit einem gelangweilten Schulterzucken kommentierte, bevor sie sich an Susanne wandte: »Du hattest also gestern Geburtstag.«

»Einen runden sogar«, erklärte Heike, bevor Susanne etwas sagen konnte. »War es denn eine schöne Feier?«

»Ach, ganz nett. Wie immer.« Susanne versuchte, enthusiastischer zu klingen, als sie sich fühlte.

»Was hat dir Dieter denn geschenkt?«, fragte Dagmar neugierig.

Das war wieder mal typisch, dachte Susanne. Dagmar musste immer alles wissen.

Alle blickten Susanne erwartungsvoll an.

»Eine vollautomatische Brotbackmaschine mit Fernbedienung«, antwortete Susanne.

»Welches Modell?«, erkundigte sich Renate sofort.

»Hattest du denn noch keine?«, fragte Ute.

»Ich habe ja schon seit Ewigkeiten die alte von meiner Schwester, die funktioniert immer noch gut«, meinte Dagmar.

»Ich habe ein tolles Buch mit Rezepten für Brot, das kannst du dir gerne ausleihen«, bot Ulla an.

»Die kannst du sicher so programmieren, dass sie sich nachts einschaltet, oder?«, wollte Karin wissen.

Nur Vanessa starrte Susanne ungläubig an. »Dein Mann hat dir zum vierzigsten Geburtstag eine Brotbackmaschine geschenkt?« Dabei machte sie ein Gesicht, als hätte Susanne ihnen eröffnet, dass ihr Gatte ihr eine sprechende Rakete oder ein Schwein mit zwei Köpfen gekauft hatte. »Echt jetzt?«

»Vanessa! Hast du überhaupt eine Ahnung, was diese Maschinen kosten?«, rief Ulla ihre Nichte zur Räson.

Aber Vanessa ignorierte den Kommentar ihrer Tante komplett. »Ein Haushaltsgerät? Zum Geburtstag?«, wiederholte sie fassungslos.

»Uwe hat mir eine Brosche zum Vierzigsten geschenkt«, meinte Heike schnell. Sie ließ das Wort »Brosche« klingen, als wären es Diamantohrringe, fand Susanne.

»Er arbeitet ja auch bei einem Juwelier«, konnte sie sich nicht verkneifen zu sagen.

»Bei einer Juwelier*kette*«, korrigierte Heike sie.

»Trägt man heutzutage überhaupt noch Broschen?«, fragte Vanessa.

Ulla warf ihr einen warnenden Blick zu, doch der konnte ihre Nichte nicht stoppen.

»Wolltest du denn unbedingt dieses Brotdingsbums haben?«, fragte sie Susanne.

»Nein«, sagte Susanne wahrheitsgemäß. »Ich wollte ein Wochenende in Italien.«

»Und wieso hast du das nicht bekommen? Sondern eine Brotbackmaschine?«

»Tja«, sagte Susanne und seufzte.

»Also, von so einer Brotbackmaschine hast du dein ganzes Leben lang was«, erklärte Ute.

Susanne stellte sich vor, wie die Brotbackmaschine jahrelang im Keller stand und wertvollen Stauraum wegnahm. »Italien wäre aber schon schön gewesen«, sagte sie wehmütig.

»Ach ja, man kann eben nicht alles haben«, sagte Renate.

»Stimmt«, pflichtete Ute ihr bei.

»Wenigstens hast du einen treuen Mann, der dich nicht betrügt«, meinte Dagmar. Und mit Blick auf das Buch, das nach wie vor mitten auf dem Tisch lag und an den Grund ihres Zusammenseins erinnern sollte, setzte sie hinzu: »Hat ja auch nicht jede!« Anscheinend war sie sehr interessiert daran, zum Thema zurückzufinden. Schließlich hatte sie das Buch auch vorgeschlagen.

»Kein Mann ist treu, wenn er auf die Probe gestellt wird«, behauptete Vanessa.

»Vanessa!«, rief Ulla entsetzt.

»Wie kannst du nur so etwas sagen!«, entrüstete sich Heike.

»Du hast doch keine Ahnung!«, meinte Renate.

»Du kennst doch Dieter überhaupt nicht!«, sagte Dagmar.

»Also, das ist doch völliger Unsinn«, ereiferte sich Ute.

Karin stand auf. »Ich hol mal Gläser«, verkündete sie. »Ich habe die Flasche ins Eisfach gelegt, vielleicht ist sie schon kalt.«

Für einen Moment herrschte Schweigen, dann ergriff Ute wieder das Wort. »Die Frau in dem Roman ist ja wohl eine Ausnahme!« Sie sah Vanessa angriffslustig an.

Diese zuckte nur mit den Schultern.

Jetzt wurde Renate ein bisschen lauter. »Wie gesagt, Vanessa, du hast keine Ahnung, wovon du sprichst!«

»So, jetzt stoßen wir erst mal auf Susanne an«, flötete Karin, während sie mit acht Sektschalen und der Flasche auf einem Tablett zurück zum Esstisch schwebte und begann, den nicht wirklich kalten Sekt auf die Gläser zu verteilen.

»Auf das Geburtstagskind!«

Man stieß auf Susanne an, die leicht gequält in die Runde blickte.

Dieses halb volle Gläschen wird wohl kaum ausreichen, meine Nerven zu beruhigen, dachte sie im Stillen. Was wohl heute mit ihr los war? Sie nippte an ihrem Sekt.

Vanessa hingegen leerte das Glas in einem Zug. »Das war ja wohl was für den hohlen Zahn«, verkündete sie und wandte sich dann an ihre Tante. »Ich hab dir ja gesagt, du hättest zwei oder drei Flaschen mitnehmen sollen.«

»Aber es müssen doch alle noch fahren!«, entrüstete sich Ulla.

»Wie gesagt, wenn ich etwas gewusst hätte, dann hätte ich auch einen Sekt mitgebracht«, wiederholte Dagmar.

»Zum Anstoßen reicht es doch völlig«, versuchte Susanne, die Gemüter zu beruhigen.

»Also mir ist völlig unklar geblieben, warum ihr Mann sie betrügt, sie waren doch glücklich verheiratet«, brachte Karin das Thema wieder auf den Anlass des Abends und wies mit einer Kopfbewegung auf das Buch.

Vanessa verdrehte demonstrativ die Augen.

Ute, die sich anscheinend besonders von Vanessas Theorie zum Thema männliche Treue angegriffen fühlte, konterte sofort: »Unsere Männer sind jedenfalls treu und würden uns nie betrügen!«

»Ein Mann, der seiner Frau zum vierzigsten Geburtstag eine vollautomatische Brotbackmaschine schenkt, würde sie auch betrügen. Vorausgesetzt, es ergibt sich die Gelegenheit. Glaubt mir«, sagte Vanessa ruhig.

»Vanessa!« Ulla war dieses Gespräch offensichtlich mehr als peinlich. Sie blickte Susanne entschuldigend an.

»Also, mein Jochen hätte gar keine Zeit, mich zu betrügen«, sagte Renate.

»Steffen wäre viel zu faul dazu«, erklärte Karin.

»Ich glaube, dass Dieter mich nicht betrügen würde«, sagte Susanne nach kurzem Zögern. War das eine Vermutung oder ihre Überzeugung, überlegte sie.

»Wetten, er würde es doch tun?«

»Vanessa, jetzt reicht es aber!«, fuhr Ulla ihre Nichte an.

»Du willst mit mir wetten?«, fragte Susanne ungläubig. »Wie stellst du dir das vor?«

Merkwürdigerweise war sie nicht verärgert. Sie

fand das Gespräch sogar interessant. Und das kam dieser Tage weiß Gott selten genug vor.

»Ich wette, er würde sich von mir verführen lassen«, erklärte Vanessa. »Noch ist mir jedenfalls kein Mann begegnet, der sich nicht verführen ließ. Gib mir zwei Wochen, und ich liefere dir den Beweis.«

»Also, jetzt ist aber wirklich Schluss!« Ulla lächelte nervös. »Vanessa macht natürlich nur Spaß«, ergänzte sie unsicher.

»Ich nehme die Wette an«, entgegnete Susanne entschlossen.

»Um was willst du denn wetten?«, fragte Dagmar.

»Wette doch um die Brotbackmaschine«, meinte Heike spöttisch.

»Gute Idee«, sagte Susanne.

»Ich brauche aber keine Brotbackmaschine«, erklärte Vanessa.

»Du kannst sie ja verkaufen. Dafür bekommst du mindestens vierhundert Euro«, schlug Susanne vor.

»Wir wetten also um vierhundert Euro. Abgemacht!«, sagte Vanessa zufrieden.

»Aber du kannst doch die Brotbackmaschine nicht weggeben! Was würde denn Dieter dazu sagen!«, protestierte Ulla.

»Das dürfte sie doch wohl kaum interessieren, nachdem er sie betrogen hat, meinst du nicht?«, entgegnete Vanessa, bevor Susanne etwas sagen konnte.

»Aber ihr könnt doch nicht ernsthaft …«

»Doch!«, unterbrachen Vanessa und Susanne Ulla gleichzeitig.

»Aber du hast doch gar keine vierhundert Euro«, gab Ulla zu bedenken.

»Noch nicht«, sagte Vanessa.

Zweites Kapitel

So anregend war der Buchclub schon lange nicht mehr, dachte Susanne am nächsten Morgen, während sie das Frühstücksgeschirr abräumte.

Dieter war »mal eben kurz« in die Kanzlei gefahren. Das machte er manchmal samstagmorgens – meistens, wenn Gartenarbeit anstand. Heute freute sich Susanne darüber, denn so hatte sie Zeit, in Ruhe über den gestrigen Abend nachzudenken.

Beim Abschied vor Karins Haustür hatte sie Vanessa noch schnell ein paar Informationen über Dieter gegeben: die Adresse der Kanzlei, eine Liste der Restaurants und Cafés, in denen er üblicherweise zu Mittag aß, wo er zum Frisör ging, sowie den Namen seines Tennisclubs. Außerdem wollte Vanessa noch Dieters Autokennzeichen wissen und ein Foto von ihm haben. Das Bild hatte Susanne ihr direkt per WhatsApp geschickt. Vanessa hatte den Eingang mit »Sieht ja gar nicht übel aus« kommentiert.

»Möchtest du auch seine Handynummer haben?«, hatte Susanne gefragt.

Doch Vanessa hatte nur abgewinkt. »Nicht nötig, die wird er mir schon selbst geben.«

Auch weitere Angaben über Dieters Tagesablauf und seine anstehenden Termine hatte Vanessa dankend abgelehnt. »Überlass das alles nur mir. Spätestens in zwei Wochen bringe ich dir Ergebnisse.«

»Wenn was ist, dann hast du ja meine Telefonnummer«, sagte Susanne.

»Was soll denn sein?«, hatte Vanessa nur gefragt und sich dann schnell verabschiedet. Winkend war sie zum Wagen ihrer Tante gelaufen, die bereits ungeduldig hupte.

Heute Morgen hatte Susanne für einen Moment kalte Füße bekommen. Beinahe hätte sie Vanessa eine Nachricht geschickt mit der Bitte, alles abzublasen. Aber dann hatte doch die Neugier gesiegt. Sie wollte unbedingt wissen, ob Vanessa recht hatte! Würde Dieter tatsächlich schwach werden?

Beim Rasenmähen überlegte Susanne, ob Vanessa wohl heute schon in Aktion treten würde. Vielleicht hatte sie sogar schon etwas unternommen? Susanne konnte sich zwar nicht vorstellen, dass Ullas Nichte am Samstag freiwillig früh aufstand. Oder an irgendeinem anderen Tag der Woche. Andererseits wusste sie, dass Ulla spätestens um acht Uhr begann, das Haus von oben bis unten zu saugen. Mit einem professionellen Industriestaubsauger, den ihr ihr Nachbar, ein Staubsaugervertreter, organisiert hatte. Das Monster (der Industriestaubsauger, nicht der Nachbar!) fraß alles, was nicht niet- und nagelfest war. Letztes Jahr hatte Ulla in ihrer morgendlichen Reinigungswut doch tatsächlich den Hamster ihres Sohnes aufgesaugt! Und die Maschine war nicht nur extrem saugstark, sondern auch extrem laut.

Es war also anzunehmen, dass Vanessa heute nicht ausschlafen würde. Würde sie bereits an diesem Vormittag versuchen, mit Dieter Kontakt aufzunehmen? Und wenn ja, wie?

Susanne horchte in sich hinein. War »aufgekratzt« das richtige Wort, um zu beschreiben, wie sie sich fühlte? Sie war unruhig, aber nicht beunruhigt. Eher angeregt als aufgeregt. Interessiert. Und in jedem Fall weniger gelangweilt als sonst. War sie wirklich restlos davon überzeugt, dass Dieter nicht schwach werden würde? So musste es wohl sein – denn sonst wäre sie doch beunruhigt gewesen? Besorgt? Misstrauisch? Eifersüchtig?

Stattdessen fühlte sie sich geradezu beschwingt. Sie hatte mehr Energie als üblich. Sie war neugierig, realisierte sie plötzlich. Und das war sie schon lange nicht mehr gewesen.

Die Frage, ob Vanessa schon in Aktion getreten war, wurde beantwortet, als Dieter gegen zwei Uhr nach Hause kam. Susanne war gerade aus dem Garten gekommen, um ein leichtes Mittagessen vorzubereiten, da spazierte er pfeifend zur Tür herein. Auf seinem ehemals weißen Hemd, das er nur wenige Stunden zuvor frisch angezogen hatte, prangte ein riesiger Kaffeefleck.

»Was ist dir denn passiert?«, fragte Susanne.

»Ach, nichts weiter«, brummte er.

»Wie, nichts weiter? Was ist denn mit deinem Hemd?«

»Ich bin auf dem Bürgersteig mit einer Person kollidiert, die hatte einen Kaffee in der Hand. Hat aufs Handy geguckt, nicht aufgepasst und ist dann voll in mich reingelaufen.« Dieter schüttelte den Kopf. »Aber es ist ja nichts weiter passiert.«

»Was war das denn für eine Person?«, erkundigte sich Susanne.

»Bitte?«, gab er abwesend zurück.

»Ja, wer ist denn in dich reingelaufen?«, wollte Susanne wissen.

»Irgend so eine Frau halt. Details habe ich mir nicht gemerkt.«

»Na ja, war sie jung, war sie alt?«, hakte Susanne nach.

Dieter wurde ungeduldig. »Woher soll ich das denn wissen? Ich war total überrascht, ist doch auch egal.«

Er wandte den Blick ab und konzentrierte sich darauf, seine Schuhe auszuziehen.

Ullas Staubsauger hatte Vanessa also früh am Morgen aus dem Bett geworfen und zur Aktion getrieben, da war sich Susanne fast sicher. Ganz schön clever von ihr, auf diese Weise Kontakt aufzunehmen. Auf die Idee musste man erst mal kommen! Vielleicht verführte Vanessa ja häufiger fremde Männer?

»Hat sie sich wenigstens entschuldigt?«, fragte Susanne.

»Wer?« Dieter versuchte offenbar, zerstreut zu klingen.

»Na, die Frau, die in dich reingelaufen ist!«

»Ach die! Hm, glaub schon. Ging ja alles so schnell. Haben wir was zum Mittagessen?«

»Ich wollte gerade einen Salat machen. Ich wusste ja nicht, dass du so früh zu Hause sein würdest.«

»Salat!«, wiederholte Dieter so wenig begeistert, als hätte Susanne ihm vorgeschlagen, geschmorte Schuhsohlen zu essen.

Sie sagte nichts.

Er seufzte. »Ich geh erst mal mein Hemd ausziehen.«

»Gib es mir doch gleich, dann stecke ich es in die Waschmaschine«, schlug Susanne vor.

»Nein, nein«, entgegnete Dieter schnell. »Ich muss sowieso kurz nach oben. Ich bring es gleich mit runter.«

Und schon war er auf dem Weg nach oben, seine neue Ledertasche unter dem Arm. Beschwingt nahm er jeweils zwei Treppenstufen auf einmal und pfiff dabei eine fröhliche Melodie.

Susanne war fast sicher, dass sein Zusammentreffen mit Vanessa der Grund für seine gute Laune war. Natürlich hätte sie sie am liebsten sofort angerufen, aber mit Dieter im Haus schien ihr das zu riskant.

Ihr Gatte war jedenfalls bester Dinge. Er aß seinen Salat, ohne zu maulen, und beschwerte sich nicht einmal darüber, dass Susanne Essig für das Dressing verwendet hatte. Oder fiel es ihm nicht auf? Nach dem Essen kontrollierte er zwar wie üblich, ob sie den Rasenmäher auch wirklich so in der Garage geparkt hatte, dass er seinem kostbaren Audi nicht in die Quere kam, aber er regte sich ausnahmsweise nicht darüber auf, dass sie die Schneideblätter nicht akribisch vom feuchten Gras befreit hatte.

Erst am frühen Abend ergab sich die Gelegenheit, Vanessa anzurufen. Plötzlich stand Anna mit ihrem Cockerspaniel vor der Tür und fragte, ob sie den Hund »ausnahmsweise« über Nacht bei ihnen lassen könnte. Die Zwillinge seien bei Freunden und sie selbst habe eine Verabredung und wisse nicht, wann sie nach Hause käme.

»Gar kein Problem«, sagte Dieter spontan.

»Ich habe es allerdings nicht mehr geschafft, mit

ihm rauszugehen, ich hatte so viel um die Ohren heute.«

»Das macht doch nichts«, meinte Dieter großmütig. Damit nahm er seiner Schwester die Leine aus der Hand, während sich Anna schon herunterbeugte und das Tier losmachte. Der Hund schoss sofort ins Haus, flitzte durchs Wohnzimmer und durch die geöffnete Terrassentür in den Garten.

Kurz bevor Anna ins Auto stieg, drehte sie sich noch einmal kurz um. Ohne Susanne eines weiteren Blickes zu würdigen, warf sie Dieter eine Kusshand zu und war im nächsten Augenblick auch schon verschwunden.

Dieter schloss die Tür und drückte Susanne die Leine in die Hand.

Sie seufzte.

»Was hast du?«, fragte er. »Den kleinen Gefallen kann ich meiner Schwester ja wohl mal tun!«

Allerdings konnte Dieter das Gassigehen nicht übernehmen, da die Sportschau gerade anfing. Den Spaziergang aufzuschieben schien aber auch keine Option zu sein, da der Hund im Garten in seinem Übermut bereits anfing, all die kleinen Blumen, die sie am Nachmittag rund um die Terrasse gepflanzt hatte, wieder auszubuddeln. Also schnappte sie sich Hausschlüssel und Handy, zog sich Turnschuhe an und rief den Hund. Im Allgemeinen hörte der Cockerspaniel keineswegs, denn Anna handhabte die Hundeerziehung genauso wie die Erziehung ihrer Zwillinge: sporadisch und inkonsequent. Aber wenn man »Gassi« rief und gleichzeitig mit der Leine wedelte, kam er meistens. Auch jetzt kam er sofort, er stob geradezu ins Haus – und brachte dabei jede Menge Dreck von draußen herein.

Wenn Susanne ehrlich war, mochte sie den Hund nicht besonders, genauso wenig wie Annas Zwillinge. Dennoch ergab es sich ständig, dass sie sich entweder um die Kinder oder um den Hund kümmern musste, da Anna »in der Kanzlei unabkömmlich« war und Susanne »doch sowieso immer Zeit« hatte.

Anna war ein Biest. Eine richtige Zicke. Und das, obwohl sich Susanne am Anfang sehr um Dieters Zwillingsschwester bemüht hatte. Leider vergeblich.

Dieter verteidigte seine Schwester immer und hatte angeblich überhaupt keine Ahnung, wovon Susanne sprach, wenn sie sich – was selten genug vorkam – über Annas Verhalten beschwerte. Er war der Ansicht, dass Susanne sich das alles nur einbildete, ja geradezu neurotisch reagierte, wenn es um seine Schwester ging.

Eine Begebenheit vor zwei Wochen war wieder ein klassisches Beispiel. Anna war mitten im Schuljahr drei Wochen nach Afrika gereist und dort auf Safari gegangen, während sich Susanne zu Hause um die beiden Jungen gekümmert hatte. Als sie aus dem Urlaub zurückgekommen war, hatte Anna ihrem Bruder als Dankeschön die Aktentasche aus Büffelleder mitgebracht, die er seitdem stets bei sich trug. Susanne hatte sie einen kleinen Strauß nicht mehr ganz frischer Tulpen in die Hand gedrückt.

Als Susanne leise Kritik an dem Geschenk äußerte, hatte Dieter sie verständnislos angesehen: »Ich weiß gar nicht, warum du dich so aufregst«, hatte er gesagt. »Du kannst doch wirklich nicht erwarten, dass Anna weiß, dass du allergisch gegen Tulpen bist und die Farbe Gelb nicht magst. Gut, du hast es im Laufe der Jahre ein paarmal erwähnt, aber so was merkt man sich doch nicht. Anna hat es sicher nur nett gemeint. Schließlich ist sie sehr beschäftigt, als alleinstehende und berufstätige Frau mit zwei Kindern.«

Susanne hatte angemerkt, dass sein Geschenk kaum im Verhältnis dazu stand, dass er sich in den drei Wochen höchstens drei Minuten um die Jungen gekümmert hatte, aber auch da hatte Dieter gleich eine Erklärung parat gehabt: »Ich bin ja schließlich auch der Patenonkel der Zwillinge!«

Und eine Lösung für Susannes Problem wusste er auch: »Stell die Tulpen doch einfach irgendwo hin, wo du sie nicht sehen oder riechen kannst. Die halten sowieso nicht lange.«

Eine Sache, um die Susanne Anna beneidete, war ihr

Name. *Anna* klang doch wesentlich interessanter als *Susanne*. Und mit einer kleinen Korrektur konnte man noch viel mehr herausholen. Man konnte einfach ein »n« verschwinden lassen, und schon wäre man eine elegante »Ana«. Die Möglichkeiten, die sich einem böten, wenn man als Ana statt als Susanne durchs Leben spazieren würde! Eine Susi oder Sanne konnte da nicht mithalten …

Immerhin bot der Spaziergang Susanne nun die Möglichkeit, Vanessa ungestört anzurufen. Sie fiel sofort mit der Tür ins Haus: »Du bist also schon heute kurz mit Dieter zusammengetroffen?«

»Was heißt hier kurz?«, sagte Vanessa. »Wir haben uns fast zwei Stunden unterhalten.«

Susanne glaubte, sich verhört zu haben. »Wieso zwei Stunden?«, fragte sie verblüfft.

»Ich hab ihn in ein Café eingeladen, sozusagen als Entschädigung für den Unfall, und dort haben wir uns dann bei einem Salat verquatscht.«

»Bei einem Salat?«

»Ja, ich weiß, wir haben gar nicht geklärt, wie das mit den Spesen läuft. Aber mach dir keine Sorgen, Dieter hat ohnehin alles bezahlt.«

Susanne wusste nicht, was sie sagen sollte. »Und was jetzt?«, fragte sie schließlich.

»Ach, es geht alles seinen Gang«, meinte Vanessa zuversichtlich.

»Hat er dich nach deiner Telefonnummer gefragt?«, wollte Susanne wissen.

»Logisch«, antwortete Vanessa in einem Tonfall, der klarmachte, dass die Frage mehr als überflüssig war.

»Und?«, fragte Susanne gespannt.

Vanessa seufzte. »Und jetzt textet er mich zu.«

Bevor Susanne die nächste Frage stellen konnte, verabschiedete sich Vanessa eilig: »Ich muss Schluss machen. Ulla möchte, dass ich ihr helfe, eine Lampe abzunehmen, sie will unbedingt den Schirm reinigen.« Ihr genervter Ton ließ keinen Zweifel daran, was sie von dem Unternehmen hielt. »Bis dann.«

Und schon war die Verbindung unterbrochen.

Susanne starrte ungläubig auf ihr Handy. Das konnte doch nicht wahr sein! Dieter hatte Vanessa zum Mittagessen eingeladen? Er, der nichts von vollen Cafés hielt, hatte stundenlang mit ihr in einem zusammengesessen? Und sich bei einem Salat »verquatscht«? Dieter quatschte normalerweise nicht. Und verquatschen tat er sich schon überhaupt nicht. Dieter verschickte auch keine Textnachrichten. Das fand er mehr als albern. Wann immer Susanne ihn bat, ihr eine Nachricht zu schicken, erklärte er, dass er für »so einen Teenager-Unsinn« keine Zeit habe. Und jetzt textete er Vanessa zu?

Wenn sie das alles in weniger als vierundzwanzig Stunden geschafft hatte – was würde sie dann in zwei Wochen erreichen?

Der Cockerspaniel zog plötzlich wie verrückt an der Leine, und Susanne schrak aus ihren Gedanken. Beinahe wäre ihr das Handy aus der Hand gefallen.

Ärgerlich riss sie an der Leine und fuhr den Hund scharf an. Das Tier parierte, wirkte aber ganz verschreckt. Auch wenn sie den Hund nicht besonders mochte, tat er Susanne leid. Er kam viel zu selten nach draußen – weder Anna noch die Jungen hatten Lust, ihn auszuführen. Und dann hatte man ihm auch noch den Namen Helge verpasst!

Spielte es für die Psyche eines Hundes eine Rolle, wie er hieß? War ein Cäsar souveräner als ein Waldi? Kläffte eine Bella mehr als ein Bobby?

Susanne vermutete, dass der Name bei Hunden eine kleinere Rolle spielte als bei Menschen. So wie er auch bei Männern weniger wichtig war als bei Frauen.

Gut, ein Kevin würde wahrscheinlicher eher Profifußballer werden als Vorstandsvorsitzender. Und wenn man Detlef hieß, hatte man vermutlich geringere Chancen, die Rolle für den nächsten James Bond zu ergattern. Aber so signifikant wie bei Frauen war die Rolle des Namens bei Männern nicht, davon war Susanne aufgrund persönlicher Studien überzeugt.

Dieter zum Beispiel war ja nun wirklich kein schöner Name. Dieter war weder ein Name für einen Frauenhelden noch für einen Filmschauspieler. Aber richtig im Weg gestanden hatte er ihrem Mann noch nie.

Zum Beispiel hatte er ihn nicht daran gehindert, sich zwei Stunden lang mit einer Vanessa in einem Café zu verquatschen.

Als Susanne eine Viertelstunde später die Haustür aufschloss, kam Dieter gerade die Treppe herunter.

»Du bist aber schnell zurück!«, begrüßte er sie.

»Ich dachte, du wolltest die Sportschau gucken?« Susanne ließ den Hund von der Leine und sah Dieter fragend an.

»Ich war nur kurz auf der Toilette«, erklärte er.

»Wieso bist du denn nicht unten gegangen?«, hakte sie nach.

»Ich werde ja wohl selbst noch entscheiden dürfen, auf welche Toilette ich gehe«, entgegnete Dieter scharf. »Außerdem wollte ich mir eine Kopfschmerztablette holen, und die sind nun mal oben im Bad.«

»Ach so.« Immerhin fiel Dieter sofort eine Ausrede ein. Wahrscheinlich hatte er sie kommen hören und schnell sein Handy nach oben gebracht, damit sie ihn nicht beim Texten ertappte. Oder hatte er oben auf dem Bett gelegen und Vanessa geschrieben? Wenn er ihretwegen auf die Sportschau verzichtete, wurde es wirklich ernst.

»Ich ziehe mich eben um«, meinte Susanne und verschwand nach oben, während Dieter sich in Richtung Fernseher verzog.

In der Tat, das Bett war eingedrückt, stellte sie fest, als sie das Schlafzimmer betrat. Dieter hatte sich also tatsächlich freiwillig von der Sportschau losgeeist, sich aufs Bett gelegt und Vanessa mit Nachrichten bombardiert. Wo aber war sein Handy? Normalerweise lag es neben seinem Bett auf dem Nachttisch, aber da war es nicht. Und auch nicht in der Schublade.

Dieters neue Aktentasche, das geheiligte Geschenk seiner Schwester, fiel Susanne ins Auge. Sie stand neben Dieters Bettseite an die Wand gelehnt. Vielleicht hatte er sein Handy darin versteckt?

Volltreffer, es steckte im vorderen Fach!

Normalerweise rührte Susanne Dieters Telefon nicht an. Erstens aus Prinzip; sie vertraute ihrem Ehemann. Und zweitens hatte es auch nie einen Grund gegeben, das nicht zu tun.

Jetzt verhielten sich die Dinge anders. Doch wie auch immer, sie ging natürlich davon aus, dass Dieters vierstellige Geheimzahl noch dieselbe war wie immer: das Datum ihres Hochzeitstages. Susanne war mehr als überrascht, als sie feststellte, dass dies nicht der Fall war. Wann hatte Dieter die Geheimzahl geändert? Und warum?

Sie versuchte es mit seinem Geburtsdatum – ohne Erfolg – und anschließend mit ihrem eigenen – auch falsch! Einen vierten Versuch wagte sie nicht. Schade, sie hätte zu gerne gewusst, was Dieter an Vanessa geschrieben hatte! Susanne steckte das Telefon zurück in Dieters Aktentasche, zog sich schnell um und ging nach unten.

Der Rest des Abends verlief ereignislos. Sie aßen eine Kleinigkeit – weder Dieter noch Susanne hatten großen Appetit. Dann sahen sie sich einen Krimi im Fernsehen an, aber Susanne konnte sich nicht richtig darauf konzentrieren. Ihre Gedanken kehrten immer wieder zu Vanessa zurück. War Dieter wirklich zu einem Seitensprung fähig?

Gestern noch war sie sich hundertprozentig sicher gewesen, dass ihr Mann niemals fremdgehen würde. Aber heute sah die Sache plötzlich ganz anders aus. Gestern hätte sie auch noch gewettet, dass Dieter nie freiwillig in einem überfüllten Café einen Salat essen würde. Weder mit ihr noch mit Vanessa noch mit dem Kaiser von China.

Was fand Dieter überhaupt an Vanessa? Eigentlich war sie so gar nicht sein Typ! Viel zu jung, zu wenig gebildet, zu aufgedonnert, zu sexy, zu … unpassend. Dieter stand auf dezent gekleidete Frauen, die sich eher zurückhaltend gaben. Zu viel Schminke, zu weite Ausschnitte, zu kurze Röcke, zu grelle Farben – all das war ihm doch alles ein Gräuel – oder?

Dieter hatte klare Vorstellungen, wie die Gattin eines Steuerberaters auszusehen hatte, und die kannte

Susanne. Allerdings hatte sie keine Ahnung, was seine Vorstellung von der Geliebten eines Steuerberaters war. Oder zumindest hatte sie bis heute Nachmittag keine Ahnung davon gehabt.

Ihr jedenfalls riet er immer zu biederer, gedeckter Kleidung. Dabei hätte sie sich gerne einmal etwas gewagter angezogen! Und wenn sie es hin und wieder riskierte, einen weiteren Ausschnitt oder eine engere Hose anzuziehen, zog er sofort entrüstet die Brauen hoch.

Susanne war verärgert. Gereizt. Und ein bisschen wütend auf sich selbst. Schließlich hatte sie sich das ganze Theater hier ja selbst eingebrockt. Und alles nur wegen einer blöden Brotbackmaschine!

Drittes Kapitel

So kam es, dass Susanne am Sonntagnachmittag auf der Terrasse saß und »Ehebruch« googelte. Dieter war beim Tennis, und Helge hatte sie angeleint, nachdem er den Garten verunstaltet, sämtliche Zeitschriften zerfetzt und dann auch noch ihre Lieblingshandtasche auseinandergenommen hatte. Normalerweise hätte Susanne jetzt einen Roman lesen können, stattdessen musste sie sich mit dem Thema Ehebruch herumschlagen. Wikipedia erklärte, darunter verstehe man den »vorsätzlichen sexuellen Verkehr eines Ehepartners mit einer dritten Person«. Mit anderen Worten: Zwei Stunden im Café waren nicht wirklich schlimm. Und direkt vorsätzlich war das Treffen ja auch nicht gewesen – zumindest nicht von Dieters Seite. Er hatte definitiv nicht die Ehe gebrochen, bloß weil er sich mit Vanessa zwei Stunden »verquatscht« hatte.

Die häufigsten Anzeichen dafür, dass ein Mann seine Frau betrog, waren:

1. Veränderungen beim Handygebrauch
2. Plötzlich auftretende aufwendigere Körperpflege und neuer Duft
3. Erhöhte Streitlust
4. Häufigere Geschenke und Aufmerksamkeiten
5. Erhöhte Abwesenheit

Nun, Dieters Handygebrauch hatte sich definitiv verändert.

Heute Morgen vor dem Tennis hat er zudem auffällig lange geduscht und sich sogar rasiert. Das fiel ganz klar unter die Rubrik »aufwendigere Körperpflege«.

Streitlustig war Dieter grundsätzlich. Wenn das jetzt noch schlimmer wurde … Susanne seufzte.

Besorgniserregend war auch die Aussicht auf »häufigere Geschenke«. Für weitere Haushaltsgeräte war nun wirklich kein Platz mehr in der Küche. Sogar im Keller wurde es langsam eng. Susanne seufzte erneut.

Mit »erhöhter Abwesenheit« dagegen konnte sie leben.

Susanne legte das Handy zur Seite und versuchte noch einmal, sich auf ihr Buch zu konzentrieren. Diesmal gelang es ihr, in die Abenteuer einzutauchen, die Isabella Capriani, eine venezianische Gräfin, am Ende des 19. Jahrhunderts erlebte. Diese Isabella führte ein aufregendes Leben – ohne einen fetten Cockerspaniel, auf den sie aufpassen musste. Und natürlich wurde

Isabella auch nicht betrogen, ganz im Gegenteil: Die Männer rissen sich geradezu um sie. Aber wer betrog auch jemanden, der einen so eindrucksvollen Namen wie Isabella Capriani trug?

Gegen halb zwei hörte Susanne ein Auto in der Einfahrt und kurz danach ein zweites. Wenige Momente später standen Dieter und Anna in der Terrassentür. Beide sahen aus wie das blühende Leben. Dieter war nach wie vor sportlich mit Tennissachen bekleidet, Anna trug ein schickes Kleid und hohe Schuhe. Sie war perfekt geschminkt und frisiert. Edler Schmuck und eine Chanel-Sonnenbrille im Haar rundeten das Bild ab. Unter dem Arm trug sie eine Designer-Handtasche, die keinerlei Spuren von Hundezähnen aufwies.

Anna blickte auf den Cockerspaniel, der wie wild an der Leine zog und jaulte, obwohl er noch Sekunden vorher friedlich zu Susannes Füßen gesessen hatte.

»Hattest du den armen Hund etwa die ganze Zeit angeleint?«, fragte sie entsetzt.

Susanne stand auf. »Mir blieb nichts anderes übrig«, erklärte sie, während sie zu Anna und Dieter trat. »Du siehst ja selbst, wie Helge den Garten verwüstet hat.«

Mit diesen Worten drückte sie ihrer Schwägerin die Leine in die Hand.

Anna ignorierte Susannes Bemerkung.

»Sicher wollte er nur spielen«, meinte Dieter und warf Susanne einen vorwurfsvollen Blick zu.

»Manchmal ist es ihm zu heiß im Garten, vielleicht hättest du ihn besser im Haus gelassen«, fügte Anna hinzu. Ihr Ton ließ keinen Zweifel daran, dass hier Susannes Unzulänglichkeiten diskutiert wurden, nicht die ihres Haustiers. Susanne musste sich beherrschen, ihrer Schwägerin nicht an die Gurgel zu springen.

»Dreh dich um, dann siehst du ja, was dein Hund im Wohnzimmer angestellt hat«, zischte sie mit mühsam unterdrückter Wut.

Anna tat erst so, als würde sie die zerfledderten Zeitungen, die überall auf dem Fußboden herumlagen, nicht sehen. Dann aber lachte sie. »Ach, war das etwa Helge?« Sie tätschelte dem Cockerspaniel amüsiert den Kopf. »Du böser, böser Hund! Den Kindern muss ich auch immer wieder sagen, dass sie ihre Sachen wegräumen sollen«, erklärte sie dann kopfschüttelnd. »Der Schlingel spielt halt gerne mit Papier.«

Sie wandte sich an ihren Bruder. »Sicher hatte der Hund nicht genug Auslauf, dann werden Tiere übermütig.«

Dieter warf Susanne einen vorwurfsvollen Blick zu. »Warst du etwa seit heute Morgen nicht mehr mit ihm draußen?«

Sie holte tief Luft. »Helge hatte mehr als genug Auslauf, wie du weißt. Außerdem wollte Anna ihn ja heute Morgen abholen.«

Dieter seufzte. »Ich verstehe wirklich nicht, warum du immer so kleinlich sein musst.«

»Ach, ist schon okay, Dieter«, sagte Anna großzügig. »Es war sicher nur ein Missverständnis.« Sie betrachtete Susanne mitleidig von Kopf bis Fuß. »Sag mal, Susanne, ist dir nicht viel zu warm in der langen Hose?«

Dieter schien seine Frau erst jetzt richtig anzusehen. »Wieso ziehst du bei dem Wetter keine Shorts an, wenn du sowieso nur im Garten rumsitzt?« Verständnislos schüttelte er den Kopf. Dann zuckte er mit den Schultern. »Ich gehe duschen.« Er gab Anna einen Kuss und verschwand nach oben.

Anna warf einen letzten mitleidigen Blick auf Susannes Beinkleid. »Ich muss los.« Sie drehte sich mit Helge an der Leine auf dem Absatz um und ging davon, ohne sich zu bedanken.

Susanne hatte nichts anderes erwartet. Aber wenigstens war sie jetzt den Hund los.

Oben rauschte das Wasser. Während sich Dieter der »plötzlich auftretenden aufwendigeren Körperpflege« hingab, räumte Susanne das Wohnzimmer auf, indem sie sämtliche Papierschnipsel zusammensuchte, die Helge verstreut hatte.

Sie entsorgte das, was von den Zeitschriften noch übrig war, und sah sich dann den Garten an. Hier sah es aus, als hätten Bundeswehrtruppen einen Nahkampfeinsatz geübt.

Ihre Gummistiefel würde sie wegwerfen müssen. Und über ihre schöne Lederhandtasche wollte sie gar nicht erst nachdenken! Susanne beschloss, sich erst einmal etwas Leichteres anzuziehen, und ging nach oben.

Frisch geduscht, in sauberen Shorts und T-Shirt, saß Dieter auf dem Bett und starrte auf sein Handy. Kaum hatte er Susanne bemerkt, legte er das Gerät beiseite, mit dem Bildschirm nach unten.

Verdächtig!

»Dass dir nicht viel zu heiß ist in der Hose!«, wiederholte er.

»Ich musste noch mal mit Helge raus und konnte ja schlecht in Shorts durch die Nachbarschaft laufen«, erklärte sie.

Dieter erwiderte nichts. Susanne hatte allerdings auch nicht das Gefühl, dass er ihr zugehört hatte.

»Was gibt es zu essen?«, fragte er stattdessen. »Nach dem Spiel habe ich richtig Appetit.«

»Ich habe noch nichts vorbereitet«, antwortete Susanne. »Hast du nicht erst letzten Sonntag gesagt, dass du direkt nach dem Tennis keinen Hunger hast?«

Dieter zog nur die Augenbrauen hoch und sah sie erstaunt an.

»Mit dem aufgedrehten Helge zwischen den Füßen wäre ich sowieso nicht zum Kochen gekommen«, fuhr Susanne fort, »aber ...«

»Jetzt gib doch dem Tier nicht an allem die Schuld!«, unterbrach Dieter sie ärgerlich. Dann schüttelte er demonstrativ den Kopf. »Dass du aber auch immer alles gleich so aufbauschen musst!«

Erhöhte Streitlust, ganz klar, resümierte Susanne im Stillen.

Dieter seufzte theatralisch. »Ich sterbe vor Hunger.«

Susanne zog sich die lange Hose aus und schlüpfte in leichte Shorts. Und sagte so friedfertig wie möglich: »Dann mach ich uns mal was zu essen.«

Sie deckte den Tisch draußen auf der Terrasse. Das bedeutete, dass Dieter eine gute halbe Stunde nicht umhinkonnte, auf den Garten zu blicken und somit die Verwüstung zu bemerken, die Helge angerichtet hatte. Er schien jedoch nicht zu sehen, dass der Großteil der Blumen abgebissen oder schlichtweg zertrampelt worden war, Kräuter ausgegraben waren und der Rasen an diversen Stellen Löcher hatte. Die meisten Blumentöpfe waren umgekippt, und ihr Inhalt lag ringsum verstreut.

Dieter aß mit gesundem Appetit und berichtete zwischen den Bissen mit vollem Mund davon, wie schlecht sein Tennispartner Rainer heute wieder einmal gespielt hatte.

Zum Nachtisch vertilgte er eine doppelte Portion Eis. Anschließend stellte er mit vorwurfsvollem Blick auf Susanne fest, dass er zu viel gegessen hätte. »Ich verstehe aber auch wirklich nicht, warum du bei dem schönen Wetter ein so schweres Essen machen musst«, meinte er anklagend.

Susanne war überrascht. »Aber du hast doch gerade noch gesagt, dass du vor Hunger stirbst!«

»Ja, aber etwas Leichtes hätte es auch getan«, erklärte er ungeduldig.

»Ich habe dich nicht gezwungen, zwei Portionen Eis zu essen«, entgegnete Susanne.

Dazu sagte Dieter nichts, sondern schaute weiterhin starr in den Garten, ohne das Chaos zu kommentieren.

Susanne war erstaunt. Dieter wollte plötzlich etwas Leichtes essen? Etwas Gesundes etwa? Fiel das nun auch unter »plötzlich auftretende aufwendigere Körperpflege«? Hatte es etwas zu bedeuten?

Sie folgte Dieters Blick in den Garten. »Ich verstehe nicht, warum Anna Helge nicht besser erzieht«, meinte sie und fand, dass es ein recht milder Kommentar war, wenn man vor Augen hatte, was der Cockerspaniel angerichtet hatte.

»Anna, Anna! Immer hackst du auf meiner Schwester rum!«, ereiferte sich Dieter sofort. »Nur weil du nicht mal für ein paar Stunden einen kleinen Hund unter Kontrolle halten kannst. Sicher hat er einfach nicht genug Auslauf gehabt. Und dann hat er halt ein bisschen im Garten herumgetollt. Na und? Da stellt man eben die paar Blumentöpfe wieder auf, und die Sache hat sich.«

Er schüttelte den Kopf, stand auf und ging ins Haus. Im Wohnzimmer legte er sich auf die Couch und hielt ein Nickerchen, während Susanne abräumte, die Küche sauber machte und dann versuchte, den Garten wieder halbwegs in Ordnung zu bringen.

Erst nach fünf Uhr wurde Dieter wieder wach. »Wieso hast du mich nicht geweckt?«, beklagte er sich bei Susanne, die gerade dabei war, die von Helge ruinierten Gummistiefel zu entsorgen.

»Aber du hasst es doch, wenn man dich weckt!«, antwortete sie überrascht.

»Aber das heißt ja nicht, dass ich den ganzen Sonntag verschlafen will!« Er schien kurz zu überlegen und sprang dann auf. »Ich habe noch ein paar wichtige Sachen für die Arbeit zu erledigen und muss unbedingt mit Tante Zelda sprechen.«

Er ging nach oben, kam eine Minute später mit seiner Aktentasche wieder herunter und verzog sich dann in sein Büro. Die Tür machte er hinter sich zu.

Das mit der Tür war nicht ungewöhnlich; wenn Dieter arbeitete, wollte er ungestört sein. Dennoch vermutete Susanne, dass er Vanessa anrufen oder ihr schreiben würde.

Das könnte sie überprüfen, indem sie selbst bei Vanessa anrief. Wenn besetzt war, konnte sie so gut wie sicher davon ausgehen, dass Vanessa mit Dieter sprach, oder?

Susanne holte sich ihr Handy aus der von Helge demolierten Tasche und verzog sich damit in die hinterste Ecke des Gartens.

Vanessa meldete sich beim dritten Klingeln.

»Alles in Ordnung?«, erkundigte sie sich freundlich.

»Sicher, alles bestens«, erwiderte Susanne schnell. »Ich wollte dich nur ganz kurz was fragen.«

»Schieß los!«

»Hast du heute Kontakt mit Dieter gehabt, ich meine, hat er sich bei dir gemeldet?«

»Nein«, antwortete Vanessa knapp.

»Nein?«, fragte Susanne überrascht.

»Nein«, bestätigte Vanessa.

Susanne schwieg.

»Wozu die Eile?«, fragte Vanessa. »Ich dachte, ich hätte zwei Wochen Zeit. Wenn dir das nicht schnell genug ist, dann kann ich …«

»Nein, nein«, unterbrach Susanne sie schnell. »Zwei Wochen sind völlig in Ordnung.«

»Bist du sicher? Also von mir aus können wir die Dinge beschleunigen, aber …«

Susanne fiel ihr ins Wort. »Das ist nicht nötig.«

»Gut«, meinte Vanessa. »Hier ist heute nämlich viel los, und ich kann mich leider schlecht loseisen. Ulla hat eine Cousine eingeladen, die ich angeblich unbedingt kennenlernen muss.« Vanessa klang alles andere als begeistert.

»Beate aus Meerbusch?«, fragte Susanne entsetzt.

»Ja, ich glaube, so heißt sie.« Vanessa seufzte. »Wenn das, was ich von ihr gehört habe, stimmt, dann wäre selbst Kaffeetrinken mit deinem Mann spannender.«

Susanne wusste nicht, ob sie amüsiert oder beleidigt sein sollte. Deshalb sagte sie nichts.

»Ist Meerbusch weit weg?«, erkundigte sich Vanessa.

»Wieso?«

»Ach«, meinte Vanessa, »ich überlege nur, wann diese Cousine wieder nach Hause fährt. Wenn es nicht so spät ist, könnte ich vielleicht noch …«

»Nein, vergiss es«, unterbrach Susanne sie schnell. »Beate hat Sitzfleisch. Die werdet ihr so schnell nicht los.« Fast tat ihr Vanessa leid. Samstagnachmittag mit Dieter, Sonntag mit Beate aus Meerbusch …

Viertes Kapitel

Am Montagvormittag lief Susanne bei ihren Erledigungen in der Stadt ausgerechnet Ulla in die Arme. Das hatte ihr gerade noch gefehlt!

Ulla nahm keine Notiz davon, dass Susanne schwer bepackt war, und fing sofort an, von ihrem gestrigen Grillabend zu berichten. Wie schön es doch war, ihre Cousine Beate aus Meerbusch wieder einmal zu sehen! Lang und breit erzählte sie, welche Salate und Soßen sie gemacht hatte, und wiederholte dann haarklein, was Beate alles erzählt hatte. Susanne war gerade aus der Reinigung gekommen, trug einen Stapel Anzüge über dem einen Arm und zwei Brote unter dem anderen und brach unter der Last fast zusammen.

Erst als Susanne zum dritten Mal demonstrativ auf die Uhr schaute, kam Ulla auf das eigentliche Thema zu sprechen. Susanne hatte schon vermutet, was ihr in Wirklichkeit auf der Seele brannte: Vanessa. Und der

Freitagabend. Wie sie schont geahnt hatte, war Ulla das Ganze mehr als unangenehm.

»Sicher hat sie das alles schon längst vergessen mit der Wette. Sie ist nicht gerade der nachhaltige Typ«, meinte Ulla. Und fügte kopfschüttelnd hinzu: »Also ich verstehe ja wirklich nicht, wie das Kind so aus der Art schlagen konnte.«

Susanne kannte Ulla. Einerseits tat sie so, als ob das Ganze nichts mit ihr zu tun hätte. Andererseits war sie extrem neugierig. Offenbar hatte Vanessa ihr nichts von den Ereignissen am Samstag erzählt. Sofort war sie Susanne viel sympathischer.

»Wahrscheinlich hat sie nur Spaß gemacht«, fuhr Ulla fort. »Ich glaube nicht, dass man das ernst nehmen sollte. Und überhaupt – Dieter ist doch so ein zuverlässiger Mann!« Sie lächelte unsicher. »Also, du machst dir doch hoffentlich keine Sorgen? Glaub mir, dein Dieter, der ist ganz solide.«

»Ich mache mir keine Sorgen«, sagte Susanne leichthin. Solide hin, solide her, dachte sie aber gleichzeitig, immerhin hat er bei einem Salat zwei Stunden mit Vanessa geplaudert. So viel Kommunikation fand zwischen Dieter und ihr in einer ganzen Woche nicht statt! Ganz davon abgesehen, dass er sich zu Hause meistens weigerte, Salat zu essen.

»Ich muss jetzt wirklich los, die Anzüge werden mir langsam zu schwer«, sagte sie, bevor Ulla eine Chance hatte, das Thema noch weiter auszuführen. »Bis Freitag dann.«

Sie packte Anzüge und Brote ins Auto und war heilfroh, Ulla los zu sein. Auf dem Weg zum Supermarkt ärgerte sie sich darüber, dass Ulla sie wieder an diese blöde Wette erinnert hatte. Sie hatte sich fest vorgenommen, ihrem Mann zu vertrauen. Auf der anderen Seite hatte Ulla ja bestätigt, was Susanne im Grunde auch dachte: Dieter war solide. Aber hatte Ulla wirklich überzeugt gewirkt?

Susanne verscheuchte diesen Gedanken. Vielleicht hatte sie einfach zu viel Zeit zum Grübeln – da war es ja kein Wunder, dass man auf die verrücktesten Ideen kam. Mit dem Hausfrauendasein war sie einfach nicht ausgelastet! Sie hätte sich gerne wieder irgendwo beworben oder vielleicht eine Umschulung gemacht, aber davon wollte Dieter nichts wissen. »Hinterher denken die Leute noch, ich würde nicht genug verdienen und muss meine Frau arbeiten schicken«, sagte er immer. Vielleicht sollte sie ihm doch noch mal vorschlagen, wenigstens stundenweise in der Kanzlei mitzuarbeiten? Es mussten doch auch Bürotätigkeiten anfallen, für die man keine Steuerfachausbildung brauchte. Sie nahm sich vor, Dieter heute ein leckeres Abendessen zu kochen und ihn danach von ihrer Idee zu überzeugen.

Risotto mit frischen Garnelen wäre genau das Richtige. Und davor ein leichtes Süppchen und danach ein Zitronensorbet. Im Supermarkt suchte sie gleich die entsprechenden Zutaten zusammen. Das mit den Garnelen war gar nicht so einfach, aber der freundliche Verkäufer an der Fischtheke ging extra für sie ins Kühllager.

Als sie fast an der Kasse war, klingelte ihr Telefon.

»Na, alles klar?«, fragte Vanessa, als Susanne den Anruf annahm.

Wenn man die Art ihrer Bekanntschaft in Betracht zog, war das eine recht plumpe Begrüßung, dachte Susanne leicht pikiert. Andererseits war sie immer noch beeindruckt, dass Vanessa ihrer Tante nichts von ihrer Begegnung mit Dieter berichtet hatte.

Anscheinend erwartete Vanessa keine Antwort, denn sie fuhr gleich fort. »Du bist doch sicher der Typ Frau, die schon am Montagvormittag plant, was sie am Montagabend macht.« Ihr spöttischer Tonfall ließ durchblicken, was sie von einem derartigen Mangel an Spontaneität hielt.

»Wir sind heute Abend zu Hause«, antwortete Susanne. »Ich koche, bin gerade beim Einkaufen.«

»Eben, so etwas in der Richtung habe ich schon befürchtet. Deshalb wollte ich dir Bescheid geben. Nicht dass du extra für Dieter kochst!«

Nicht extra für Dieter kochen? »Natürlich koche ich für Dieter«, sagte sie.

»Das kannst du dir sparen«, verkündete Vanessa. »Er hat mich nach der Arbeit zu einem Cocktail eingeladen, das dauert bestimmt länger. Ich dachte, ich sage dir lieber gleich Bescheid, damit du dir keine Umstände machst und am Ende noch was Kompliziertes vorbereitest.« Vanessa machte eine kleine Pause und ergänzte dann: »Dieter scheint mir der Typ Mann zu sein, der seine Frau erst um sechs Uhr anruft, um zu sagen, dass es ›auf der Arbeit heute leider etwas später wird‹. Und du scheinst mir der Typ Frau zu sein, der um diese Zeit das Abendessen bereits fertig hat. Aber warum solltest du dir unnötig Arbeit machen?«

Ja, dachte Susanne, das ergab wirklich Sinn. Warum sollte sie sich Umstände machen?

Sie wusste nicht, was sie sagen sollte. »Ach so. Danke«, stammelte sie nur.

Im nächsten Augenblick ärgerte sie sich über sich selbst. *Danke?* Sie machte kehrt und schob den Einkaufswagen zurück in Richtung Fischtheke. Als sie sich gerade nach weiteren Details über den geplanten Abend erkundigen wollte, beendete Vanessa das Gespräch schon wieder. »Also dann, tschüss!«, rief sie fröhlich, und schon war die Verbindung unterbrochen.

Der Verkäufer an der Fischtheke war nicht gerade begeistert, als sie ihm die Garnelen zurückbrachte.

Danach räumte Susanne auch alle anderen Zutaten für ihr Menü wieder in die Regale. Kurz entschlossen lud sie schließlich Kartoffeln, Gurken und Würstchen in den Einkaufswagen. Sie würde einfach einen Kartoffelsalat machen.

Eigentlich ärgerte sie sich darüber, dass sie sich von Vanessa diktieren ließ, was sie kochte – andererseits hatte sie wirklich keine Lust, unnötig in der Küche rumzustehen.

Tatsächlich rief Dieter um fünf vor sechs Uhr an und erklärte, dass es unerwartet später würde. Ein ganz wichtiger Kunde habe ein paar Fristen versäumt, und nun müsse man ganz dringend noch etwas erledigen. Und das zusätzlich zu all dem anderen Stress, den er sowieso schon um die Ohren habe!

Susanne nutzte die Gunst der Stunde.

»Darüber wollte ich sowieso mit dir sprechen – ich würde wirklich gerne wieder arbeiten. Ich könnte doch bei dir in der Kanzlei helfen, es muss doch irgendetwas geben, das ich …«

Dieter unterbrach sie ungehalten. »Jetzt komm mir doch nicht schon wieder damit! Das haben wir doch schon alles x-mal besprochen. Steuerlich bringt es sowieso keine Vorteile. Im Moment kann ich mich wirklich nicht auf solchen Unsinn konzentrieren!« Und schon hatte er aufgelegt.

Kaum hatte Susanne das Telefon weggelegt, klingelte es schon wieder. Diesmal war es Heike.

»Ich wollte dich schon den ganzen Tag anrufen, aber in der Sparkasse war so viel zu tun«, sagte sie.

»Wieso, was ist denn los?«, fragte Susanne, obwohl sie sich ganz genau denken konnte, was los war.

»Nichts Besonderes«, erwiderte ihre Freundin betont beiläufig. »Ich wollte nur einmal hören, wie es dir geht.«

»Danke, mir geht es gut, und dir?«

Heike ignorierte die Frage. »Sag mal, du machst dir doch keine Gedanken wegen Vanessa?«

»Nein, mache ich nicht«, antwortete Susanne.

»Nein?«, hakte Heike nach. Sie klang etwas enttäuscht.

»Sollte ich das?«, fragte Susanne zurück.

»Nein, nein. Natürlich nicht. Dazu gibt es ja auch keinen Grund. Ulla und Karin sagen das auch.«

»Ulla? Und Karin?«

»Ja, ich habe Ulla in der Mittagspause im Drogeriemarkt getroffen. Sie meinte, dass das alles nur Spaß war mit der Wette. Selbstverständlich würde Vanessa so etwas nie tun.« Sie machte eine kleine Pause und fügte dann schnell hinzu: »Und Dieter natürlich sowieso nicht.«

Heike war von Natur aus neugierig. Sie liebte Sensationsgeschichten. Und Verschwiegenheit zählte nicht gerade zu ihren Tugenden. Susanne glaubte kaum, dass Ulla das Thema angeschnitten hatte. Es ärgerte sie, dass Dieters potenzielle Untreue bereits zum Klatschgespräch geworden war.

»Und Karin hast du auch zufällig getroffen?«, fragte sie.

Heike ignorierte die Spitze. »Nein, Karin hat mich angerufen. Sie wollte wissen, ob Dieter schon öfter fremdgegangen ist.«

Susanne war entsetzt. »Hat die denn nichts Besseres zu tun?«, schimpfte sie.

»Ich habe natürlich geantwortet, dass Dieter nie fremdgeht«, beeilte sich Heike zu sagen. »Stimmt doch, oder?«

Dann fügte sie beschwichtigend hinzu: »Du kennst doch Karin.«

Ja, dachte Susanne, allerdings. Und dich auch. Sie wusste, dass Heike nur allzu bereit war, das Thema im Detail zu diskutieren. Sie hingegen hatte keine Lust, die Diskussion zu vertiefen. Weder mit Heike noch mit Karin noch mit Ulla.

»Du, wenn es sonst nichts gibt, ich muss mich ums Abendessen kümmern. Wir sehen uns ja spätestens Mittwoch beim Chor.« Mit diesen Worten legte sie auf, und Heike schien alles andere als erfreut. Susanne machte einen Kartoffelsalat, aß ein wenig, aber ohne großen Appetit, und kümmerte sich dann um die Wäsche, um sich von ihren Gedanken abzulenken. Es funktionierte aber nicht so recht.

Da stand sie also, faltete Dieters Unterhosen und wunderte sich darüber, wie sich ihr Leben innerhalb weniger Tage verändert hatte – wegen einer vollautomatischen Brotbackmaschine.

Fünftes Kapitel

Dieter kam um halb zehn nach Hause. Susanne saß mit dem Laptop in der Küche und war gerade dabei, sich im Internet ein paar Bücher zu bestellen.

»Hast du etwa schon ohne mich gegessen?«, fragte er entrüstet, als er den Tisch nicht gedeckt vorfand.

»Es ist fast zehn, Dieter! Im Kühlschrank steht Kartoffelsalat, und ich habe dir auch zwei Würstchen übrig gelassen.«

»Es ist gerade mal kurz nach neun«, korrigierte Dieter sie. »Ich habe seit heute früh gearbeitet und noch nichts Vernünftiges gegessen. Natürlich habe ich Hunger!«

Susanne reagierte nicht auf seinen Einwand, sondern betrachtete ihren Mann interessiert. Wenn sie es nicht besser wüsste, hätte sie ihm geglaubt, dass er gerade erst aus dem Büro kam. Er roch weder nach Alkohol, noch war er beschwipst, noch verhielt er sich besonders auffällig. Susanne wusste nicht, ob sie beeindruckt oder alarmiert sein sollte. Dieters Anzug saß tadellos. Was hatte sie erwartet? Verstrubbelte Haare und Lippenstift am Kragen?

»Warum starrst du mich denn so an?«, fragte Dieter ungeduldig. »Kannst du mir nicht wenigstens die Würstchen warm machen?«

»Kannst du das nicht selbst machen?«, gab Susanne zurück.

Er seufzte. »Kannst du dir denn nicht vorstellen, dass ich nach dem langen Tag endlich aus meinem Anzug will? Ich muss mich erst mal umziehen.«

Er drehte sich um und verschwand nach oben.

Susanne machte die Würstchen warm und stellte sie mit einer Portion Kartoffelsalat auf den Tisch. Sie zögerte kurz – und stellte dann noch eine Flasche eiskaltes Bier dazu. Wenn er das jetzt nach einem Cocktail trinkt, hat er morgen sicher Kopfschmerzen, dachte sie. Geschieht ihm recht.

»Das Bier kannst du sofort wieder wegstellen!«, blaffte Dieter, als er sich kurz darauf in Jogginghose und T-Shirt an den Tisch setzte.

»Ach?«, gab Susanne scheinheilig zurück, »sonst trinkst du doch so gerne ein kaltes Bier zum Kartoffelsalat!«

Vielleicht waren es doch zwei Cocktails gewesen, obwohl er noch hatte fahren müssen? Vanessa war ja noch in dem Alter, in dem man sich so richtig süßes Zeug bestellte. Dieter dagegen hasste Cocktails. »Schirmchen gehören auf die Terrasse, und Kirschen gehören in den Obstsalat«, pflegte er zu sagen, wann immer Susanne zu Getränken mit interessanten Namen anregte.

»Aber sonst essen wir ja auch nicht montagabends Kartoffelsalat«, entgegnete Dieter genervt.

Sonst gehst du ja auch nicht montags mit fremden jungen Frauen Cocktails trinken, dachte Susanne. Und sagte: »Soll ich dir vielleicht einen Tee machen?«

Dieter grunzte etwas, aus dem Susanne schloss, dass er keinen Tee wollte. Er schob das Bier von sich und fing an, gierig Kartoffelsalat in sich hineinzuschaufeln. Susanne stellte das Bier zurück in den Kühlschrank und setzte sich ihm gegenüber. Cocktails machen Appetit, überlegte sie. Vielleicht hat es ein paar Erdnüsse zu den Cocktails gegeben. Normalerweise aß Dieter alles, was man ihm an Knabbereien zu Getränken reichte. Wenn er allerdings die ganze Zeit geredet hatte, um Vanessa zu beeindrucken, dann war er vermutlich nicht dazu gekommen, sich Chips, Oliven, Nüsse und dergleichen in den Mund zu schieben. Und von ein paar Amarena-Kirschen im Glas wurde man nicht satt.

»Haben wir noch mehr?«, unterbrach Dieter ihre Gedanken. Er hatte seinen Teller leer gegessen und sah immer noch hungrig aus.

»Wir«, sagte Susanne und stand auf, »haben nur noch ein kleines bisschen.« Sie holte den Rest des Kartoffelsalates und füllte ihn in Dieters Teller. »Würstchen sind leider keine mehr da.«

»Hättest du nicht ein bisschen mehr machen können? Es ist ja nicht so, als ob du nicht den ganzen Tag Zeit gehabt hättest.«

»Ich wusste ja nicht, wann du kommst und ob du überhaupt Hunger haben würdest«, entgegnete Susanne.

»Was hat das damit zu tun? Du weißt doch, wie hart ich arbeite – du kannst dir nicht vorstellen, wie viel in der Kanzlei zu tun ist. Da ist es ja wohl das Mindeste, dass man abends ein bisschen was zu essen bekommt.«

Susanne atmete tief durch. »Du hast ja ein bisschen was zu essen bekommen.«

»Eine winzige Portion! Und zwei klitzekleine Würstchen!«, regte Dieter sich auf.

»Die Würstchen haben eine völlig normale Durchschnittsgröße. Aber wenn du magst, kannst du ja noch eine Portion Eis zum Nachtisch essen. Wir haben Erdbeere, Pistazie und Kirsche-Joghurt.« Sie stellte sich vor, wie eine rote, eine grüne und ein pinke Kugel Eis zusammen mit den durchschnittlich großen Würstchen in Dieters Magen auf zwei Cocktails trafen.

Dieter musste ähnliche Überlegungen angestellt haben, denn er starrte Susanne entsetzt an. »Nein danke, bloß nicht!«

Jetzt sah er ein bisschen verunsichert aus, fand Susanne. Ein guter Moment, ihr Anliegen noch einmal zur Sprache zu bringen. »Ich würde wirklich gerne wieder arbeiten, Dieter. Wenn in der Kanzlei so viel zu tun ist, dann könnte ich doch zumindest ein paar Büroarbeiten übernehmen. Ansonsten bewerbe ich mich woanders.«

Dieter unterbrach seine Frau ärgerlich. »Jetzt kommst du mir schon wieder mit diesem Schwachsinn! Das haben wir doch schon tausendmal diskutiert! Die meisten Frauen würden sich freuen, wenn sie so ein angenehmes Leben hätten wie du. Es fehlt dir an nichts, wir haben ein schönes Haus, du hast ein bequemes Leben. Was willst du mehr?«

»Ich weiß, aber ich würde eben gerne …«

Dieter ließ sie nicht ausreden. »Und überhaupt – was willst du denn machen mit deiner Ausbildung? Und was sollten unsere Bekannten denken – dass es in der Kanzlei so schlecht läuft, dass ich meine Frau arbeiten schicken muss? Also wirklich, ich bitte dich, Susanne!«

Susanne hasste nichts mehr, als wenn Dieter »Also wirklich, ich bitte dich, Susanne!« sagte. Sie fühlte sich dann immer wie ein kleines Kind. Ihre Mutter hatte auch immer »Also wirklich, ich bitte dich, Susanne!« zu ihr gesagt. Im gleichen Tonfall.

Sie überlegte, ob sich diese einfache Formulierung mit einem anderen Namen nicht ganz anders anhören würde.

»Also wirklich, ich bitte dich, Angélique!« oder »Also wirklich, ich bitte dich, Octavia!« klang ganz anders. Dann hatte man nämlich den Eindruck, dass der Sprecher ein Bittsteller war – und nicht jemand, der einem Vorwürfe machte.

»... dann hast du wenigstens keine Langeweile, dann wäre immerhin das geregelt!«

»Bitte was?« Susanne hatte nicht mitbekommen, was Dieter gerade gesagt hatte.

»Ja, hörst du mir denn überhaupt zu?«, polterte er. »Wegen morgen! Anna hat einen wichtigen Termin, und ich habe ihr gesagt, dass du die Zwillinge von der Schule abholen und zum Fußballtraining fahren kannst. Das ist sicher eine nette Abwechslung.«

Susanne starrte ihn entsetzt an. Die Zwillinge von der Schule abholen? Das hatte ihr gerade noch gefehlt!

Doch Dieter war bereits aufgestanden – offenbar war das Thema für ihn erledigt. »Das sollte ja wohl kein Problem sein, Zeit hast du ja genug«, murmelte er und ging ins Wohnzimmer. Und bevor Susanne protestieren konnte, hatte er auch schon den Fernseher eingeschaltet.

Verärgert schnappte Susanne sich ihr Buch, ging nach oben und legte sich ins Bett. Sie verbannte alle Gedanken an Vanessa, Anna und Dieter aus ihrem Kopf und tauchte in die glamouröse Welt von Isabella Capriani ein. Diese Isabella führte ein aufregendes Leben. Sie rauschte in fantastischen Kleidern von einem Bankett zum nächsten und wurde allseits bewundert und umschwärmt. Die Männer lagen ihr zu Füßen …

Als Dieter ins Bett kam, träumte Susanne bereits von Venedig und edlen Grafen in glänzenden Gondeln.

Sechstes Kapitel

Dass Dieters Vorstellung von »eben kurz die Zwillinge von der Schule abholen und beim Fußballtraining absetzen« mit der Realität wenig gemein hatte, war Susanne natürlich aus Erfahrung klar. Aber dass sie den ganzen Nachmittag auf dem Fußballplatz verbringen würde, hatte sie nun auch wieder nicht gedacht.

Seit zwei Stunden stand sie jetzt schon in der prallen Sonne, sah einem Haufen Halbwüchsiger beim Kicken zu und dachte an die Lebensmittel, die gerade in ihrem Kofferraum vergammelten. Sie hatte noch rasch eingekauft, bevor sie die Zwillinge einsammelte. Allerdings hatte sich auf dem Weg zum Fußballplatz herausgestellt, dass die beiden erstens kein Mittagessen dabeihatten und sich in ihrer Sporttasche zweitens nur ein einziges Paar Fußballschuhe befand. Beides war natürlich Annas Versäumnis, aber Susanne sah sich nun genötigt, an einer Tankstelle anzuhalten und den Kindern zumindest einen kleinen Imbiss zu organisieren.

Sie hatte das Auto kaum für drei Minuten verlassen, doch als sie zurückkam, hatte sie die beiden Jungen kämpfend auf den Vordersitzen vorgefunden. Und nicht nur das: Sie hatten es geschafft, den Rückspiegel abzureißen, der jetzt traurig und nutzlos herunterbaumelte.

Es hatte eine ganze Weile gedauert, die beiden Kampfhähne zu trennen, auf den Rücksitz zu verbannen und mit Chips und Schokoriegeln ruhigzustellen. Offenbar hatten sie mit Fäusten entscheiden wollen, wer von ihnen die Fußballschuhe tragen durfte.

Nach wenigen Metern Fahrt hatte Susanne festgestellt, dass es fast unmöglich war, ohne Innenspiegel zu fahren, und dass das Auto zudem alle paar Sekunden hupte – ganz ohne ihr Zutun. Die Zwillinge lachten sich auf der Rückbank natürlich halb tot, und Susanne war heilfroh, als sie endlich am Fußballplatz angekommen waren. Dieses Gefühl hielt allerdings nicht lange an, denn der Trainer beschloss, dass immer nur einer der Zwillinge auf den Platz durfte, während der andere von Susanne beaufsichtigt werden musste.

Mittlerweile war das Training beendet – Gott sei Dank, dachte Susanne, nur Brotbacken war langweiliger –, aber von Anna war noch immer nichts zu sehen. Mit einer halben Stunde Verspätung trudelte sie schließlich ein, schlenderte gemächlich zu

Susanne und ihren Söhnen herüber und schob ihre Sonnenbrille ins Haar. Wie immer sah sie aus wie aus dem Ei gepellt, trug eine zitronengelbe Kroko-Ledertasche unter dem Arm und schaute Susanne spöttisch an.

»Du hast dir doch nicht etwa das ganze Training angeguckt?«, fragte sie.

Susanne hatte keine Zeit mehr, ihre Anwesenheit zu erklären. Wenn sie es noch schaffen wollte, das Auto in die Werkstatt zu bringen, musste sie sich beeilen.

Susanne kam genau eine Minute vor Dieter nach Hause – mit dem Taxi. Das Auto hatte sie in der Werkstatt lassen müssen. Zwei Plastiktüten mit den verderblichsten Einkäufen, die nach drei Stunden in der Nachmittagssonne natürlich nicht mehr sehr frisch anmuteten, hatte sie aus dem Kofferraum retten können. Sie hatte sie nur schnell in der Küche abgestellt und war direkt auf die Toilette gestürzt. Das war spätestens seit vier Uhr überfällig.

Als sie aus dem Bad trat, kam gerade ihr Mann zur Tür herein. Und zwar mit einem großen Strauß Blumen im Arm.

»Für mich?«, fragte Susanne.

»Ach, ich dachte, ich bringe dir mal wieder Blumen mit. Wir hatten ja gestern Streit wegen des Kartoffelsalates, da dachte ich, du freust dich über einen Strauß, und wir vertragen uns wieder. War ja auch gar nicht so schlimm. Eigentlich tut es mir ganz gut, wenn ich etwas abnehme.«

Er drückte Susanne die Blumen in die Hand.

Punkt vier, »häufigere Geschenke«, dachte sie.

»Außerdem war ich in der Mittagspause sowieso in der Stadt«, fuhr Dieter fort. »Ich habe mir ein neues Parfum gekauft.«

Punkt zwei, »neuer Duft«, überlegte Susanne und sagte: »Riecht gut.«

Erstens, weil es stimmte, und zweitens, weil sie nicht wusste, was sie sonst sagen sollte.

Sie ging in die Küche und begann, die Blumen anzuschneiden und in einer Vase zu arrangieren. Die Pfingstrosen waren wirklich schön.

Dieter folgte ihr. »Wo ist denn dein Auto, wieso steht es nicht in der Einfahrt?«

»Ach, das ist eine lange Geschichte. Die Zwillinge haben den Innenspiegel abgerissen, da musste ich es in die Werkstatt fahren.«

»Den Innenspiegel?«, polterte Dieter sofort los. »Wie ist das denn passiert? Wieso hast du ihnen überhaupt erlaubt, vorne zu sitzen?«

Susanne atmete tief durch. Sie hatte wirklich keine Lust, an den Nachmittag auch nur zu denken, geschweige denn, ihn mit Dieter zu diskutieren!

»Ich erzähle es dir beim Essen«, wich sie aus.

»Was gibt es denn?« Sein Blick fiel auf die Tüten. »Ist das etwa Fisch, was da so aus den Tüten müffelt? Wieso hast du den denn nicht in den Kühlschrank getan?«

Jetzt roch Susanne es auch – wenngleich es schwierig war, neben Dieters neuem Parfum irgendeinen anderen Geruch wahrzunehmen. Die Lachsfilets, die sie für heute Abend gekauft hatte, rochen in der Tat nicht so gut. Offenbar hatten sie die drei Stunden in der prallen Sonne im Kofferraum nicht überlebt. Und was sollte sie jetzt kochen?

»Es ist alles Annas Schuld, so viel kann ich dir schon mal verraten!«, sagte sie bissig und stellte die Vase mit den Blumen auf den Tisch.

Dieter verdrehte die Augen. »Natürlich«, sagte er ironisch. »Das war ja klar. Anna ist ja an allem schuld, was du falsch machst.«

»Genau! Sie hat doch tatsächlich …«

Dieter winkte ab. »Ich habe keine Lust, mir irgendwelche Kindergeschichten anzuhören. Ich gehe mich umziehen. Irgendetwas wirst du ja wohl auf den Tisch bringen können, schließlich hattest du den ganzen Tag Zeit.«

Er schüttelte theatralisch den Kopf und verließ die Küche.

Susanne kochte Spaghetti mit Tomatensoße, für alles andere hatte sie keine Kraft mehr. Außerdem war ihr der Appetit vergangen.

Dieter schien mit den Gedanken ganz woanders zu sein und ließ sie beim Essen in Ruhe. Susanne war erleichtert darüber, denn sie hatte überhaupt keine Lust, die Ereignisse des Nachmittags mit ihm zu diskutieren.

Es war schon unter Idealvoraussetzungen nicht leicht, Dieter einfache Tathergänge zu erläutern. Ständig unterbrach er sie oder gab dem Thema eine andere Richtung. Aber wenn er abgelenkt war, war es völlig unmöglich. Und Dieter war ganz offensichtlich mit seinen Gedanken nicht bei ihr.

Nach dem Essen sahen sie gemeinsam fern, wobei »gemeinsam« sich lediglich auf die räumliche Situation bezog: Sie saßen im selben Zimmer, vor demselben Fernseher.

Susanne fragte sich, ob Vanessa Dieter wohl beim Parfumkauf begleitet hatte, und der Gedanke wühlte sie mehr und mehr auf. Hatte Dieter seine Mittagspause mit Vanessa verbracht, während sie sich mit den Zwillingen herumgeschlagen hatte? Und anschließend sollte sie sich noch über die Blumen freuen? Und überhaupt – was hatte denn das heißen sollen: »Wir hatten ja gestern Streit wegen des Kartoffelsalates«?

Dachte er wirklich, sie hätten sich wegen des Essens gestritten? Hatte er nicht gemerkt, dass sie sich darüber gestritten hatten, dass er – und Anna – ihr wieder einmal die Zwillinge aufhalsten? Und darüber, dass er nicht wollte, dass sie wieder arbeitete? Mal ganz davon abgesehen, dass er im Begriff war, sie zu betrügen. Kartoffelsalat – ha!

Dieter hingegen schien völlig entspannt zu sein. Er trank sein Bier, verfolgte die Quizsendung und war ganz offensichtlich guter Laune.

Gegen zehn hielt Susanne die Anspannung nicht mehr aus. Sie musste es einfach wissen. Sie ging zur Toilette und textete von dort aus Vanessa: *Hast du dich in der Mittagspause mit Dieter getroffen? Und mit ihm Parfum gekauft?*

Die Antwort kam sofort: *Bist du wahnsinnig? Bei dem schönen wetter? Ich hab natürlich in der sonne gelegen. Allerdings hab ich Dieter gesagt was mein lieblingsparfum ist. Das was er benutzte ging ja gar nicht!*

Nach jedem Satz hatte sie mindestens fünf Emojis platziert. Kommas und Großbuchstaben hielt sie wohl für überflüssig, und »gar nicht« hatte sie zusammengeschrieben. Aber, resümierte Susanne, Vanessa hatte recht. Es war kein Wetter zum Parfumkaufen gewesen. Und auch kein Wetter, um Fisch drei Stunden lang im Kofferraum liegen zu lassen oder sich auf dem Fußballplatz die Beine in den Bauch zu stehen. Es war Wetter zum In-der-Sonne-Liegen gewesen. Oder zum Um-zwanzig-nach-vier-mit-einer-zitronengelben-Lederhandtasche-und-einer-lässig-ins-Haargesteckten-Sonnenbrille-gemächlich-Auftauchen-und-seine-gefütterten-bespaßten-und-ermüdeten-Sprösslinge-Einsammeln.

Siebtes Kapitel

Der Chorabend am Mittwoch wurde, wie schon befürchtet, eine Qual. Die Lieder gefielen Susanne wieder einmal überhaupt nicht, der Chorleiter ging ihr mehr und mehr auf die Nerven, und Heike, Karin und Ute wollten in der Pause natürlich unbedingt das Thema Dieter und Vanessa diskutieren.

»Also mein Bernd könnte mit so einem Typ wie Vanessa ja überhaupt nichts anfangen«, behauptete Ute selbstgefällig.

»Jochen mit Sicherheit auch nicht«, pflichtete Heike ihr bei. »Vanessa ist doch irgendwie ganz schön … tja, wie soll ich sagen? Etwas primitiv, oder? Also schon allein der kurze Rock …«, sie schüttelte missbilligend den Kopf, »… auf so etwas steht Jochen überhaupt nicht. Ich verstehe gar nicht, wie diese Frau so aus der Art schlagen kann! Ihre Tante Ulla ist doch so ganz anders.«

»Männer mögen es nicht, wenn Frauen zu freizügig gekleidet sind«, meinte Karin.

Das hatte Susanne ja auch immer geglaubt. Jetzt aber war sie sich da gar nicht mehr so sicher. Und an deiner Stelle wäre ich mir da auch nicht so sicher, dachte sie, während sie Karin betrachtete: gut zehn Kilo Übergewicht, ungeschminktes Gesicht und flache Schuhe.

Susanne war heilfroh, als die Chorprobe endlich vorbei war. Spätestens nach dem nächsten Konzert würde sie mit dem Singen aufhören, nahm sie sich vor. Genau genommen hatte sie schon seit Langem keine Lust mehr darauf. Von Anfang an war sie nur Heike zuliebe hingegangen, und von Mal zu Mal gefiel es ihr weniger. Aber immer, wenn sie Überlegungen dazu äußerte, sagte Heike sofort: »Aber Susanne, du kannst doch jetzt nicht einfach aufhören!«

Susanne seufzte. Was brachte ihr der Chor überhaupt? Außer dem Theater, das Dieter regelmäßig veranstaltete, wenn er einmal im Jahr zum Weihnachtskonzert mitkommen sollte. (»Schon wieder? Muss das unbedingt sein?«)

Dieters Auto stand vor der Tür, und die Fenster im Haus waren hell erleuchtet. Dabei hatte Susanne erwartet, ein leeres Haus vorzufinden! Nanu, dachte sie, hat Vanessa ihn etwa versetzt? Sie war sich beinahe sicher gewesen, dass Dieter den freien Abend nutzen würde, um sich unbemerkt mit ihr zu treffen.

Susanne blieb erst einmal in ihrem Auto sitzen, das sie mittags aus der Werkstatt abgeholt hatte, und zog ihr Handy hervor. Diesmal hatte sie Glück, und Vanessa ging ans Telefon. Ja, Dieter hatte tatsächlich ein Treffen angeregt. Er hatte vorgeschlagen, sie zum Essen in ein Lokal in der Nachbarstadt einzuladen. Vanessa hatte aber abgesagt.

»Ulla wollte unbedingt, dass wir meine Großeltern besuchen«, erklärte sie. »Darauf hätte ich liebend gerne verzichtet, es war sterbenslangweilig und hat ewig gedauert, aber ich konnte schlecht Nein sagen. Oma und Opa beschweren sich ständig, dass sie mich so selten zu Gesicht bekommen.«

Dieter war also nicht mit Vanessa ausgegangen, überlegte Susanne. Gleich fühlte sie sich ein bisschen besser. Aber nicht lange, denn der nächste Dämpfer folgte umgehend.

»Stattdessen gehen wir am Freitag zusammen essen«, eröffnete Vanessa ihr. Und fügte in beruhigendem Ton hinzu: »Wir liegen ja gut in der Zeit.«

Susanne beendete das Gespräch schnell. Dann saß sie eine Weile einfach nur da, im Auto, vor der Einfahrt. In ihrem Kopf herrschte Leere.

Im Wohnzimmer fand sie einen schlecht gelaunten Dieter. »Du hast mir ja gar nichts gekocht«, begrüßte er sie missmutig.

Nein, dachte Susanne, ich dachte ja auch, dass du mit Vanessa isst. Laut sagte sie: »Ich habe vermutet, dass du heute länger im Büro zu tun hast.«

Dieter grummelte irgendetwas Unverständliches. Und sagte dann: »Ist ja auch egal, ich habe mir selbst was gemacht.«

Susanne seufzte. Dann sah die Küche sicher wieder wie ein Schlachtfeld aus.

»Ich verstehe gar nicht, was du am Singen findest und warum du immer zu diesem Chor gehst«, mäkelte er vom Sofa aus.

»Ich auch nicht« rief Susanne zurück, »deshalb höre ich ja auch auf!«

»Was?« Dieter drehte sich alarmiert zu ihr um. Wahrscheinlich fürchtet er um seine sturmfreie Bude am Mittwochabend, überlegte Susanne nicht ohne Schadenfreude.

»Du kannst da doch nicht so einfach aufhören«, rief er entsetzt.

»Wieso nicht?«, fragte sie betont gleichmütig.

Dieter schien völlig perplex. »Aber zum Buchclub gehst du doch wohl weiterhin, oder?«, fragte er unsicher.

Susanne wusste nicht, ob sie belustigt oder verstimmt sein sollte. »Mal sehen«, sagte sie und ging in die Küche, um sich einen Tee zu machen.

Dieter kam hinter ihr her. »Warum solltest du auch

mit dem Buchclub aufhören, wo du doch so gerne liest!« Jetzt wirkte er sehr nervös.

Susanne sagte nichts. Während sie ihren Tee zubereitete, stand Dieter einfach nur da und betrachtete sie.

»Irgendwie bist du in letzter Zeit so aufgedreht«, bemerkte er schließlich vorwurfsvoll.

Susanne drehte sich um und sah ihm direkt in die Augen. »Da täuschst du dich.« Bildete sie sich das nur ein, oder war er verunsichert?

»Ich gehe ins Bett und lese noch ein bisschen«, sagte sie.

Mit der Teetasse in der Hand sah sie sich in der unaufgeräumten Küche um. Dieter hatte sich Brote gemacht, aber nichts weggeräumt, überall lagen Krümel herum. »Du hast hier ja sicher noch zu tun.«

Achtes Kapitel

Dem Freitagabend sah Susanne mit einem mulmigen Gefühl entgegen. Der Buchclub sollte diese Woche bei Dagmar stattfinden. Am liebsten wäre sie gar nicht hingegangen, aber dann hätten die anderen ihre Abwesenheit genutzt und groß und breit diskutiert, ob Dieter sie nun betrog oder nicht. Da war es wohl oder übel besser, wenn sie dabei war und derartige Gespräche im Keim erstickte.

Dieter hatte mindestens drei Mal beiläufig erwähnt, dass er am Freitag nach dem Tennis auf jeden Fall »mit den Jungs noch ein paar Bier trinken« wollte. Das gemeinsame Abendessen mit Vanessa war also nach wie vor geplant.

Am frühen Abend tischte Susanne – wie jeden Freitag – ein leichtes Abendessen auf. Üblicherweise aß Dieter eine Kleinigkeit vor dem Tennis, und sie wollte natürlich auch nicht mit knurrendem Magen bei Dagmar sitzen. Sülze und Fleischsalat aß Dieter ausgesprochen gerne – deshalb war es nur logisch, ihm eine solide Portion vorzusetzen.

Verschreckt starrte er auf sein Abendbrot. »Wer soll das denn alles essen?«

»Du hattest doch sicher einen anstrengenden Tag«, wandte Susanne unschuldig ein. »Und außerdem willst du nach dem Tennis ja wohl kaum auf nüchternen Magen mit den Jungs ein paar Bier trinken?«

Dieter zögerte kurz. »Ich glaube, ich habe eine leichte Magenverstimmung, da sollte ich vielleicht ...«

»Ach«, unterbrach ihn Susanne scheinheilig, »du Armer, dann solltest du vielleicht lieber zu Hause bleiben ...«

»Nein, nein, so schlimm ist es gar nicht«, korrigierte Dieter sich schnell und machte sich daran, seinen Teller zu leeren – auch wenn er nicht gerade glücklich dabei aussah.

Meistens verließen sie freitagabends mehr oder weniger gleichzeitig das Haus, heute jedoch war Dieter offensichtlich daran gelegen, dass Susanne als Erste aufbrach. Und ihr war natürlich völlig klar, warum.

Während sie in aller Seelenruhe die Küche aufräumte (oder zumindest so tat, als wären ihre Aktionen von Seelenruhe bestimmt), lief Dieter unruhig durchs Haus.

»Musst du nicht bald mal los?«, fragte er.

»Ja, gleich«, antwortete sie gelassen.

Wenige Minuten später stand er schon wieder in der Küchentür und tat erstaunt. »Du bist ja immer noch hier.«

»Ich gehe jetzt gleich«, sagte sie, und Dieter verschwand nach oben.

Kurz darauf baute er sich – in Tennisklamotten und umhüllt von einer Duftwolke des neuen Parfums – erneut vor ihr auf und blickte demonstrativ auf seine Armbanduhr. »Bist du nicht viel zu spät dran?«

»Seit wann machst du dir Sorgen, dass ich ein paar Minuten zu spät beim Buchclub auftauche?«, fragte Susanne. Beinahe musste sie grinsen bei der Vorstellung, dass Dieter sich wohl oder übel im Auto umziehen müsste, wenn sie nicht in den nächsten Minuten das Feld räumte – bestimmt wollte er Vanessa nicht in Tennisklamotten zum Essen ausführen.

Dieter brummelte irgendetwas und verschwand wieder nach oben. Susanne nahm an, dass er sein Ausgeh-Outfit nun notgedrungen in seine Tennistasche quetschen musste. Dieter hasste Knitterfalten in seiner Kleidung, überlegte Susanne nicht ganz ohne Schadenfreude.

Wenige Minuten später kam er, die vollgestopfte Tennistasche in der Hand, die Treppe herunter. Er hatte sich ganz offensichtlich noch einmal die Zähne geputzt, und duftmäßig hatte er auch noch einmal nachgelegt. Vanessa wusste schon, warum sie ihm ein Parfum vorgeschlagen hat, das ihr gefällt, dachte Susanne.

»Ich muss los, Schatz«, sagte Dieter, als er in der Diele stand.

Schatz? Wann hatte er sie das letzte Mal so genannt?

»Ich auch.« Susanne schnappte sich ihre alte Tasche und nahm eine leichte Jacke von der Garderobe.

Dieter sah sie etwas unschlüssig an.

»Nach dir!«, gebot Susanne und deutete mit einer Handbewegung an, dass sie ihrem Mann den Vortritt ließ. »Mach dir keine Sorgen, ich schließe die Tür schon richtig zu.«

Dagmar wohnte ganz in der Nähe. Als Susanne mit leichter Verspätung eintraf, waren alle anderen bereits da. Man saß ungestört im Wohnzimmer. Uwe, Dagmars Mann, hatte Spätschicht, und der neunjährige Sohn war bei der Oma – Uwes Mutter wohnte nur zwei Straßen weiter. Wie auf Kommando verstummten die Freundinnen, als Susanne den Raum betrat.

Ich wette, sie haben über Dieters potenziellen Seitensprung getratscht, dachte Susanne verärgert.

Ute brach als Erste das Schweigen und wandte sich an Ulla. »Vanessa ist heute nicht mitgekommen?«, fragte sie, obwohl das offensichtlich war.

Ulla war die Frage offenbar unangenehm. Sie zögerte und meinte schließlich: »Ich glaube, sie interessiert sich nicht so für Bücher.«

»Eher für Männer, scheint mir«, sagte Renate spitz.

»Renate!« Heike machte einen halbherzigen Versuch, das Thema zu beenden, aber davon wollte Ute nichts wissen.

»Stimmt doch!«, protestierte sie. »Das habt ihr doch selber gerade gesagt.«

»Die Frage ist wohl eher, ob sich die Männer für Vanessa interessieren«, stellte Susanne richtig.

»Dein Mann, um genau zu sein«, sagte Ute giftig.

Susanne hatte das Gefühl, dass sich alle gegen sie verschworen hatten. Warum wohl? Hatten sie Angst, dass Vanessa ihnen der Reihe nach ihre Männer abspenstig machte? Fürchtete sie, dass Vanessas Theorie stimmte und jeder Mann sich verführen ließ?

Ulla lachte nervös. Ihre Stimme klang schrill. »Das muss man doch alles nicht so ernst nehmen. Vanessa ist halt …« Sie brach ab und zuckte hilflos mit den Schultern. »Also von uns muss sich doch keine Sorgen um ihren Mann machen.«

Heike nickte und versuchte es noch einmal mit einem Themawechsel. »Ich schlage vor, wir kommen auf das heutige Buch zu sprechen.«

Aber Ute konnte sich einen letzten Kommentar nicht verkneifen: »Also ich finde ja, dass sich Susanne das Ganze irgendwie selbst eingebrockt hat.«

Susanne hätte ihr den Hals umdrehen können. Weil sie innerlich vor Wut kochte, konnte sie es kaum abwarten, dass der Buchclub endlich vorbei war. Als Renate um Viertel nach zehn mit den Worten »Michael schreibt morgen eine Mathearbeit« das Startzeichen zum Aufbruch gab und alle anderen sich ihr anschlossen, war sie heilfroh.

Susannes Auto stand etwas weiter entfernt und direkt hinter dem von Heike, deshalb legten sie die letzten paar Meter zu zweit zurück.

Als sie ihr Auto aufschloss, legte ihr Heike kurz die Hand auf den Arm. »Also irgendwie hat Ute ja schon recht«, sagte sie. »Wenn du ehrlich bist, musst du zugeben: Du bist wirklich selbst schuld.«

»Wieso bin ich selbst schuld?«, fragte Susanne verblüfft.

»Na ja, du hast dich schließlich auf die Wette mit Vanessa eingelassen«, sagte Heike. »Ich meine ja nur …«

Susanne stieg ins Auto und ließ Heike stehen, ohne zu fragen, was sie mit »nur« meinte.

Zu Hause war alles ruhig.

Susanne war einen kleinen Umweg gefahren, am Tennisclub vorbei, nur um zu sehen, ob Dieters Auto auf dem Parkplatz stand. Stand es natürlich nicht.

Den Umweg hätte sie sich sparen können. Natürlich hatte Dieter heute nicht Tennis gespielt. Er saß jetzt sicher mit Vanessa in irgendeinem Edelrestaurant, in dem sie ein tolles Menü gegessen hatten, während Susanne sich hatte anhören müssen, dass sie an dem ganzen Schlamassel selbst schuld war.

Sie ging in die Küche und blieb unschlüssig stehen. Was sollte sie jetzt machen? Normalerweise hätte sie sich jetzt einen Stapel von Dieters Hemden vorgenommen und vor dem Fernseher gebügelt, bis er nach Hause kam. So schrecklich spät wurde es meistens nicht beim Tennisclub, selbst wenn Dieter und seine Freunde noch ein Bier tranken.

Heute lagen die Dinge natürlich anders. Erstens würde es sicher später werden, und zweitens war es wohl kaum angemessen, Dieters Hemden zu bügeln, während der sich mit einer Frau amüsierte, die zwanzig Jahre jünger war als er.

Susanne goss sich ein Glas Wein ein und aß dann im Stehen eine Portion Kirsche-Joghurt-Eis. Inzwischen war es halb elf. Vielleicht waren Vanessa und Dieter gar nicht mehr im Restaurant? Vielleicht waren sie noch woanders hingegangen? In eine Bar? Oder vielleicht sogar in ein Hotel?

Susanne goss sich ein weiteres Glas Wein ein und aß eine zweite Portion Eis – diesmal am Küchentisch. Anschließend ärgerte sie sich, dass sie so viel Eis gegessen hatte, und trank ein drittes Glas Wein.

Sie war wütend. Wütend auf alle. Auf Dieter, weil er

ihr eine Brotbackmaschine geschenkt hatte, auf Anna, weil sie von Dieter Schmuck geschenkt bekam, auf ihre Eltern, weil sie sie Susanne und nicht Angélique oder zumindest Alicia getauft hatten, auf Helge, weil er fett und unerzogen war, und auf Heike und Ute, weil sie so selbstgefällig waren.

Susanne beschloss, ins Bett zu gehen und zu lesen. Aber sie musste unbedingt noch wach bleiben! Auf keinen Fall wollte sie sich Dieters Ausrede entgehen lassen, wenn er ihr beim Nachhausekommen erklären musste, warum er so spät dran war, obwohl die Bar im Tennisclub um Mitternacht schloss.

Leider musste sie wohl doch eingeschlafen sein und Dieters Rückkehr verpasst haben. Was sicher an den drei Gläsern Wein lag. Der Tatsache, dass sie dazu fast einen Liter Kirsche-Joghurt-Eis verspeist hatte, verdankte sie es vermutlich, dass sie am nächsten Morgen mit fürchterlichen Kopfschmerzen am Küchentisch saß. Oder eher über dem Tisch hing, während Dieter fröhlich pfeifend wie ein junger Gott durchs Haus sprang.

Kopfschüttelnd stellte er sich in die Küchentür. »Sicher hast du wieder zu viel gelesen«, kommentierte er Susannes desolaten Zustand. Er sah sich suchend um. »Haben wir Orangensaft?«

»Im Kühlschrank«, antwortete sie müde.

Dieter riss die Kühlschranktür auf. »Ich sehe keinen.«

Susanne seufzte. In ihrem Kopf hämmerte es. Warum musste Dieter nur so einen Krach machen?

»Hier ist kein Orangensaft!«

»In der Tür, wo alle Flaschen stehen.« Wenn doch nur das Dröhnen in ihrem Kopf aufhören würde!

Dieter schien die Flaschen näher in Augenschein zu nehmen, jedenfalls klirrte das Glas furchtbar laut. Susanne hielt sich die schmerzende Stirn.

»Da ist definitiv kein Orangensaft«, behauptete Dieter. »Da hat man mal Lust auf Orangensaft, und dann ist natürlich keiner da. Das ist ja mal wieder typisch.«

»Ich weiß ganz genau, dass wir Orangensaft im Kühlschrank haben«, sagte Susanne.

»Und wo, bitte schön?«

Sie stand auf und ging langsam zum Kühlschrank. Ihre Ohren dröhnten, ihre Schultern waren verkrampft. Der Orangensaft stand genau da, wo sie ihn gestern hingestellt hatte. In der Tür, bei den Flaschen.

Sie nahm ihn und drückte ihn Dieter wortlos in die Hand. Dann setzte sie sich wieder an den Tisch.

Dieter sah sie ärgerlich an. »Das ist ja ein Karton.«

Susanne warf ihm einen fragenden Blick zu.

»Du hast gesagt, ›wo alle Flaschen stehen‹, deshalb habe ich nach einer Flasche gesucht«, entrüstete sich Dieter.

»Wir hatten noch nie Orangensaft in Flaschen«, sagte Susanne und legte den Kopf auf die Tischplatte.

Dieter öffnete und schloss – besonders laut, wie es Susanne schien – drei Hängeschränke, bevor er die Gläser gefunden hatte. Wusste er wirklich nicht, wo sie standen, oder wollte er nur maximalen Krach machen?

»Wieso bist du denn gestern so spät nach Hause gekommen?«, fragte Susanne.

Dieter trank sein Glas in einem Zug leer, ließ sich aber Zeit mit der Antwort. »So spät war es gar nicht, du bist wohl nur früh eingeschlafen.« Er musterte sie. »Bist du etwa krank? Vielleicht brauchst du eine Brille? Deine Augen werden ja auch älter, und wenn du sie dann noch unnötig überanstrengst … Da musst du dich nicht wundern, wenn du Kopfschmerzen kriegst.«

Er schüttelte den Kopf und zog gleichzeitig die Augenbrauen hoch, als könne er so viel Dummheit kaum fassen.

»Ich muss noch mal kurz in die Kanzlei, ein paar Unterlagen holen«, sagte er dann, ließ sein benutztes Glas und den Saftkarton auf der Küchenzeile stehen und marschierte mit dynamischem Schritt aus der Küche.

Zwei Stunden später waren drei Dinge offensichtlich: »Ein paar Unterlagen aus der Kanzlei holen« dauerte heute deutlich länger als gewöhnlich. Der Karton mit dem Orangensaft würde sich nicht von selbst in den Kühlschrank zurückbewegen. Und Susannes Kopfschmerzen waren so weit unter Kontrolle, dass sie nicht länger rechtfertigen konnte, tatenlos am Küchentisch zu sitzen.

Also stand sie endlich auf, räumte den Orangensaft in den Kühlschrank (und das Glas in die Spülmaschine), duschte, zog sich an und beschloss, ihre Eltern zu besuchen.

Walther war nicht da. Ruth hatte Gardinen gewaschen und war gerade dabei sie aufzuhängen. Susanne hätte es sich denken können, denn ihre Eltern wollten nächstes Wochenende an die Mosel fahren, und ihre Mutter wusch grundsätzlich die Gardinen, bevor sie in den Urlaub fuhren – mit der Begründung, dass sie es dann »nicht hinterher machen musste«. Und wenn ihre Mutter Gardinen wusch, dann verschwand ihr Vater grundsätzlich zum Baumarkt. Weil er sonst zu Hause »ja nur störte«.

Susanne wäre es inzwischen lieber gewesen, wenn Walther bei solchen Aktionen zu Hause bliebe, um dafür zu sorgen, dass seine Gattin nicht von der Leiter fiel. Doch solchen Überlegungen begegnete Ruth grundsätzlich mit völligem Unverständnis: »Ich bin die letzten fünfundvierzig Jahre nicht von der Leiter gefallen, wieso sollte ich jetzt damit anfangen?«

Heute allerdings befand sie, dass sich ihre Tochter, da sie »ja nun schon mal da« war, auch »nützlich machen« konnte. Und deshalb stand Susanne mit inzwischen wieder leicht dröhnendem Kopf und einem mehr als flauen Gefühl im Magen auf einer fünfundvierzig Jahre alten, wackligen Leiter und hängte tropfnasse Gardinen auf, während ihre Mutter das Ganze von unten mit prüfendem Blick kontrollierte und alle paar Minuten sagte: »Pass bloß auf, dass du alle Häkchen erwischst. Wenn du eins auslässt, dann fallen sie nicht richtig, und dann musst du wieder von vorne anfangen!«

Susannes Kopfschmerzen wurden immer schlimmer, und sie wünschte, sie wäre einfach zu Hause am Küchentisch sitzen geblieben. Das Geschnatter ihrer Mutter einfach auszublenden erwies sich als unmöglich.

»… Frau Wiese beim Einkaufen getroffen, sie hat mir erzählt, wie viel Ärger sie mit ihrer Tochter hatten.«

Susanne brachte ein halbwegs interessiert klingendes »Ach!« zustande. Sie hatte keine Ahnung, wer Frau Wiese war, hielt es aber für klüger, Interesse zu heucheln, weil sie vermeiden wollte, die Geschichte unnötig zu verkomplizieren.

»Ja, der Schwiegersohn hatte wohl was mit seiner Sekretärin, ist aber Jahre her.«

»Ach!«, wiederholte Susanne.

»Ja, Frau Wieses Tochter hat es zufällig herausgefunden.«

»Ach!«

»Sie hat ein richtiges Theater gemacht, ist dann aber doch wieder zur Vernunft gekommen.«

»Frau Wiese?« Susanne war inzwischen richtig übel. Die Gardinen wurden immer schwerer.

»Nein, ihre Tochter«, korrigierte Ruth. »Ein kleiner Fehltritt vor tausend Jahren, da wirft man doch nicht gleich alles hin. Ich bitte dich, Susanne! Die haben doch erst vor fünf Jahren gebaut.«

Susanne hatte keine Lust, mit ihrer Mutter über eheliche Untreue zu diskutieren. Vor allem nicht, während sie mit Kopfschmerzen und einer tropfnassen Gardine über dem Arm auf einer altersschwachen Leiter stand und sich darauf konzentrieren musste, kein Häkchen zu übersehen. Sie hasste Gardinen. Was Ruth nach wie vor für eine kindliche Laune hielt, aus der sie sicherlich irgendwann herauswachsen würde.

»Guck mal, Susanne, hast du da ein Häkchen übersehen?«, rief sie jetzt besorgt.

»Nein, nein, habe ich nicht«, beruhigte Susanne sie schnell.

»Wusstest du etwas davon?«, erkundigte sich Ruth.

»Ich?« Susanne ließ für einen Moment die Gardine sinken. »Wieso sollte ich davon wissen? Ich kenne diese Frau Wiese doch überhaupt nicht!«

»Ich dachte, du gehst mit ihrer Tochter zum Chor – oder war es der Buchclub? Ich spreche von Ute, der Tochter von Frau Wiese.«

Susanne wäre beinahe von der Leiter gefallen.

Richtig, Utes Mädchennamen war Wiese. Sie hatte völlig vergessen, dass sich ihre Mütter flüchtig kannten.

Utes Mann hatte eine Affäre?

»Utes Mann hat eine Affäre?«, fragte sie erstaunt.

»Gehabt.« Ihre Mutter winkte ab. »Eine ganz kurze Sache, es ist Ewigkeiten her, nichts von Bedeutung.« Sie sah Susanne kritisch an. »Beeil dich bitte ein bisschen mit den Gardinen, du weißt ja, wie schnell sie trocknen, und dann fallen sie nicht mehr richtig.«

»Jaja«, sagte sie schnell und arbeitete konzentriert weiter. »Was macht Ute denn jetzt?«

Ruth schnaubte. »Na ja, sie hat wohl kurz an Trennung gedacht. Die Ute hatte wohl immer schon Flausen im Kopf, aber dann hat doch die Vernunft gesiegt.«

»Aber wäre eine Trennung denn nicht angemessen, wenn ihr Mann sie betrügt?«

»Also wirklich, ich bitte dich, Susanne! Sie sind genauso lange verheiratet wie Dieter und du. Und sie haben gerade erst gebaut! Da trennt man sich doch nicht.« Ihre Mutter schüttelte den Kopf.

»Ja, aber …«

»Ihren Mann verlassen! Was will Ute denn alleine, in ihrem Alter? Ihre Eltern können sie auch nicht ewig unterstützen. Wusstest du, dass Herr Wiese es mit dem Herzen hat? Dass eure Generation aber auch bei jeder Kleinigkeit sofort das Handtuch werfen will!«

»Ja, soll Ute das denn deiner Meinung nach einfach so akzeptieren?«

Susannes Mutter ignorierte den Einwand. »Sie hätte ja auch ein bisschen Rücksicht auf ihre Eltern nehmen und ein Auge zudrücken können. Was ich nicht weiß, macht mich nicht heiß. Das ist doch alles Schnee von gestern!« Sie machte eine kurze Pause. »Na ja, glücklicherweise ist sie dann ja doch noch vernünftig geworden. Ach, guck mal, Susanne, jetzt hast du am Ende doch noch ein Häkchen übersehen – da must du das letzte Stück wohl noch mal machen!«

Susanne war froh, als sie endlich gehen konnte. Ihre Kopfschmerzen waren zwar inzwischen fast weg, dafür taten ihr jetzt der Nacken und der linke Arm weh.

Auf dem Nachhauseweg dachte sie über Ute nach. Von wegen »mein Bernd könnte mit so einem Typ wie Vanessa überhaupt nichts anfangen« …

»Wo warst du denn so lange?«, wurde sie zu Hause von Dieter begrüßt.

Er war wieder in eine gewaltige Duftwolke gehüllt, die ihr beim Näherkommen direkt auf den immer noch flauen Magen schlug. Sie sollte dringend etwas essen, heute hatte sie noch gar nichts zu sich genommen.

»Ich war bei meinen Eltern«, erklärte Susanne und betrachtete Dieter, der ein neues hellblaues Poloshirt mit gelbem Kragen trug. »Ich habe meiner Mutter mit den Gardinen geholfen.«

Dieter grunzte etwas Unverständliches. Susanne wusste, dass er ihr schon gar nicht mehr zuhörte.

»Sie fahren ja diese Woche an die Mosel.«

Dieter war offensichtlich mit seinen Gedanken ganz woanders. Hätte er zugehört, hätte er an dieser Stelle üblicherweise gesagt: »Ich weiß ja wirklich nicht, warum deine Eltern immer an die Mosel fahren, die sollten doch lieber nach Wangerooge.« Aber heute hatte er offenbar andere Dinge im Kopf. Vanessa, nahm Susanne an.

»Neues Poloshirt?«, erkundigte sie sich in neutralem Tonfall.

»Ich brauchte unbedingt mal was Frischeres.«

So wird es sein, dachte Susanne. Was Jüngeres und Frischeres.

»Wieso? Gefällt es dir etwa nicht?« Dieters Stimme klang leicht pikiert.

»Mich wundert, dass es dir gefällt.« Susanne deutete auf den ausgefallenen Kragen. »Sonst willst du doch immer was ›ganz Schlichtes ohne Firlefanz und bloß nichts Grelles‹.«

Dieter zuckte mit den Schultern. »Man kann ja wohl mal was anderes ausprobieren.«

Konnte man das? Das ist ja genau die Frage, dachte Susanne. Dieter wirkte ausgesprochen energiegeladen. So frisch wie sein Poloshirt.

Sie selbst hingegen fühlte sich wie hundert Jahre alt.

So aufgeräumt und gut gelaunt, wie Dieter nachmittags gewirkt hatte, war er wohl doch nicht. Als Susanne ihm am frühen Abend den Vorschlag machte, gemeinsam essen oder ins Kino zu gehen, gähnte er demonstrativ.

»Susanne! Ich bitte dich!«, sagte er. »Ich habe eine anstrengende Woche vor mir, da muss es mir ja wohl gegönnt sein, mich wenigstens am Wochenende zu entspannen.« Er schüttelte den Kopf. »Du machst dir kein Bild davon, wie anstrengend es im Moment in der Kanzlei ist.« Nach einer kleinen Pause fügte er hinzu: »Und dann auch noch diese Fortbildung in Darmstadt.«

»Fortbildung? Darmstadt?«

»Ja, der zweitägige Lehrgang in Darmstadt, das habe ich dir doch erzählt.«

Susanne war sich sicher, dass er keine zweitägige Fortbildung erwähnt hatte. »Ich weiß nichts von Darmstadt«, sagte sie.

Dieter seufzte gequält. »So etwas brauche ich im Moment wie ein Loch im Kopf. Ausgerechnet jetzt, wo wir im Büro so viel zu tun haben – und dann auch noch zwei volle Arbeitstage!«

Wenn Susanne es nicht besser gewusst hätte, hätte sie schwören können, dass ihr Mann die Wahrheit sagte.

»Aber mach dir keine Sorgen, am Freitagabend bin ich wieder da, es ist nur eine Übernachtung – Gott sei Dank!«, setzte Dieter hinzu.

Susanne machte sich keine Sorgen, weil Dieter zwei volle Arbeitstage in der Kanzlei verpasste – für eine Fortbildung, die, das war ihr natürlich klar, überhaupt nicht existierte. Sie machte sich Sorgen, weil sie nicht so recht wusste, was sie tun sollte. Sie hatte zwar eine Wette angenommen, aber die Spielregeln nicht im Detail geklärt.

Sie betrachtete Dieter verstohlen. Das Poloshirt sah wirklich klasse aus, und es stand ihm gut. Der gelbe Kragen war mal etwas anderes. Aber ihr war auch klar, dass er dieses Shirt – hätte sie es ihm vor zwei Wochen gekauft – im Leben nicht angezogen hätte. Er hätte sie mitleidig angeschaut und etwas gesagt wie: »Also wirklich, ich bitte dich, Susanne! Ich laufe doch nicht wie ein Kanarienvogel durch die Gegend!«

Für den Rest des Tages flatterte der Kanarienvogel unruhig durchs Haus und überprüfte alle paar Minuten sein Telefon. Beim Abendessen wirkte er abwesend und hörte Susanne überhaupt nicht zu. Erst als sie erwähnte, dass Ute ihren Mann bei einem Seitensprung erwischt hatte, wurde er hellhörig und hätte beinahe seine Gabel fallen lassen.

»Wie ist das denn passiert?«, fragte er.

Susanne zuckte mit den Schultern. »Midlife-Crisis?«

»Nein, ich meine, wie hat Ute von der Affäre erfahren?«

»Keine Ahnung«, sagte Susanne und schlug dann vor: »Weibliche Intuition?«

Dieter wurde für einen Moment ganz blass um die Nase. Vielleicht lag es aber auch an dem kanarienvogelgelben Kragen, der die plötzliche Blutleere in seinem Gesicht betonte.

Er fing sich aber schnell und aß weiter.

»Ich denke, sie wird sich scheiden lassen«, sagte Susanne.

Dieter schaute sie zweifelnd an.

»Würdest du dich denn nicht scheiden lassen, wenn du herausfinden würdest, dass ich dich betrüge?«, fragte Susanne.

»Ich bitte dich, Susanne!«, sagte Dieter, als hätte sie gerade mal wieder etwas besonders Dummes gesagt.

»Also, würdest du?«, hakte sie nach.

»Darüber habe ich mir noch keine Gedanken gemacht«, brummte er und wandte sich wieder seinem Teller zu.

Natürlich nicht, dachte Susanne. Weil du genau weißt, dass ich dich nie betrügen würde.

Denn so etwas machte eine Susanne einfach nicht.

Neuntes Kapitel

»Ich hoffe, ich habe dich nicht geweckt«, sagte Susanne, als sie am Montagmorgen bei Vanessa anrief.

»Keine Sorge, das hat dein Mann schon erledigt.« Sie klang leicht vorwurfsvoll, so als wäre es Susannes Versäumnis, Dieter nicht besser erzogen zu haben. »Was gibt's?«, fragte sie dann.

»Du fährst am Donnerstag mit Dieter nach Darmstadt?«, platzte Susanne heraus. Eine subtilere Formulierung war ihr nicht eingefallen; im Übrigen hatte sie nicht das Gefühl, dass subtile Formulierungen in der aktuellen Lage angemessen waren.

»Nach Darmstadt? Was soll ich denn in Darmstadt?«

Guter Punkt. Was sollte eine Vierundzwanzigjährige in Darmstadt?

»Wir fahren zu einem Konzert nach Düsseldorf, gehen auf der Kö ein bisschen shoppen, essen japanisch und übernachten in so einem Boutique-Hotel mit Spa«, stellte Vanessa richtig.

Susanne schluckte. »Mir hat er gesagt, dass er zu einer Fortbildung nach Darmstadt muss.«

»Na ja, er kann dir ja auch schlecht erzählen, dass er mit mir nach Düsseldorf fährt.«

Da musste sie Vanessa natürlich recht geben. »Hast du ihm das hellblaue Poloshirt mit dem gelben Kragen ausgesucht?«, fragte sie.

»Ach, hat er es gekauft?«, erkundigte sich Vanessa. »Was heißt ausgesucht … Wir sind an einem Schaufenster vorbeigegangen, und ich habe erwähnt, dass es mir gefällt. Ist doch viel besser als diese drögen dunkelblauen Sachen, die er sonst immer trägt. Wieso – gefällt es dir etwa nicht?«

»Doch, doch«, erwiderte Susanne. »Es ist schön.« Und fügte hinzu: »Dann werde ich mal dafür sorgen, dass er für Düsseldorf keine drögen und langweiligen Kleidungsstücke einpackt.«

Doch Ironie war ganz offensichtlich an Vanessa verschwendet. »Ach, ich glaube nicht, dass Dieter viele Klamotten braucht«, kommentierte sie nur.

Susanne hatte keine Ahnung, was sie tun sollte. Und deshalb tat sie: nichts.

In dieser Woche ging sie nicht einmal zum Chor. Sie hatte einfach keine Lust, Dieters Untreue zu diskutieren, und entschuldigte sich deshalb mit einer leichten Halsentzündung. Was nicht aus der Luft gegriffen war:

Sie hatte wirklich einen dicken Hals, wenn sie darüber nachdachte, dass Dieter mit Vanessa einen Shopping-Trip nach Düsseldorf plante – und dabei bestimmt keine Brotbackmaschine im Kopf hatte. Und dass er anschließend keine Bekleidung brauchen würde, um sich in einem Designer-Hotel zu vergnügen.

Dieter bekam nicht einmal mit, dass Susanne nicht beim Chor war. Wie er ihr telefonisch mitteilte, wurde es »leider später in der Kanzlei«. Was ja verständlich sei, schließlich würde er wegen der Fortbildung in Darmstadt zwei volle Tage ausfallen. Bei der Gelegenheit beteuerte er nachdrücklich, dass Susanne auf keinen Fall – wie sonst üblich – seine Reisetasche packen sollte. »Für die eine Übernachtung kann ich das schon selbst machen.«

Aha. Im Internet hatte es zwar nicht ausdrücklich geheißen, dass Männer, die ihre Koffer selbst packten, unbedingt ihre Frauen betrogen, doch Susanne wertete es als eindeutiges Zeichen, dass Dieter nicht vorhatte, in letzter Sekunde doch noch nach Darmstadt zu fahren.

Den ganzen Donnerstag über bemühte sich Susanne, nicht an Dieter und Vanessa zu denken, sondern versuchte sich abzulenken. Sie putzte, saugte Staub, arbeitete im Garten … aber das mit dem Ablenken klappte nicht.

Am Abend versuchte sie es mit Lesen, aber auch die Tatsache, dass Isabella Capriani im Finale des Romans einen Heiratsantrag von dem begehrten Grafen erhielt und eine Traumhochzeit in Venedig feierte, konnte sie nicht wirklich von dem Gedanken ablenken, dass ihr eigener Gatte gerade Sex mit einer zwanzig Jahre jüngeren Frau hatte. Und das nur – genau genommen – wegen einer vollautomatischen Brotbackmaschine.

Susanne schlief ausgesprochen schlecht in dieser Nacht.

Am nächsten Vormittag, um Punkt elf Uhr, erhielt sie eine Textnachricht von Vanessa: *Wir sind wieder da, aber Dieter ist sofort ins Büro gefahren.*

Und direkt darauf folgte ein Foto von einem Hotelzimmer in Düsseldorf. Das Bett war völlig zerwühlt, und auf dem Fußboden lagen Dieters Hose und das Poloshirt mit dem kanarienvogelgelben Kragen. Seine Unterhose hing über dem Schirm der Nachttischlampe.

Wette gewonnen, stand unter dem Foto.

Während Susanne noch dabei war, wie auf einem Suchbild Dieters Socken ausfindig zu machen – der Vollständigkeit halber –, klingelte es plötzlich an der Tür.

Sie warf einen letzten Blick auf das Foto, legte dann das Handy zur Seite und öffnete.

Es war Anna, mit Helge an der Leine. Wie immer war sie super gestylt, aber ganz offensichtlich in Eile. Für eine freundliche und angemessene Begrüßung wie unter zivilisierten Menschen reichte es wieder einmal nicht.

»Ach, Susanne«, sagte sie, als hätte sie jemand anderen erwartet. »Dieter meinte, ich könnte dir heute für ein paar Stunden Helge überlassen. Ich habe einen wichtigen Termin.«

»Gar kein Problem«, säuselte Susanne freundlich und nahm Anna die Leine ab. »Das passt heute ganz ausgezeichnet.«

Anna guckte verdutzt, doch das nahm Susanne kaum noch wahr. Sie war bereits dabei, Helge ins Haus zu ziehen und die Tür hinter sich zu schließen.

Ohne lange zu überlegen, sperrte sie Helge in Dieters Arbeitszimmer und schloss die Tür von außen ab. Dann lief sie nach oben. In Dieters Nachttisch fand sie das Gesuchte: seine private Kreditkarte. Nach »Darmstadt« hatte er, wie Susanne richtig vermutet hatte, nur seine Geschäftskreditkarte mitgenommen, was ja steuerlich gesehen durchaus Sinn ergab. Susanne fand auch noch fünfhundert Euro in bar, die sie ebenfalls mitnahm.

Wieder unten in der Diele stopfte sie Dieters Kreditkarte und das Bargeld in ihre alte Handtasche. Dann holte sie die vollautomatische Brotbackmaschine aus dem Keller.

Aus Dieters Arbeitszimmer hörte sie Helge jaulen und winseln. Weitere Geräusche deuteten darauf hin, dass er dabei war, Dieters Arbeitsunterlagen auseinanderzunehmen. Wahrscheinlich hatte die vielbeschäftigte Anna heute noch keine Zeit gefunden, mit ihm spazieren zu gehen.

Susanne überlegte kurz, dann stellte sie Helge noch Wasser und Futter ins Arbeitszimmer – für den Fall, dass es bei Dieter heute später werden würde. Der Hund beachtete sie kaum, so sehr war er mit Dieters Papierstapeln beschäftigt.

Die Tür verschloss sie wieder sorgfältig und legte den Schlüssel in die Zuckerdose in der Küche.

Nachdem sie den Brotbackautomaten zum Auto geschleppt hatte, lief sie noch einmal zurück, um ihre Handtasche zu holen. Sie vergewisserte sich, dass ihr Pass im Seitenfach steckte, dann zog sie die Tür zu und setzte sich ins Auto.

Es war gerade mal halb zwölf, als Susanne bei Ulla vorfuhr und Sturm klingelte. Nach Ewigkeiten öffnete Vanessa die Tür und schien überrascht, Susanne zu sehen.

»Ulla ist nicht da«, erklärte sie.

Doch Susanne war bereits dabei, die Brotbackmaschine auszuladen und ins Haus zu tragen. Vanessa folgte ihr.

Susanne stellte den Automaten im Wohnzimmer ab. »Hier ist mein Wetteinsatz. Ich bin sicher, Dagmar kauft dir das Biest ab.«

Vanessa schwieg einen Moment. Dann fragte sie: »Und was jetzt?«

»Jetzt fliege ich erst mal nach Italien«, erklärte Susanne.

»Gute Entscheidung«, meinte Vanessa spontan. Und dann, nach kurzem Zögern, fragte sie: »Kann ich mitkommen?«

»Du?« Susanne war mehr als erstaunt. »Warum?«

Vanessa druckste ein wenig herum. »Ich glaube, es wäre vielleicht besser, wenn ich für einige Zeit von hier verschwinde.«

Natürlich, dachte Susanne, wahrscheinlich hat sie keine Lust, weiterhin Dieters Geliebte zu spielen, und will sich auch nicht Ullas Vorwürfe anhören. Denn die würden nicht auf sich warten lassen, wenn sie die Brotmaschine auf ihrem Wohnzimmertisch vorfand.

Ich soll mit der vierundzwanzigjährigen Geliebten meines Mannes nach Italien fliegen, überlegte sie im nächsten Moment erschrocken. »Ich glaube, das ist keine gute Idee«, wehrte sie ab.

»Doch, das ist eine super Idee!«, verkündete Vanessa enthusiastisch. »Dann bist du nicht so alleine. Und ich spreche sogar ein paar Brocken Italienisch und kann dir helfen …«

»Du sprichst Italienisch?«

»Ja, ich hatte mal was mit dem Besitzer der Pizzeria bei uns an der Ecke, als ich jung war.«

Als ich jung war? Was sollte das denn heißen? Hatte Vanessa etwa mit fünfzehn den Vater einer italienischen Großfamilie verführt?

»Komm schon, sag ja!«, bettelte Vanessa. »Wir hätten bestimmt total viel Spaß zusammen.«

Susanne war nicht vollständig überzeugt, aber vielleicht war es ja gerade in ihrer Situation wirklich ganz nett, nicht alleine zu sein. Und Dieter würde sich sicher ärgern, wenn er feststellen müsste, dass Vanessa nicht mehr da war.

Beides waren schlagkräftige Argumente. Sie gab sich einen Ruck und war selbst überrascht, als sie Vanessa zustimmte. »Okay, aber wir fahren sofort los«, erklärte sie. »Hast du deinen Pass bei dir?«

Vanessa zog sich bereits die Schuhe an. »Alles in meiner Handtasche«, sagte sie und zog eine todschicke *Dolce & Gabbana*-Tasche vom Garderobenhaken. »Fertig!«

Susanne war bereits auf dem Weg zum Auto.

»Es ist sicher besser, wenn wir Ulla nicht begegnen«, meinte Vanessa, als Susanne den Motor startete.

Zehntes Kapitel

Susanne stellte das Auto direkt vor dem Terminal ab und kommentierte: »Ich fürchte, hier darf man nicht parken.«

Vanessa zuckte mit den Schultern. »Ich kenne mich mit Verkehrsschildern nicht so aus, bin vier Mal durch die theoretische Führerscheinprüfung gefallen.«

»Allerdings ist der Wagen auf die Kanzlei zugelassen, er ist offiziell ein Firmenwagen. Das ist steuerlich günstiger«, erklärte Susanne und stieg aus.

Keine fünf Minuten später standen sie unter der großen Anschlagtafel in der Abflughalle und versuchten herauszufinden, welche italienischen Städte angeflogen wurden.

Susanne liebäugelte mit Verona. »Romeo und Julia«, seufzte sie verklärt. »Shakespeare!«

»Shakespeare?«, fragte Vanessa abfällig. »Die Stadt ist doch völlig unbekannt, da ist bestimmt nichts los. Guck mal da, um halb sieben geht ein Flug nach

Florenz, da läuft bestimmt mehr, und da gibt es auch tolle Geschäfte und so.«

Warum nicht, dachte Susanne und kaufte zwei einfache Tickets nach Florenz.

»Jetzt haben wir aber fast fünf Stunden totzuschlagen«, bemerkte sie dann.

»Was heißt hier totzuschlagen?«, konterte Vanessa. »Zu investieren!«

»Wie meinst du das?«

Vanessa verdrehte die Augen. »Willst du wirklich in dem Aufzug in Italien auflaufen?«

»Was ist verkehrt an meinem Aufzug?«, fragte Susanne entrüstet, obwohl sie sich die Antwort denken konnte.

»Na, du siehst fast genauso hausbacken aus wie Ulla! Dabei könntest du doch viel mehr aus deinem Typ machen.«

»Soll ich etwa so rumlaufen wie du?« Susanne war beleidigt.

Vanessa zuckte nur mit den Schultern.

Susanne betrachtete neidisch Vanessas schicke *Dolce & Gabbana*-Handtasche. »Zuerst kaufe ich mir eine neue Tasche«, beschloss sie.

»Gute Idee«, stimmte Vanessa ihr zu. Mit mitleidigem Blick betrachtete sie Susannes Lederhandtasche. »Die ist ja wohl schon uralt. Und sieht ziemlich mitgenommen aus.«

»Stimmt«, meinte Susanne bissig. »Deine hingegen sieht ganz neu aus. Nagelneu, würde ich sagen.«

Vanessa druckste ein wenig herum.

»Gestern auf der Kö gekauft?«, hakte Susanne nach.

»Ja«, gab Vanessa kleinlaut zu.

»In dem Fall gehen wir am besten zu Chanel«, sagte Susanne seelenruhig. »Bei Taschen soll man nicht knauserig sein, sondern auf Qualität achten.«

Sie verliebte sich sofort in eine wunderschöne, elegante kaki- und goldfarbene Tasche mit goldenen Bügeln. Der stolze Preis von knapp zweitausend Euro hielt sie nicht von einer schnellen Entscheidung ab. Ganz im Gegenteil. Und auf Vanessas Anraten hin erstand sie auch noch die passende Kosmetiktasche und Geldbörse.

»Jetzt passen deine Klamotten aber gar nicht mehr zu deiner Tasche«, meinte Vanessa dann und zeigte auf eine Schaufensterpuppe. »Dieses Outfit würde total klasse dazu aussehen!«

Susanne war sich nicht sicher. Der Rock, den das Mannequin trug, war schon ziemlich kurz, die Schuhe allzu hoch und die Bluse sehr weit ausgeschnitten. Dennoch sah die Kombination absolut elegant aus, das musste sie zugeben. Und sehr teuer.

Sowohl die Verkäuferin als auch Vanessa bestanden darauf, dass Susanne die Kleidungsstücke anprobierte.

Die Verwandlung war unglaublich, fand Vanessa. »Steht dir total super!«, rief sie begeistert, als Susanne aus der Kabine trat.

»Ist die Bluse nicht ein bisschen durchsichtig?«, zweifelte Susanne.

»Ach was«, beruhigte Vanessa sie. »Du hast nur den falschen BH an. Aber schau, nebenan ist ein Lingerie-Geschäft, da finden wir sicher was Passendes.«

Susanne überlegte nicht lange. Sie ließ die neuen Sachen direkt an, bat die Verkäuferin, die alten Kleidungsstücke in eine Tüte zu packen, und zückte Dieters Kreditkarte. Sie unterschrieb, ohne den Betrag genauer in Augenschein zu nehmen.

Im Lingerie-Geschäft ging der Einkauf ebenso zügig über die Bühne. Vanessa suchte zielsicher eine Garnitur aus, die Susanne die Schamesröte ins Gesicht trieb. Nie hätte sie sich träumen lassen, einmal so etwas anzuziehen. Und nur, weil sie eine Diskussion vor der Verkäuferin vermeiden wollte, ließ sie sich von Vanessa mit der mehr als aufreizenden Wäsche in die Kabine schieben.

Kaum hatte sie den BH geschlossen, wurde auch schon der Vorhang aufgerissen.

Vanessa gab einen anerkennenden Pfiff von sich. »Dachte ich es mir doch – mit dem richtigen BH hast du einen beeindruckenden Vorbau! Ich organisiere dir noch ein paar halterlose Strümpfe und erkläre der Verkäuferin, dass du alles gleich anbehältst.«

Susanne hatte keinerlei Ambitionen, halb nackt dazustehen und ihren »Vorbau« zu diskutieren, weder mit einer Verkäuferin noch mit der Geliebten ihres Mannes. Also verkniff sie sich jegliche Widerrede und tat das, was Vanessa sagte. Den Betrag, mit dem die Aktion Dieters Kreditkarte belastete, registrierte sie nicht einmal.

»Wir sind gut in der Zeit, vielleicht sollten wir noch etwas essen«, schlug Susanne vor.

»Später«, vertröstete sie Vanessa. »Zuerst habe ich eine andere Idee. Jetzt, wo du so schicke Klamotten hast, musst du unbedingt noch was mit deinen Haaren machen.«

»Was ist falsch an meinen Haaren?«

»Die mausbraune Farbe ist doch völlig unauffällig, und der Schnitt ist total langweilig«, stellte Vanessa diplomatisch fest. »Du brauchst blonde Strähnchen und Stufen«, erklärte sie und zog Susanne bereits Richtung Frisörsalon.

Sie hatten Glück. Der Laden war leer, und die Frisörin hatte jede Menge Zeit, sich voll und ganz auf Susanne zu konzentrieren.

»Wenn Sie zwei Stunden erübrigen könnten, kann ich wahre Wunder vollbringen«, versprach sie.

»Die haben wir«, versicherte Vanessa, bevor Susanne Einspruch erheben konnte. »Keine Sorge«, raunte sie ihr zu, als die Frisörin kurz nach hinten ging, um Farbe in diversen Blond-Nuancen anzurühren. »Die weiß, wovon sie spricht. Ich kann das beurteilen, ich habe nämlich mal eine Frisörlehre angefangen, ich kenne mich aus!«

Susanne wusste nicht, was sie dem entgegnen sollte, also sagte sie lieber gar nichts.

Vanessa behielt recht: Die Frisörin verstand ihr Handwerk. Und sie hatte nicht zu viel versprochen: Sie vollbrachte wirklich ein Wunder. Susanne war begeistert, als sie anschließend in den Spiegel sah, und sie griff tief in Dieters Portemonnaie und gab der netten Meisterin ein großzügiges Trinkgeld.

»Zu so einer mondänen Frisur gehört auf jeden Fall eine große italienische Sonnenbrille«, fand Vanessa.

Und Susanne fand, wenn Dieter schon so viel Geld für seine Frau ausgab (dieser Einkauf fiel ja unter Punkt 4 der Liste im Internet: »häufigere Geschenke und Aufmerksamkeiten«), dann sollte er auch etwas in seine Geliebte investieren.

Susanne wählte ein Modell von Prada, Vanessa entschied sich für Gucci.

»Damit sind wir perfekt für Italien ausgerüstet«, stellte Vanessa fest.

Susannes Magen knurrte, aber Vanessa hatte offensichtlich noch einen Programmpunkt auf ihrer Liste: den Duty-Free-Shop.

»Wir haben locker Zeit für ein professionelles Make-up«, verkündete sie. »Du brauchst ein viel kräftigeres Augen-Make-up und überhaupt mehr Farbe im Gesicht. Und einen anderen Lippenstift. Nicht so eine Alte-Tanten-Farbe. Glaub mir, ich weiß, wovon ich spreche, ich habe mal eine Lehre als Kosmetikerin angefangen.«

Susanne protestierte nur halbherzig, und bevor sie es sich versah, hatte Vanessa sie bereits in die Hände einer stark geschminkten Dame mit pinken Haaren am MAC-Verkaufsstand gegeben. Oder war es ein Herr? Susanne war sich nicht sicher.

Der Visagist – Susanne kam zu dem Schluss, dass es sich doch um einen Mann handelte – ging schnell und geschickt zu Werk, während er sie »Darling« oder »Honey« nannte und mit Komplimenten überschüttete.

Vanessa suchte derweil das »Handwerkszeug« zusammen, das Susanne ihrer Meinung nach »unbedingt« brauchte. »Und außerdem musst du ja mit irgendetwas deine neue Schminktasche füllen«, sagte sie.

Susanne konnte nur aus den Augenwinkeln beobachten, dass Vanessa diverse Pinsel, Quasten und Töpfchen vor der Kasse aufbaute.

Als sie das vollendete Werk des Make-up-Künstlers betrachtete, pfiff Vanessa erneut anerkennend. »Lieber

Himmel, was für eine Verwandlung!«, sagte sie andächtig.

Dieter wird vermutlich auch »Lieber Himmel« sagen, wenn er sieht, was so kleine Pinselchen kosten können, dachte Susanne und tippte beschwingt die Geheimnummer in den Kreditkartenleser.

»Jetzt können wir was essen gehen«, sagte Vanessa.

Auf dem Weg zur Seafood-Bar (Vanessa hatte befunden, dass das dortige Angebot am besten zu Susannes Outfit passte, und Susanne fand, dass sie sich beide ein Gläschen Champagner verdient hatten) machte Susanne einen kleinen Abstecher zur Damentoilette. Erstens, weil sie dringend musste, und zweitens, weil sie immer noch die Tüte mit ihrer alten Kleidung mit sich herumtrug. Die wollte sie auf der Toilette unauffällig entsorgen. Als ihr Blick bei der Gelegenheit den Spiegel streifte, hätte sie sich fast nicht wiedererkannt.

»Bist du dir sicher, dass dir eine kleine Portion von diesen Blini-Dingern reicht?«, fragte Vanessa erstaunt, als Susanne in der Seafood-Bar ihre Bestellung aufgab. »Also ich sterbe vor Hunger!«

»Bestell dir, so viel du willst!«, forderte Susanne sie auf. »Dieter lädt uns ein.«

»Na dann ...«, meinte Vanessa und entschied sich für eine wilde Kombination, die offenbar auch die Bedienung überraschte: Rösti an gebeiztem Lachs, Bagel mit Forelle, Rührei mit Hummer, Lachstatar mit Pommes frites und Pfannkuchen mit heißen Himbeeren.

Susanne konnte sich schlecht vorstellen, dass eine einzige Person so viel auf einmal essen konnte, aber Vanessa schien sehr zuversichtlich, was ihren Appetit betraf.

»In Läden wie diesem hier geben sie dir sowieso immer nur winzige Portionen«, erklärte sie.

Sicher hat sie sich letzte Nacht körperlich verausgabt und hat jetzt Hunger, überlegte Susanne. Zum wiederholten Mal fragte sie sich, ob es wirklich eine gute Idee war, ausgerechnet mit der Geliebten ihres Mannes zu verreisen.

Auf der anderen Seite – was Dieter betraf, konnte es nicht schaden, wenn außer der Ehefrau auch gleich die Geliebte verschwand. Ganz schön verrückt, dachte Susanne. Aber warum nicht einmal endlich etwas Verrücktes tun?

Und irgendwie mochte sie Vanessa immer mehr, so merkwürdig das vielleicht auch war.

Der Zweiertisch war etwas zu klein für die sechs großen Teller, die kurze Zeit später zusammen mit zwei Gläsern Champagner gebracht wurden. Vanessa zog kurzerhand den unbesetzten Nachbartisch heran. Auch auf zwei Tische verteilt sah die Menge der Speisen dekadent aus.

Vanessa bestand darauf, dass Susanne von allem probierte. Tatsächlich hatten die Ereignisse des Tages sie hungrig gemacht. Dankbar griff sie zu und war im Stillen ganz froh, dass sie sich nicht mit den fünf Blinis zufriedengeben musste. Dennoch war ihr das Gelage ein bisschen peinlich, insbesondere, da einige Leute bereits ein paarmal zu ihnen herübergeschaut hatten.

»Quatsch«, meinte Vanessa ungerührt, als Susanne die Blicke der Damen und Herren an den Nachbartischen kommentierte. »Die gucken nicht unsere Teller an, die gucken dich an!«

Susanne lächelte nervös. »Nein, das glaube ich nicht.«

Doch aus den Augenwinkeln hatte sie tatsächlich einen sehr attraktiven Mann wahrgenommen, der keinen Hehl daraus machte, dass er sie die ganze Zeit beobachtete. So auffällig, dass es selbst ihr auffiel, doch das wollte sie Vanessa gegenüber nicht zugeben.

»Doch«, sagte Vanessa zwischen zwei Bissen. »Der gut aussehende Italiener dort drüben starrt dich schon die ganze Zeit fasziniert an. Der steht voll auf dich, das kannst du mir glauben.«

Vanessa aß munter und gut gelaunt abwechselnd von Pfannkuchen, Pommes frites und Hummer-Rührei. Susanne griff ebenfalls zu – hauptsächlich, um sich von dem gut aussehenden Fremden abzulenken. Sie musste sich geradezu zwingen, nicht immer zu ihm hinüberzuschauen. Der Mann hatte wunderschöne Augen. Sie waren dunkelbraun, fast schwarz, mit wunderschönen, samtigen langen schwarzen Wimpern. Er hatte ein edel geschnittenes Gesicht und dichtes, lockiges, fast schwarzes Haar, das ihm in die Stirn fiel.

»Vielleicht ist er ja auf unserem Flug, dann kannst du ihn nach seiner Telefonnummer fragen«, schlug Vanessa mit vollem Mund vor.

Susanne verschluckte sich fast an ihrem Champagner.

»Oder soll ich?«, fragte Vanessa ungerührt.

»Bloß nicht!«, erwiderte Susanne entsetzt. »Das Letzte, was mich interessiert, ist ein Mann!«, fügte sie hinzu und spießte ein Stück Hummer auf die Gabel.

Vanessa zuckte nur gleichmütig mit den Schultern. »Wie du willst.«

Eine Weile aßen sie schweigend. Susanne freute sich über ihre Verwandlung und ihre neuen Kleider. Schade nur, dass man nicht auch einfach einen neuen Namen in einem dieser Flughafenläden erwerben konnte – so problemlos wie die schicke Sonnenbrille, die sie im Haar trug. Sie seufzte.

»Warum seufzt du, schmeckt es dir nicht?«

»Doch, bestens. Ich dachte nur gerade, dass es schade ist, dass ich mir meinen größten Wunsch nicht erfüllen kann.«

»Und der wäre?«, erkundigte sich Vanessa.

Susanne druckste ein wenig herum. »Du darfst aber nicht lachen.«

»Ich lache nicht«, versprach Vanessa.

»Ich hätte gerne einen schönen Namen. Susanne Klein – wer will denn schon so heißen? Ich hasse den Namen. Ich hätte gerne etwas Aufregenderes. Etwas Klangvolles, Exotisches. So wie Isabella Capriani! Oder Angélique da Vega. Wie gerne würde ich Octavia heißen! Oder Alicia! Oder zumindest Elena. Eigentlich ist alles besser als Susanne«, sagte sie wehmütig.

»Ach, wenn es weiter nichts ist – lass dich von Dieter scheiden und heirate einfach einen Mann mit einem tollen Namen.«

Susanne schnaubte. »Und woher nehme ich den Vornamen?«

»Den erfindest du einfach beziehungsweise suchst ihn dir aus.«

»Aber das geht doch nicht!«, empörte sich Susanne.

»Wieso? Hast du schon mal erlebt, dass man dir nicht glaubt, wenn du dich jemandem vorstellst? Hat schon mal jemand verlangt, deine Papiere zu sehen?«

»Das nicht«, gab Susanne zu.

»Na also!«

Kurze Zeit später verschwand Vanessa zur Toilette und ließ Susanne alleine vor den inzwischen fast leeren sieben Tellern zurück.

Ob der schöne Fremde sie wohl ansprechen würde? Die Frage ging Susanne kurz durch den Kopf, doch sie schalt sich sofort für den absurden Gedanken. Männer interessierten sie doch im Moment überhaupt nicht. Dennoch schielte sie vorsichtig zu ihm hinüber.

Als er ihren Blick bemerkte, lächelte er sie offen und freundlich an, beugte sich in ihre Richtung und schien tatsächlich im Begriff zu sein, etwas zu sagen.

Völlig verschreckt sah Susanne weg und tat so, als hätte sie nichts bemerkt. Mit höchster Konzentration wandte sie sich wieder dem gebeizten Lachs zu.

Keine zwei Minuten später stand der Mann auf und ging zur Toilette. Susanne beobachtete ihn. Was für eine Figur, dachte sie beeindruckt und betrachtete seine breiten Schultern. Und was für eine elegante Erscheinung! Sein dunkler Anzug saß tadellos. Und diese tollen, fast schwarzen Locken!

Das andere Geschlecht sollte sie derzeit nun wirklich nichts angehen, rief sich Susanne selbst zur Ordnung. Andererseits konnte sie dieses sympathische Lächeln nicht so einfach vergessen. Und nun, da er ihr den Rücken zuwandte, konnte sie es riskieren, ihn ein wenig genauer anzusehen.

Was er wohl von ihr dachte, überlegte sie. Die vielen Teller und die merkwürdige Kombination an Gerichten waren ihr peinlich – sicherlich hielt er sie für einen Vielfraß. Wie unangenehm! Aber was sollte es – sie würde ihn ja ohnehin nie wiedersehen.

Gerade als der attraktive Italiener die Herrentoilette betreten wollte, kam Vanessa aus der Damentoilette und stieß fast mit ihm zusammen. Susanne beobachtete die beiden genau. Der Mann schien Vanessa etwas zu fragen, und es sah so aus, als ob Vanessa ihm ausführlich antwortete. Worum es wohl ging? Ob er sich nach ihr erkundigte?

Wahrscheinlicher ist wohl, dass er sich für Vanessa interessiert, dachte Susanne etwas grimmig. Doch das sollte ihr egal sein. Sie würde Vanessa auf keinen Fall danach fragen.

»Was wollte der Mann?«, erkundigte sich Susanne, kaum dass Vanessa wieder am Tisch saß. Sie bemühte sich, die Frage beiläufig klingen zu lassen.

»Wieso, ich dachte, der Typ interessiert dich überhaupt nicht?«, fragte Vanessa zurück.

»Das tut er auch nicht«, erklärte Susanne bestimmt. Dann wechselte sie schnell das Thema: »Ich glaube, unser Flug wird als Nächstes aufgerufen, wir sollten uns mal langsam zum Gate begeben.«

Vanessa aß noch schnell die letzten Himbeeren,

dann riefen sie die Kellnerin und zahlten. Also, Dieter zahlte.

Während des Fluges spendierte Dieter eine weitere Flasche Champagner, was zur Folge hatte, dass Vanessa und Susanne bestens gelaunt und leicht beschwipst in Florenz landeten.

Elftes Kapitel

Am Flughafen nahmen sie sich sofort ein Taxi. Vanessa kam aus dem Staunen nicht mehr heraus, als Susanne mit dem Fahrer in fließendem Italienisch verhandelte.

»Du sprichst Italienisch? Ich dachte, du hättest mich mitgenommen, damit ich hier die Kommunikation regele?«, fragte sie entgeistert.

»Ich habe jahrelang in der Bücherei in der Abteilung mit den Audio-Sprachkursen gearbeitet. Es gab da nie viel zu tun, da habe ich aus lauter Langeweile Italienisch gelernt. Bisher hatte ich aber noch nie die Gelegenheit, es auszuprobieren.«

»Ist ja krass«, sagte Vanessa. »Bei mir ist es mit dem Italienisch genau umgekehrt – ich habe jede Menge ausprobiert, es aber nie richtig gelernt.«

Susanne nannte dem Fahrer das Hotel, in das er sie bringen sollte.

»Woher weißt du denn, in welches Hotel wir wollen?«, erkundigte sich Vanessa. »Ich dachte, du kennst dich hier nicht aus.«

Susanne lachte. »Ich war jahrelang für die Städtereiseführer A-L zuständig. Was soll man in einer Stadtbücherei machen, wenn einem langweilig ist und man schon alles sortiert hat, was es zu sortieren gibt? Florenz hat mich immer besonders interessiert.«

»Und wo geht es jetzt hin?«

»Ins *Gian Gastone*. Angeblich das beste Designerhotel der Stadt«, schwärmte Susanne aufgeregt. »Wenn man den Reiseführern trauen kann, ist es ein absoluter Traum!«

Bei der Erwähnung des Namens fing der Taxifahrer sofort an, das Hotel in den höchsten Tönen zu loben. Vanessa stellte ihm einige praktische Fragen zu ihrer Unterkunft – »Hat das Hotel einen Pool? Ist die Bar nur für Hotelgäste? Wie weit ist es zu den Geschäften?« –, während Susanne sich dafür interessierte, was in der Oper aufgeführt wurde und ob man Eintrittskarten für die Uffizien vorbestellen musste.

Der Taxifahrer holte weit aus und empfahl diverse Museen und Kunstgalerien. Susanne hörte gespannt zu, während Vanessa eher ungeduldig wurde und ihn schließlich unterbrach.

»Kommen eigentlich viele Promis nach Florenz? Schauspieler und Fußballprofis und so, meine ich.«

Jetzt war der Fahrer gar nicht mehr zu bremsen und unterhielt sie mit zahlreichen Anekdoten, denen Vanessa fasziniert lauschte. Susanne beobachtete sie verstohlen von der Seite. Vanessa sprach tatsächlich ein leidliches Italienisch, das musste man ihr lassen. Gut, sie warf die Zeiten und Endungen durcheinander und hatte offensichtlich keine grammatikalischen Grundlagen. Aber das tat der Sache keinen Abbruch. Sie konnte sich sehr gut verständlich machen, und Susanne war beeindruckt.

Auch dem Taxifahrer zahlte Dieter ein gutes Trinkgeld – für so viele Informationen absolut angemessen, fand Susanne.

Von außen sah das *Gian Gastone* aus wie ein Palast aus der Renaissance; die symmetrische Fassade mit den vielen Säulen war mehr als imposant. Susanne war von dem Anblick überwältigt, und selbst Vanessa schien sehr angetan. Als sie das Foyer betraten, waren sie ganz überrascht, innen ein ultramodernes Ambiente vorzufinden.

»Wow, schau dir den Wasserfall an!«, rief Vanessa.

»Und die Statue da drüben«, flüsterte Susanne.

»Dagegen war der Schuppen in Düsseldorf eine Bruchbude«, resümierte Vanessa.

»Wir hätten gerne die beiden besten Suiten im vierten Stock«, teilte Susanne der Dame am Empfang mit.

Und Vanessa raunte sie auf Deutsch zu: »Ich habe Fotos in einem Reiseführer gesehen, das sollen die besten Zimmer sein, die es in der ganzen Stadt gibt.«

Die Rezeptionistin maß Susanne und Vanessa mit kühlem Blick. »Sie haben kein Gepäck?«

»Noch nicht«, antwortete Vanessa kess.

»Tut mir leid, wir haben keine Suiten mehr frei«, sagte die Italienerin. Ihr arroganter Tonfall ließ allerdings eher vermuten, dass es ihr nicht leidtat.

Susanne konnte ihre Enttäuschung kaum verbergen.

»Wir haben zwei Einzelzimmer, die kann ich Ihnen anbieten.«

Susannes Euphorie hatte schlagartig einen Dämpfer bekommen. So hatte sie sich das nicht vorgestellt. Gewöhnliche Einzelzimmer? Natürlich, es war schon spät, und es war Hauptsaison.

»Wenn nichts anderes frei ist«, sagte sie resigniert und nahm etwas enttäuscht die Schlüssel entgegen.

Die Zimmer lagen nebeneinander im dritten Stock und waren … nett. Ganz hübsch sogar, nicht mal klein, und auch der Ausblick war in Ordnung. Aber sie waren nicht überwältigend, und Susanne hatte sich auf etwas Überwältigendes eingestellt.

»Eine Suite ist es nicht gerade«, beschrieb Vanessa das Offensichtliche und sah sich in Susannes Zimmer um.

Susanne zuckte hilflos mit den Schultern. »Aber was will man machen, wenn die Suiten alle belegt sind …«

»Ach was«, winkte Vanessa ab. »Solche Hotels behalten immer ein paar tolle Zimmer zurück, für den Fall, dass überraschend ein bedeutender Gast eintrifft.«

»Das ist doch Unsinn. Und woher willst du das überhaupt wissen?«

»Glaub es mir. Ich hatte mal was mit einem Hoteldirektor. Was ich dir alles erzählen könnte … Es war sowieso ein Fehler, mit der eingebildeten Schnalle da unten zu verhandeln. Mit einem Mann wäre das Gespräch ganz anders verlaufen! Das ist mal wieder typisch: Allein reisenden Frauen wird der letzte Schrott angedreht, während die männlichen Geschäftsleute …«

»Also, Schrott ist es ja nun auch wieder nicht«, wandte Susanne pikiert ein. »Und außerdem ist es heute Abend schon zu spät, um noch etwas anderes zu suchen.«

Sie zog sich ihre Schuhe aus, ließ sich aufs Bett plumpsen und rieb sich die schmerzenden Füße. »Ich kann auf den hohen Schuhen keinen Meter mehr laufen, ich bin diese Absätze nicht gewöhnt.«

»Das wird sich ändern«, meinte Vanessa ungerührt. »Ich habe eine Idee. Du wartest hier, ich bin gleich zurück.«

Bevor Susanne Vanessas Einfall hinterfragen konnte, war diese auch schon nach unten in Richtung Rezeption verschwunden.

Es dauerte keine fünf Minuten, da stand Vanessa, grinsend wie ein Honigkuchenpferd und offensichtlich sehr mit sich zufrieden, wieder im Türrahmen. Im Schlepptau hatte sie einen attraktiven Mann in einem perfekt geschnittenen mitternachtsblauen Anzug. Er war ungefähr in Susannes Alter und deutete bei ihrem Anblick eine leichte Verbeugung an.

»Das ist Signor Lombardi, der Manager des Hotels«, erklärte Vanessa und stellte dann Susanne vor. »Und das ist Signora Klein.«

»Vittorio, ich meine Signor Lombardi, hat glücklicherweise doch noch etwas Passenderes für uns gefunden.«

Vittorio – Signor Lombardi – schenkte Susanne ein charmantes Lächeln. »Wir können Ihnen die Medici-Suite anbieten. Zwei Doppelzimmer mit jeweils eigenem Bad, plus gemeinsamem Wohnraum und Terrasse.«

»Du kannst deine Schuhe wieder anziehen. Wir trinken ein Glas an der Bar, während man uns kurz die Suite zurechtmacht«, wies Vanessa Susanne an.

Und zu Signor Lombardi sagte sie: »Es dauert doch sicher nicht lange, oder, Vittorio?«

»Nein, nein, das geht ganz schnell, keine zehn Minuten, und der Champagner an der Bar geht natürlich aufs Haus«, versicherter Signor Lombardi eilig. »Als Entschädigung für die Umstände.«

Bevor Susanne irgendetwas sagen konnte, hatte Vanessa sie auch schon aus dem Zimmer geschoben. Dabei hauchte sie Signor Lombardi ein »Grazie, Vittorio!« zu und klimperte mit den Augen.

An der Bar standen bereits eisgekühlter Champagner und diverse Schälchen mit Oliven, Käse, Mortadella und anderen Leckereien für sie bereit. Susanne stürzte sich auf die Köstlichkeiten, während Vanessa mit dem Kellner flirtete. Kaum war die Bedienung außer Hörweite – man wusste ja nie, wer Deutsch verstand – konnte Susanne nicht mehr an sich halten.

»Wie um alles in der Welt hast du das hingekriegt?«

»Ein Kinderspiel«, antwortete Vanessa lässig. »Ich habe darum gebeten, mit dem Manager zu sprechen. Und dann habe ich Vittorio – also Signor Lombardi – erklärt, dass ich die Sekretärin von Susanne Klein, der bekannten Reiseführer-Autorin bin. Und dass wir hier sind, weil du gerade die besten Hotels in Florenz erkundest. Er hat sofort eingesehen, dass die beiden Kämmerchen da oben nicht genug Platz und Inspiration bieten, um sein Haus im rechten Licht erscheinen zu lassen. Und da ist ihm eingefallen, dass die Medici-Suite doch ein viel kreativeres Ambiente bieten würde. Da habe ich ihm natürlich recht gegeben.«

Susanne verschluckte sich fast an einer Olive. »Und was, wenn er das überprüft? Meinen Namen googelt oder so etwas? Wir mussten doch unsere Pässe abgeben.«

Vanessa rollte mit den Augen. »Du schreibst natürlich unter Pseudonym, das machen die doch alle, und das habe ich Vittorio natürlich auch angedeutet. Ich kenn mich da aus, ich hatte mal was ...«

»Schon gut«, unterbrach Susanne schnell und wandte dann ein: »Du siehst aber nicht so aus, als könntest du tippen.«

»Solange du mir nichts diktierst, sollte das kein Problem sein«, erwiderte Vanessa grinsend und fügte mit einem wissenden Lächeln hinzu: »Und Vittorio sind meine diesbezüglichen Kenntnisse egal, das kannst du mir glauben!«

Keine zehn Minuten später kamen Susanne und Vanessa aus dem Staunen nicht mehr raus, als sie sich die Medici-Suite ansahen. Die beiden Schlafzimmer und Bäder waren der Traum schlechthin. Sie gingen rechts und links von einem riesigen Wohnbereich ab. Die dem Eingang gegenüberliegende Seite bestand komplett aus Glas und führte auf eine Terrasse.

»Wow«, sagte Susanne, als sie die Türen öffneten und nach draußen traten. Von hier aus hatte man eine atemberaubende Aussicht auf die Dächer der Stadt. Im Dämmerlicht, mit vereinzelten Lichtern hier und da, war der Blick wunderschön. Susanne beobachtete, wie in der Stadt zu ihren Füßen nach und nach immer mehr Lichter angingen.

»So etwas habe ich mir immer gewünscht«, murmelte sie andächtig.

»Und gekriegt hast du so eine olle Brotbackmaschine.« Vanessa verdrehte die Augen.

»Und Wangerooge«, ergänzte Susanne. »Jedes Jahr Wangerooge.« Sie fröstelte ein wenig, konnte sich aber noch nicht von dem Blick losreißen.

Vanessa war bereits wieder drinnen und inspizierte die Schlafzimmer.

»Ich glaube es nicht!«, rief sie. »Wir haben jede einen großen begehbaren Kleiderschrank und eine riesige runde Wanne mit Whirlpool-Funktion.« Sie trat wieder zu Susanne auf die Terrasse. »Die Medici-Suite ist eine Wucht!«

»Dieter kriegt einen Herzanfall, wenn er die Kreditkartenabrechnung sieht«, gab Susanne zu bedenken.

»Der kriegt so schnell keinen Herzanfall, wenn ich da so an Donnerstag denke«, kicherte Vanessa. »Außerdem hat mir Vittorio versichert, dass er uns einen guten Preis macht. Im Übrigen habe ich erst kürzlich in einer Illustrierten gelesen, dass es der Beziehung förderlich sein soll, wenn Frauen ihren Ehemann hin und wieder überraschen.«

»Den Ehemann zu verlassen und mit seiner Geliebten in die teuerste Suite von Florenz zu ziehen, war damit bestimmt nicht gemeint!«

Vanessa zuckte mit den Schultern. »Eine vollautomatische Brotbackmaschine zum vierzigsten Geburtstag zu verschenken hätte die Illustrierte sicher auch nicht empfohlen.«

Susanne folgte Vanessa nach drinnen und ließ sich die begehbaren Kleiderschränke zeigen.

»Schade, dass wir für heute Nacht nichts Passendes zum Anziehen haben«, bedauerte Vanessa.

»Stimmt – wir hätten zumindest einen Schlafanzug mitnehmen sollen …«

Vanessa lachte. »Ich meinte ein paar scharfe Outfits zum Ausgehen!«

Susanne guckte erschrocken. »Ich kann keine drei Schritte mehr laufen auf meinen hohen Absätzen, und ich bin todmüde!«

»Ach komm schon, es ist doch noch früh. Wir müssen ja nicht unbedingt tanzen gehen oder so etwas, aber wenigstens durch ein paar Bars ziehen? Oder was essen? Wir können ja Vittorio fragen, ob er uns ein paar schicke Clubs zeigen kann.«

»Vittorio?«, fragte Susanne entsetzt. »Der muss doch bestimmt nach Hause zu seiner Familie.«

»Ach was«, winkte Vanessa ab. »Der kommt mir nicht vor wie ein Familienvater, der sich darum reißt, die Kinder in den Schlaf zu singen und anschließend den Abwasch zu machen, wenn er stattdessen mit zwei Blondinen die Stadt unsicher machen könnte. Aber wenn du zu müde bist, dann planschen wir halt eine Runde im Whirlpool und lassen uns dann was zu essen hochbringen.« Sie zeigte Richtung Wohnbereich. »Hast du gesehen – Obst und noch mehr Champagner haben sie uns ja freundlicherweise schon hingestellt.«

Susanne schlief beinahe schon in der runden Badewanne ein. Das Brummen des Whirlpools lullte sie ein – und die Unterwassermassage war eine wahre Wohltat für ihre müden Beine und Füße. Sie würde sich morgen unbedingt ein Paar flache Schuhe zulegen müssen, auf den hohen Chanel-Absätzen konnte sie unmöglich die Stadt erkunden. Susanne schmunzelte: vorausgesetzt, Vanessa hatte keine anderen Pläne, was ihr Schuhwerk anbelangte …

Sie aßen auf der Terrasse, in Liegestühlen, die Teller auf Beistelltischen zwischen sich, in flauschigen weißen Hotelbademänteln und Pantoffeln.

Beim Anblick des Essens waren Susannes Lebensgeister kurzzeitig zurückgekehrt. Die vielen silbernen

Deckel, die die Speisen warmhielten, brachten sie zum Schmunzeln. »Wie im Film – von so etwas habe ich immer geträumt.«

»Herrlich«, pflichtete Vanessa ihr bei und rekelte sich in ihrem Stuhl. Sie schien nicht wirklich müde zu sein.

Susanne wunderte sich, dass Vanessa so viel Energie hatte – aber sie war ja auch jünger als sie. Und vielleicht zehrte es auch weniger an den Nerven, einen Liebhaber nach kurzer Zeit zu verlassen, als einen Ehemann nach fünfzehn Jahren?

»Hat Dieter dir eigentlich eine Nachricht geschickt?«, fragte sie Vanessa unvermittelt.

»Keine Ahnung«, antwortete Vanessa. »Ich habe mein Telefon ausgeschaltet.«

»Ich meins auch«, gab Susanne zu.

»Ich würde mir um Dieter keine Gedanken machen«, meinte Vanessa zwischen zwei Bissen. »Hast du schon von den leckeren Kartoffelplätzchen probiert?«

Zwölftes Kapitel

Wie und wann sie ins Bett gekommen waren, daran konnte sich Susanne am nächsten Morgen nicht mehr erinnern. Die Sonne blinzelte durchs Fenster, als sie aufwachte, und ein Blick auf den Hotelwecker verriet ihr, dass es bereits nach neun Uhr war. Genauer gesagt: neun Uhr fünfundzwanzig.

Fast halb zehn, dachte Susanne erschrocken. So lange hatte sie seit zwanzig Jahren nicht mehr geschlafen!

Aus dem Wohnbereich drang Musik und dazu eine quäkende Stimme. Susanne sprang auf, warf sich den Bademantel über und tappte auf nackten Füßen dem Krach folgend ins Wohnzimmer.

Hier waren die Möbel leicht umgestellt. Vanessa lag, nur mit einem sehr knappen Badeanzug bekleidet, in Seitenlage auf einem Handtuch. Ein Bein hatte sie in die Luft gestreckt, und sie hob und senkte es in gleichmäßigen Intervallen. Dabei folgte sie den Anweisungen der ebenfalls spärlich bekleideten Dame mit der quäkenden Stimme auf dem Fernsehschirm.

Als sie Susanne bemerkte, erklärte Vanessa: »Pilates. Für einen knackigen Hintern.«

»Du hast doch schon einen knackigen Hintern«, meinte Susanne.

»Das hat Dieter auch gesagt.«

»Aber?«, fragte Susanne, leicht verstimmt. Sie war sich nicht sicher, ob sie Vanessas Hinterteil auf nüchternen Magen eingehender diskutieren wollte.

»Du weißt doch selbst, dass man Dieter nicht trauen kann. Außerdem kann so ein bisschen Pilates nicht schaden.«

»Machst du das jeden Morgen?«

»Nein, gerade zum ersten Mal, ich habe zufällig das Video entdeckt und dachte mir, ich probiere es mal aus. Tut mir leid, wenn ich dich geweckt habe. Ich wollte dich eigentlich schlafen lassen.«

»Woher hast du denn den Badeanzug?«, erkundigte sich Susanne.

»Kann man unten an der Rezeption kaufen.«

»Du warst schon unten?«

»Nein, ich habe Vittorio angerufen und gefragt, ob er uns zwei Badeanzüge organisieren kann, und das hat er sofort gemacht. Du hast den gleichen in Weiß, ist doch in Ordnung, oder? Also, ich finde, Vittorio hat meine Größe gut geschätzt. Probier doch gleich mal deinen an, er liegt auf der Couch. Dann können wir vor dem Frühstück eine Runde schwimmen, die haben hier einen super Pool im Erdgeschoss. Ich habe Fotos in dem Hotelprospekt gesehen.«

Susanne starrte Vanessas knappen Einteiler entsetzt an. »Ich soll mit einem so weit ausgeschnittenen Badeanzug in ein öffentliches Schwimmbad?«

Vanessa stand auf, griff nach dem in Seidenpapier gewickelten Päckchen auf der Couch und drückte es Susanne in die Hand. »Das Schwimmbad ist natürlich nur für Hotelgäste. Wahrscheinlich ist es sowieso fast leer. Komm schon, zieh dir das Ding an, sieht sicher super aus.«

Warum auch nicht, dachte Susanne und ging zurück in ihr Zimmer, um sich umzuziehen.

Keine Minute später stand sie wieder im Wohnzimmer. »Meine Sachen sind weg!«, rief sie entsetzt.

»Die sind nicht weg«, beruhigte Vanessa sie. »Ich habe sie der Hausdame zum Aufbügeln gegeben, du willst ja später sicher nicht in verknitterten Klamotten durch Florenz rennen.«

»Ach so.« Susanne war beeindruckt. Dann überlegte sie, wie sie mit den Chanel-Absätzen durch die Stadt rennen sollte.

Der Hotel-Pool war wirklich kaum besucht, und Susanne genoss es, ein paar Bahnen zu schwimmen. Anschließend nahmen sie ihr Frühstück auf der Terrasse ein.

»Wenn ich hier jeden Morgen diese gefüllten Hörnchen esse, muss ich auch Pilates machen«, meinte Susanne.

»Die Kalorien wirst du dir sicher gleich wieder ablaufen.«

»Ach ja, wir wollten ja in die Uffizien!«, erinnerte sich Susanne begeistert.

»Vergiss diese Uffizien! Die sind nicht dein dringendstes Problem, die sind auch in tausend Jahren noch da. Dein begehbarer Kleiderschrank ist dein dringendstes Problem.«

»Wieso ist der ein Problem?«

Vanessa verdrehte die Augen. »Weil er leer ist. Wir brauchen unbedingt mehr Klamotten.«

Vanessa hatte natürlich recht. Sie brauchten so einiges. Und vor allem natürlich bequeme Schuhe.

»Also gut. Gehen wir heute einkaufen. Aber morgen gehen wir in die Uffizien.«

Vanessa zuckte ergeben mit den Schultern. »Wenn es sein muss …«

Den ganzen Samstag verbrachten sie mit einer Shoppingtour. Dieters Kreditkarte glühte.

»Ich komme wir vor wie Julia Roberts in *Pretty Woman*«, sagte Susanne, als Vanessa in der vierten Boutique ihre Einkäufe direkt ins Hotel schicken ließ. Sie hatten nämlich beide bereits so viele Tüten am Arm, dass sie keine weiteren mehr tragen konnten.

»Tut mir leid«, kicherte Vanessa.

»Was tut dir leid?«

»Dass ich nicht Richard Gere bin.«

»Kein Problem – wie du weißt, interessiere ich mich nicht für Männer.«

»Du interessierst dich nicht für Dieter«, korrigierte Vanessa.

»Ob er sich wohl Sorgen um mich macht?«, überlegte Susanne.

Vanessa dachte kurz nach. »Ich vermute eher, dass er sich darüber Sorgen macht, dass du ihm auf die Schliche gekommen bist.«

»Sicher ruft er alle meine Freundinnen an.«

»Das wäre keine gute Idee!« Vanessas Stimme klang alarmiert. Sicher befürchtete sie, dass er mit Ulla sprechen und diese zwei und zwei zusammenzählen würde.

»Ehrlich gesagt hatte ich Dieter fast vergessen«, gestand Susanne. »Vielleicht sollte ich ihm eine Nachricht schreiben? Dass ich gesund und wohlbehalten angekommen bin, und …«

»Schreib ihm, dass du dir eine Auszeit nimmst. Das ist unverfänglich genug und hält ihn bei Laune. Es schadet nicht, wenn er sich ein kleines bisschen sorgt.

Und ich schreibe ihm, dass ich kurzfristig meinen älteren Bruder besuchen muss, der von der Bundeswehr auf Urlaub ist.«

»Du hast einen Bruder beim Bund? Das hat Ulla nie erzählt! Wie alt …«

»Ich habe keinen Bruder«, unterbrach Vanessa sie ungeduldig. »Aber ich habe die Erfahrung gemacht, dass Männer nie groß nachfragen, wenn ich einen Bruder erwähne, der Soldat ist. Es scheint sie einzuschüchtern.« Sie hatte bereits ihr Handy aus ihrer Handtasche gezogen und begann zu tippen.

»Ist es nicht auffällig, wenn er unsere Nachrichten quasi gleichzeitig bekommt?«, fragte Susanne.

»Ganz im Gegenteil! Es wird ihn verunsichern, und das ist gut.«

»Und wozu ist das gut?«, fragte Susanne verständnislos.

»Ein verunsicherter Mann unternimmt so schnell nichts«, antwortete Vanessa schlicht und steckte ihr Handy wieder in ihre Handtasche.

Susanne schrieb ebenfalls schnell ihre Nachricht an Dieter und schaltete ihr Telefon dann sofort wieder aus. Ihr Magen knurrte, und die Füße schmerzten. Aus den flachen Schuhen war nichts geworden, Vanessa hatte dringend davon abgeraten. (»Willst du zum Sport oder elegant aussehen?«) Die Tüten am Arm wurden langsam schwer.

»Vielleicht sollten wir eine Kleinigkeit essen?«, schlug sie vor.

»Lass uns erst nach Abendhandtaschen zu den Cocktailkleidern schauen, nicht dass wir heute Abend ohne dastehen! Danach können wir meinetwegen eine kleine Pause einlegen«, erklärte Vanessa gnädig.

Um zwei Uhr, nachdem sie beide fündig geworden waren, gönnten sie sich einen Imbiss auf der Piazza della Signoria.

»Die italienische Küche ist einfach die beste!«, schwärmte Susanne, nachdem sie ihre *Gnudi con burro e salvia* probiert hatte.

Vanessa stimmte ihr zu.

»Kannst du kochen?«, wollte Susanne wissen.

»Keine Ahnung«, antwortete Vanessa. »Ich habe es noch nie ausprobiert.« Sie überlegte kurz. »Ich könnte mir aber vorstellen, dass ich doch eher der ›Zum-Essen-ausgehen-Typ‹ bin.«

Susanne verspeiste genussvoll den letzten Bissen ihrer Ricottabällchen und lehnte sich entspannt zurück. »Ich könnte Ewigkeiten hier sitzen und Leute beobachten«, sagte sie.

»Dazu haben wir aber keine Zeit, denn wir haben noch einiges zu besorgen.«

»Noch mehr shoppen?«, stöhnte Susanne. »Wir haben doch schon so viel gekauft, und morgen ist auch noch ein Tag.«

»Morgen ist Sonntag, da sind die Geschäfte zu. Und wir haben noch keine Unterwäsche.«

»Das stimmt«, pflichtete Susanne ihr seufzend bei. »Also gut, gehen wir Unterwäsche kaufen – aber vorher brauche ich einen Espresso.« Sie rekelte sich in ihrem Stuhl und blinzelte in die Sonne. »Ist es nicht wunderschön hier? Zu Hause würde ich jetzt den blöden Hund meiner Schwägerin ausführen oder Dieters Hemden bügeln. In jedem Fall würde ich mich zu Tode langweilen.«

»Vielleicht solltest du einfach hierbleiben.«

»Ja, vielleicht.«

»Ein Steuerberater, der dir eine Brotbackmaschine schenkt, ist nicht das Richtige für dich. Und der Name Klein passt auch überhaupt nicht zu dir.«

Bei der Erwähnung ihres Nachnamens verdüsterte sich Susannes Miene. »Du glaubst gar nicht, wie gerne ich einen ausgefallenen und klangvollen Namen hätte!«

Vanessa zuckte mit den Schultern. »Alles ist möglich.«

»Klar«, witzelte Susanne. »Ich brauche einen adligen Schlossherrn mit einem wohlklingenden Namen, gerne gut aussehend und mit Kinderwunsch.«

Vanessa nickte. »Der dir Schmuck schenkt … oder romantische Wochenenden, jedenfalls keine Haushaltsgeräte.«

Susanne lachte, wurde dann aber ernst. »Mit Dieter

hätte ich hier längst nicht so viel Spaß wie mit dir. Ich bin so froh, dass du mitgekommen bist.«

»Frauen sollten sich wohl öfter mit den Geliebten ihrer Männer zusammentun«, spekulierte Vanessa.

Und Susanne dachte: Da hat sie sicher recht. Aber es gab noch etwas anderes, das sie beschäftigte. »Sag mal, findest du es nicht etwas ...«, begann sie und brach ab, weil sie nach einem passenden Ausdruck suchen musste. »... verwerflich, dass du wegen einer Wette mit Dieter geschlafen hast?«, beendete sie schließlich den Satz. Sie selbst hatte deswegen ein ziemlich schlechtes Gewissen. Irgendwie fühlte sie sich für Vanessa verantwortlich.

»Nein, gar nicht«, antwortete Vanessa munter. »Ich würde es verwerflich finden, wenn ich grundlos mit Dieter geschlafen hätte.«

Susanne dachte kurz darüber nach. »Aber wäre es nicht besser für dich, wenn du gar nicht mit Dieter geschlafen hättest?«

»Aber dann wären wir doch jetzt nicht hier!«, kam die spontane Antwort.

»Das hast du nun auch wieder recht.«

Sie schwiegen eine kleine Weile und bestellten dann jede einen Espresso.

»Weißt du, was ich hier total gerne machen würde?«, fragte Susanne und beantwortete sofort selbst ihre Frage. »In die Oper gehen!«

»Warum nicht? Dann müssen wir dir aber gleich noch ein langes Kleid kaufen.«

Aber Susanne winkte ab. »Keine Chance, Opernkarten sind hier auf Monate ausgebucht, da kommt man nicht so einfach ran, und außerdem …«

»Ach«, unterbrach Vanessa. »Ich frage mal Vittorio. Vielleicht gibt es Mittel und Wege, an so eine Karte zu kommen. Aber für den Fall, dass sich eine Gelegenheit ergibt, brauchst du ein Kleid.«

Nach dem Kaffee hatte auch Susanne wieder ausreichend Energie, um ein Lingerie-Geschäft zu besuchen. Vanessa hatte einen wirklich guten Geschmack – und ein Gespür dafür, was Susanne stand.

Und sie wusste ganz genau, was Susanne brauchte: »Für das schwarze Oberteil, das wir heute Morgen gekauft haben, brauchst du unbedingt einen BH mit gekreuzten Trägern. Und für das rote Kleid wäre ein halterloser BH gut.«

»Und warum brauche ich diese goldene Garnitur mit den Glitzersteinen?«, erkundigte sich Susanne, als sie argwöhnisch das kleine bisschen Stoff mit dem großen Preis betrachtete.

»Die brauchst du zwar nicht, aber die musst du unbedingt haben.« Vanessas Ton ließ keinen Widerspruch zu.

»Und die rote?«

»Die ist im Vergleich doch ein Schnäppchen. Wäre schade, sich das entgehen zu lassen.«

Beim Bezahlen bekam Susanne beinahe ein schlechtes Gewissen – für den Preis der goldenen, mit Swarovski-Steinen besetzten Unterwäsche hätte man einen Kleinwagen kaufen können. Doch Vanessa ließ derartige Bedenken schnell verfliegen.

Sie klopfte auf ihre *Dolce & Gabbana*-Handtasche, die Dieter ihr in Düsseldorf gekauft hatte. »Vergiss nicht, wie viel dein Mann für dieses Geschenk hier ausgegeben hat. Und was den Kleinwagen betrifft: Glaub mir, die Lingerie brauchst du dringender!«

Die Krönung des Nachmittags war aber definitiv die Boutique für Abendgarderobe, die Vanessa in einer kleinen Seitenstraße entdeckte. Im Fenster war ein atemberaubendes Abendkleid ausgestellt. Es war knallrot, aus glänzender Seide und hauteng, bestach durch seine Schlichtheit und das auffallende Material. Vanessa zog Susanne spontan in das Geschäft.

»Das kann ich unmöglich tragen – es ist viel zu figurbetont und viel zu weit ausgeschnitten«, protestierte Susanne.

Doch die Verkäuferin war bereits Vanessas Auftrag nachgekommen und ins Fenster gestiegen, um das Kleid, ein Einzelstück, von der Puppe zu nehmen.

»Und überhaupt – wann sollte ich so etwas anziehen? Wir bekommen so kurzfristig sowieso keine Karten für die Oper.«

Vanessa ignorierte Susannes Einwände und schob sie in die Kabine.

Kaum war sie in das Kleid geschlüpft, da wurde auch schon der Vorhang der Kabine aufgerissen. »*Bellissima! Fantastica!* Das steht Ihnen ausgezeichnet, Signora! Einfach großartig!«, begeisterte sich die Verkäuferin aufgeregt.

Vanessa drückte es weniger blumig aus. »Das ist der Hammer!«, sagte sie auf Deutsch zu Susanne. Und auf Italienisch zu der Verkäuferin: »Sie nimmt es.«

»Unter einer Bedingung«, stimmte Susanne ihr zu. »Wir kaufen dir auch ein Kleid, und du kommst mit in die Oper!«

Vanessa sträubte sich erst (»Gesang ist so gar nicht mein Ding«), ließ sich aber dann zu einem schwarzen Kleid überreden. Es war ebenfalls auffallend schön, wenngleich weniger dramatisch.

Sie spazierten gemächlich zu ihrem Hotel zurück. Vanessa hatte vorgeschlagen, wegen der vielen Tüten ein Taxi zu nehmen, aber Susanne fand die kleinen Gassen viel zu faszinierend, um den Weg im Auto zurückzulegen.

Kurz vor dem Hotel blieb Susanne vor einem Schaufenster stehen. »Guck mal, das blau-weiß gestreifte

Sweatshirt – ist das nicht süß?«, rief sie aus. »So eins wollte ich immer schon einmal haben.«

Vanessa schnaubte. »Willst du als Matrose anheuern? Dich als Franzose verkleiden? Bist du unter zwölf? Wenn du alle drei Fragen mit Nein beantworten kannst, darfst du dieses Sweatshirt auf keinen Fall kaufen«, erklärte sie und inspizierte bereits das Schaufenster des Nachbargeschäfts.

Etwas hatte ihr Interesse geweckt, und sie zog Susanne zu sich herüber – weg von dem Sweatshirt und hin zu der Auslage eines Juweliers. Sie zeigte auf ein Paar große goldene Ohrringe.

»Die«, erklärte sie feierlich, »würden fantastisch zu deinem Opernkleid passen.«

»Hast du den Preis gesehen?«, fragte Susanne schockiert.

»Ja«, antwortete Vanessa ruhig. »Er entspricht ungefähr dem Preis einer vollautomatischen Brotbackmaschine. Also pro Ohr. Und deshalb denke ich: Da Dieter dir ja noch kein angemessenes Geburtstagsschenk gekauft hat, wären diese Ohrringe das perfekte Präsent.«

Vanessa hatte recht. Die Ohrringe sahen auch bei näherer Betrachtung wunderschön aus. Susanne brauchte nicht lange, um sich zu entscheiden.

»Es stimmt – sie passen wirklich perfekt zu dem Kleid!«, gab sie zu.

Vanessa nickte. »Jetzt gibt es nur noch ein Problem.«

»Und das wäre?«

»Zu dem Kleid passt kein Steuerberater.« Sie dachte kurz nach. »Ein Schlossherr wäre viel angebrachter.«

Dreizehntes Kapitel

Gegen achtzehn Uhr trafen Susanne und Vanessa erschöpft, aber glücklich im Hotel ein. In der Lobby standen zwei Männer und diskutierten mit starkem französischem Akzent mit dem Concierge. Als sie mit Einkaufstüten beladen durch die Tür traten, warfen die beiden Herren ihnen interessierte Blicke zu. Vittorio Lombardi stand hinter der Rezeption und telefonierte.

»Lass uns einen Moment warten, bis Vittorio fertig ist, dann kannst du ihn direkt wegen der Opernkarten fragen«, schlug Vanessa vor, während sie nicht gerade unauffällig die Franzosen betrachtete.

»Lieber nicht«, murmelte Susanne. »Sonst sprechen uns gleich noch diese beiden Typen an, die starren dich jetzt schon andauernd an.«

Sie hatte es kaum ausgesprochen, da schauten die beiden Männer wieder herüber und lächelten.

Vanessa lächelte freundlich zurück. »Die starren *uns* an«, korrigierte sie Susanne.

Die beiden Franzosen trugen dunkelblaue Anzüge und schienen Geschäftsleute zu sein. Der Größere der beiden war circa vierzig Jahre alt und schlank, mit vollem braunem und welligem Haar. Der Kleinere war älter, etwas untersetzt und hatte eher schütteres dunkelblondes Haar.

»Jetzt ermuntere die doch nicht auch noch!«, warnte Susanne entsetzt.

»Wieso? Die sehen doch nett aus, vielleicht haben sie ein paar interessante Restaurantempfehlungen oder andere Tipps für uns. Ich finde den Großen ganz süß.«

»Ich finde den kleinen Dicken aber gar nicht süß!«, flüsterte Susanne alarmiert, während besagter Herr ihr wie auf Kommando zuzwinkerte. »Vielleicht sollte ich schon mal nach oben gehen und mich um die Restaurantbuchung für heute Abend kümmern? Du kannst ja hier warten, bis Herr Lombardi zu Ende telefoniert hat, und ihn dann wegen der Opernkarten fragen.«

Bevor Vanessa Einwände erheben konnte, flüchtete Susanne schon in Richtung Aufzug. Als sich die Türen hinter ihr schlossen, konnte sie gerade noch sehen, wie die beiden Geschäftsleute auf Vanessa zutraten.

Das war knapp, dachte Susanne erleichtert.

Im Zimmer suchte sie sofort die Telefonnummer der *Enoteca Ghibellina* heraus. Sie hatte im Laufe der Jahre viel über das einzige 3-Sterne-Restaurant in Florenz gelesen, und es war immer ihr Traum gewesen, einmal dort zu speisen.

Dieter hatte sich nie für »den ganzen Firlefanz, den diese Leute in diesen Edelschuppen veranstalten« interessiert. Ihm reichte das »solide und ehrliche Essen« in ihrem Hotel auf Wangerooge. Warum sollte man »seine Zeit damit vergeuden«, etwas Neues auszuprobieren, wenn man mit »dem Bewährten doch so zufrieden« war?

Nun, was Vanessa betraf, war er ja mehr als bereit gewesen, etwas Neues auszuprobieren. Offensichtlich war er mit »dem Bewährten« – also mit Susanne – nicht zufrieden gewesen.

Entschlossen tippte sie die Telefonnummer in ihr Handy. Hoffentlich waren sie fürs Wochenende nicht ausgebucht. Aber vielleicht könnte sie dann für einen der nächsten Abende reservieren.

Diese Hoffnung wurde jedoch im nächsten Augenblick zerstört. Die Dame am anderen Ende lachte nur. »Wir sind auf Wochen ausgebucht, Signora. Ende August schließen wir für eine Woche. Versuchen Sie es danach noch einmal, im Herbst.« Und schon hatte sie aufgelegt.

Susanne stand die Enttäuschung wohl ins Gesicht geschrieben, als Vanessa ein paar Minuten später bestens gelaunt zur Tür hereinkam.

»Wir sind heute Abend nach dem Essen mit Alain und Eric verabredet. Die beiden sind zur Seafood-Messe hier, die morgen beginnt. Eric ist Großhändler für Meeresfrüchte, und Alain ist Austernproduzent. Sie sind total nett und lustig. Und besonders Eric ist wirklich süß.«

»Lass mich raten: Eric ist nicht der kleine Dicke mit den Plattfüßen und der Glatze?«

»Woher willst du wissen, ob Alain Plattfüße hat? Im Übrigen siehst du die doch gar nicht, wenn es heute Abend dunkel ist!«

»Ich gehe auf keinen Fall mit einem kleinen Austernhändler aus!«, rief Susanne entsetzt.

»Er ist Austern*produzent*. Alain Dupré, ist das nicht ein eleganter Name? Alain kommt aus Charente-Maritime und Eric aus Marseille. Sie haben sich vor fünf Jahren hier auf der Messe kennengelernt, und seitdem treffen sie sich jedes Jahr hier zur Seafood.«

»Was ist denn mit den Opernkarten?«, lenkte Susanne ab.

»Hm, das ist doch etwas komplizierter, als ich dachte. Vittorio hat sich sehr bedeckt gehalten. Ich verstehe das nicht. Es ist ja nicht so, dass wir Karten für eine ganze Schulklasse bräuchten! Und es muss ja auch nicht gleich heute sein. Na ja, er hat versprochen, sein Bestes zu geben. Ich habe ihm gesagt, dass wir – und damit der Verlag – auf ihn setzen.

Und dass wir davon ausgehen, dass er das hinkriegt. Und dass es ja nicht die besten Plätze sein müssen. Auch wenn man natürlich schon eine vernünftige Sicht haben sollte. Wenn ich schon in die Oper muss, dann will ich mir nicht den Hals verrenken müssen.« Vanessa machte eine Pause und sah Susanne verwundert an. »Nanu, du guckst ja wie drei Tage Regenwetter!«

»Das mit der *Enoteca Ghibellina* können wir leider vergessen«, seufzte Susanne. »Schade!«

»Du hast keinen Tisch reservieren können?«, fragte Vanessa ungläubig. »Hast du denn gefragt, ob wir vielleicht etwas später kommen können?«

»Natürlich! Die sind auf Wochen ausgebucht, vor September geht da gar nichts.«

»Ach, das glaube ich nicht. Irgendetwas geht immer. Hast du denn eindringlich genug gefragt? Vielleicht sollten wir Alain und Eric fragen, wo sie essen gehen, und uns anschließen?«

»Auf keinen Fall!«

Vanessa dachte kurz nach.

»Ich mache dir einen Vorschlag. Wir schließen noch mal eine Wette ab. Wenn ich für heute Abend einen Tisch in der *Ghibellina* kriege, gehen wir anschließend mit Alain und Eric aus. Einverstanden?«

»Absolut«, sagte Susanne, ohne zu zögern. Sie war sich hundertprozentig sicher, dass sie den späten

Abend nicht mit einem kleinen dicken Austernproduzenten aus Charente-Maritime verbringen würde.

Vanessa griff sofort nach ihrem Handy, suchte nach einer Nummer und drückte auf Eingabe. »Hallo? Hal-lo!«, sagte sie einen Augenblick später ungeduldig. »Meine Güte, wie lange dauert das denn, bis bei Ihnen mal jemand ans Telefon geht? Hier spricht die Assistentin von Angélique Duval. Ich möchte Ihnen nur kurz mitteilen, dass es heute Abend eine halbe Stunde später wird. Es gab eine Verzögerung am Set. Bitte ändern Sie die Reservierung für Madame Duval von zwanzig Uhr dreißig auf einundzwanzig Uhr.« Vanessas Stimme klang sehr professionell – und sehr arrogant.

»Was soll das heißen, Sie finden unsere Reservierung nicht? Was kann ich dafür, wenn Sie so schlecht organisiert sind.«

Susanne stockte der Atem. Was war das denn für eine Nummer, die Vanessa da abzog? Damit würde sie doch im Leben nicht durchkommen!

»Das kann ich Ihnen nun wirklich nicht sagen«, fuhr Vanessa unbeirrt fort. »Ich bin die Assistentin vor Ort. Die Reservierung wurde bereits vor Wochen direkt vom Studio vorgenommen. Ja, haben Sie denn nicht den ganzen Schriftverkehr vorliegen? Man hat Sie doch extra noch über die Allergien und Intoleranzen von Madame Duval aufgeklärt! Denn Sie wollen doch sicher nicht, dass eine so international bekannte Schauspielerin bei Ihnen im Restaurant ihrer Austernallergie erliegt, oder? Das wäre gar nicht gut für den Ruf Ihres Hauses!«

Vanessa hörte der Stimme am anderen Ende eine Weile zu, dann sprach sie mit ungeduldiger Stimme laut weiter. »Nun, das kann ich jetzt am Samstagabend wohl kaum klären, das Studio in Paris ist natürlich nicht mehr besetzt.« Danach senkte sie den Ton wieder etwas. »Ja, richtig, sie ist allergisch gegen Austern. Und hat eine Petersilien-Intoleranz. Ich schlage vor, Sie machen sich eine Notiz, nicht dass das Studio Sie am Ende noch verklagen muss. Unannehmlichkeiten dieser Art möchten wir doch alle vermeiden.«

Susanne beobachtete Vanessa gespannt, während sie mehr oder weniger geduldig die Person am anderen Ende ausreden ließ.

»Na ja, Schwamm drüber«, sagte sie schließlich mit einem triumphierenden Grinsen in Susannes Richtung. »Kann ja mal passieren. Also bis um einundzwanzig Uhr dann!«

Susanne starrte Vanessa an. »Also, das glaube ich jetzt nicht!«

Vanessa zuckte nur mit den Schultern. »Das war doch einfach. Glaub mir, gute Restaurants behalten immer einen Tisch zurück, für den Fall, dass ein

Stammgast oder VIP auftaucht. Ich weiß das, ich hatte mal was mit einem Kellner, der in Köln bei einem Zwei-Sterne-Restaurant gearbeitet hat, der war …«

Susanne unterbrach sie mit einem Jubelschrei: »Wir essen in der *Enoteca Ghibellina*!«

»In der Tat, Angélique«. Vanessa lachte. »Ich hoffe nur, du hattest nicht vor, heute Austern zu bestellen. Die sind nämlich jetzt nicht mehr auf der Karte.« Sie zuckte entschuldigend mit den Schultern. »Mir fiel auf die Schnelle nichts anderes ein.« Mit einem Grinsen fügte sie hinzu: »Ich gehe aber davon aus, dass du nach dem Dinner noch über Austern plaudern kannst!«

Vierzehntes Kapitel

Das Taxi setzte sie um kurz nach neun ein paar Meter vor der *Enoteca Ghibellina* ab.

Vanessa hatte darauf bestanden, dass sie sich »den Rollen und dem Anlass entsprechend in Schale schmeißen« sollten, deshalb trug Susanne das kurze dunkelgrüne Cocktailkleid mit dem tiefen Rückenausschnitt, das an diesem Morgen einer ihrer ersten Käufe gewesen war. Vanessa hatte ein schlichtes weißes Kleid an.

Beim Schminken hatte Vanessa gefordert, dass Susanne »nicht kleckern, sondern klotzen« sollte, schließlich sei sie Filmschauspielerin, und so hatten sie von den neu erstandenen Pinseln und Töpfchen eifrig Gebrauch gemacht.

Auf den letzten Metern vor dem Eingang des Restaurants, die auf ihren atemberaubend hohen Schuhen nicht leicht zu bewältigen waren, bekam Susanne kalte Füße.

»Damit kommen wir doch nie durch!«, jammerte sie.

»Unsinn! Beruhige dich.« Vanessa schien völlig entspannt zu sein. »Und hör auf damit, dein Kleid ständig nach unten zu ziehen. Es ist ein Minikleid, das muss so kurz sein!«

»Aber was, wenn sie ›Angélique Duval‹ gegoogelt haben?«, fragte Susanne mit dünner Stimme.

Vanessa verdrehte die Augen. »Natürlich haben sie Angélique Duval gegoogelt! Ich habe den Namen doch nicht einfach aus der Luft gegriffen. Diese Schauspielerin gibt es wirklich, und sie dreht derzeit in der Toskana. Das habe ich auf dem Flug im Bordmagazin gelesen. Der Name Angélique ist mir aufgefallen, weil du ihn erwähnt hattest.«

Susanne wurde ein klein wenig ruhiger. »Hast du ein Foto von ihr gesehen? Sieht sie mir ähnlich?«

»Da liegt ein klitzekleines Problem«, gab Vanessa zu. »Leider nicht. Sie hat schwarze Haare, ist gute zehn Jahre älter, ein bisschen kleiner und sieht auch im Gesicht irgendwie völlig anders aus.«

»Völlig anders?«

»Ach, ich würde mir da keine Sorgen machen. Du weißt doch, wie das mit Schauspielerinnen ist. Die stylen sich andauernd um, färben sich die Haare, lassen sich liften, nehmen zu, nehmen ab … Setz jetzt einfach deine Sonnenbrille auf, das wird schon gehen.«

Susanne tat wie geheißen. »Die merken aber doch bestimmt, dass ich keine französische Schauspielerin bin«, sagte sie dann nervös.

»Bis dahin sind wir aber bestimmt schon beim Nachtisch«, entgegnete Vanessa ungeduldig und trat forsch auf die Tür der Enoteca zu.

»Die Kellner sehen uns alle an«, flüsterte Susanne über den Rand der Speisekarte hinweg Vanessa zu.

»Natürlich sehen sie uns an – immerhin bist du eine berühmte Schauspielerin. Und ich eine einflussreiche Assistentin in der Filmindustrie.«

»Aber was, wenn etwas Unvorhergesehenes passiert?«, fragte Susanne nervös.

»An was denkst du denn? Dass dir deine Sonnenbrille in die Vorspeise fällt? Oder dass sie dir die Wachteleier versalzen?«

»Natürlich nicht«, raunte Susanne ungehalten. »Ich mache mir Sorgen, dass wir entlarvt werden!«

Vanessa seufzte. »Wir sind doch keine Spione. Oder entflohene Häftlinge. Jetzt entspann dich und genieß den Abend!«

»Ich kann mich gar nicht entscheiden, es klingt alles so lecker. Weißt du denn schon, was du nimmst?«

»Ach«, sagte Vanessa unbekümmert und nippte an ihrem Aperitif. »Ich mache die Dinge ungern unnötig kompliziert. Ich habe keine Allergien und esse alles.

Und heute setze ich einfach mal auf die drei. Ist sowieso meine Glückszahl.«

»Die drei?«

»Ja, ich nehme jeweils das, was in der dritten Zeile geschrieben steht, also die dritte Vorspeise, den dritten Zwischengang, die dritte Hauptspeise und das dritte Dessert.«

»Ohne zu wissen, was du bekommst?«, fragte Susanne erstaunt.

»Warum nicht? Ich kann ja wohl davon ausgehen, dass in diesem Schuppen alles schmeckt, bei den Preisen! Aber bei den Weinen sollten wir uns beraten lassen, das macht in solchen piekfeinen Läden immer einen professionellen Eindruck. Also, mir persönlich ist es egal, welchen Wein wir trinken, Hauptsache, es ist Alkohol drin. Aber wir wollen ja wichtig aussehen.«

Susanne schaffte es tatsächlich, sich zu entspannen. Sie genoss das Ambiente, die elegant gekleideten Gäste an den anderen Tischen, die gedämpfte Musik, die aufregenden Köstlichkeiten und die fantastische Präsentation der Speisen.

Noch nie hatte sie so hervorragend gespeist. Und noch nie war sie so zuvorkommend bedient worden. Und sie musste ehrlich zugeben, dass sie auch noch nie in so amüsanter Begleitung gegessen hatte. Vanessa spielte ihre Rolle so gut, dass Susanne spätestens beim Zwischengang selbst davon überzeugt war, eine bekannte Schauspielerin namens Angélique zu sein.

Eigentlich gab es nur eine kritische Situation, nämlich als der Sommelier kurz vor dem Dessert bei ihnen am Tisch auftauchte, sich kurz verbeugte, als »ein Landsmann und großer Fan von Madame Duval« vorstellte, und dann in einen Schwall Französisch wechselte.

Doch Vanessa kam blitzschnell zur Rettung. »Bitte haben Sie Verständnis«, flötete sie auf Italienisch und schenkte ihm ihr charmantestes Lächeln. »Madame Duval muss heute Abend ihre Stimme ein wenig schonen. Sie hat einen großen Sprechpart morgen, und es geht schon in aller Herrgottsfrühe wieder los. Wir müssen schon um sechs Uhr am Set sein! Wegen des Lichts, Sie wissen schon …«

»Am Sonntag filmen Sie auch?«, fragte der junge Mann überrascht.

»Natürlich – gerade am Sonntag«, entgegnete Vanessa souverän. »Da ist es am einfachsten, Straßen sperren zu lassen und dergleichen.«

Der Sommelier hatte vollstes Verständnis und ließ die beiden Damen sofort alleine.

»Was du alles weißt!«, staunte Susanne beeindruckt.

»Ich hatte mal was mit einem Kameramann«, erklärte Vanessa.

Die Rechnung war schwindelerregend hoch, doch die Assistentin von Madame Duval erledigte die Dinge diskret und legte routiniert Dieters Kreditkarte in das kleine Holzkästchen, in dem die Rechnung gekommen war. Der Kellner reagierte unsicher, als er den fremden Namen auf der Karte bemerkte: »Wer ist Dieter Klein?«

Vanessa ließ sich nicht aus der Ruhe bringen. Sie versicherte dem Ober souverän, dass alles in bester Ordnung sei.

»Monsieur Klein ist der Buchhalter von Mme Duval. Er regelt das Finanzielle. Darum können wir uns weiß Gott nicht auch noch kümmern.« Der Kellner nickte verständnisvoll. »Natürlich.«

Fünfzehntes Kapitel

»Nein, wirklich? Das ist ja hochinteressant!« Susanne versuchte, genau das richtige Maß an Enthusiasmus in ihre Stimme zu legen. Genug, um zu verhindern, dass Alain, der kleine dicke Austernproduzent, sie noch einmal zur Tanzfläche führte. Aber nicht so viel, dass sie einen Themenwechsel in absehbarer Zeit ausschloss. Am besten wäre es, wenn man den Abend demnächst zum Abschluss bringen könnte.

Vanessa hatte Susanne als »Isabella Capriani« vorgestellt, und dann hatten sie mit Alain und Eric drei verschiedene Bars besucht, jede Menge Alkohol getrunken und, wie Susanne ehrlich zugeben musste, viel Spaß gehabt. Die beiden Männer waren wirklich ausgesprochen nett und höflich.

Schließlich waren sie in diesem Club gelandet. Susanne hatte eine gute Stunde mit Alain getanzt – besser gesagt war sie mit ihm auf der Tanzfläche herumgestolpert, stets auf der Hut vor seinen überdurchschnittlich großen Plattfüßen. Anschließend hatte sie sich zu einem »Schlummertrunk« hinreißen lassen.

Doch so gerne Susanne auch langsam, aber sicher zum Schlummern kommen wollte – Alain zeigte keinerlei Anzeichen von Müdigkeit. Susanne dagegen war völlig erledigt. Sie hatte eindeutig zu viel gegessen und getrunken. Und je länger Alain von Austern sprach, desto flauer wurde ihr im Magen. Doch er war nicht zu stoppen.

»Doch, wirklich, pro Jahr werden weltweit über vier Millionen Tonnen Austern produziert. Der überwiegende Teil kommt aus China. Frankreich liegt auf Platz vier«, fuhr Alain stolz fort. »Mein Betrieb züchtet die Pazifische Felsenauster. Sie ist besonders robust und schmackhaft. Übrigens macht sie dreiundneunzig Komma sieben Prozent der Weltproduktion aus.«

»Tatsächlich?«

Was hatte Alain gerade gesagt? Dass er dreiundneunzig verschiedene Austernsorten züchtete? Susanne war so müde und betrunken, dass sie sich kaum noch konzentrieren konnte. Mit dem Blick suchte sie auf der Tanzfläche nach Vanessa; sie legte gerade die Hände auf »das süße Hinterteil« des Meeresfrüchtehändlers.

Alain hatte nur kurz Luft geholt und redete nun auch schon munter weiter. »Frankreich produziert etwa 125 Tausend Tonnen Austern jährlich. Wo ich herkomme, befindet sich mengenmäßig die größte Austernproduktion Europas!« Er zwinkerte Susanne, der fast die Augen zufielen, verschwörerisch zu und raunte: »Der Jahresumsatz der Region beträgt circa zweihundert Millionen Euro.«

Susanne versuchte, besonders beeindruckt auszusehen.

»Wussten Sie, Isabella, dass eine Auster einen ganzen Monat ohne Wasser überleben kann?«

»Nein, das wusste ich in der Tat nicht«, gab Susanne zu. »Aber sagen Sie, Eric und Sie müssen doch bestimmt morgen früh raus?«

»Ach, keine Sorge, am ersten Tag der Messe haben wir nicht so viele Termine. Und wir wollen doch nicht den schönen Abend ruinieren, wo wir uns hier doch so anregend unterhalten. Wussten Sie, dass Austern ihre Eier im Sommer ablegen? Die Wassertemperatur ist ein entscheidender Faktor für den Zeitpunkt. Die männlichen Austern geben zeitgleich ihr Sperma ab, und es kommt zur Befruchtung im offenen Meer.«

Alain blickte Susanne tief in die Augen und rückte dann auf seinem Barhocker noch etwas näher an sie heran.

Susanne wollte so schnell wie möglich von diesem Thema ablenken. »Ich habe gehört, dass man sich an Austern vergiften kann?«, sagte sie schnell.

Alain winkte ab. »Natürlich sind Austern ein Reservoir für Viren, aber ich würde mir da keine Sorgen machen. Eine so schöne junge Frau wie Sie sollte sich sowieso keine Sorgen machen …« Er legte seine Hand kurz auf Susannes Oberschenkel. »Sie müssen mich mal in Frankreich besuchen. So sehr, wie Sie sich für Austern interessieren … Ich könnte Ihnen auch ein paar Veredelungsbetriebe zeigen …«

Susanne unterbrach ihn: »Aber was würde denn Ihre Frau dazu sagen? Immerhin sind Sie doch glücklich verheiratet.«

»Meine Frau interessiert sich nicht für Austern.«

»Und hat Sie dennoch geheiratet?«, fragte Susanne erstaunt.

»Sie hat mich gerade deswegen geheiratet«, erklärte Alain. »Meine Frau hat den Betrieb von ihrem Vater geerbt, hatte aber keine Lust, sich darum zu kümmern. Es ist eine reine Vernunftehe.« Er zwinkerte ihr vielsagend zu und ging ungefragt zum Du über. »Du musst dir also keine Gedanken machen. Außerdem ist meine Frau den ganzen Tag unterwegs: Shopping, Yoga, Meditation, Kosmetikerin – sie ist immer sehr beschäftigt. Wir zwei hätten also jede Menge Zeit für uns …« Wieder sah er ihr tief in die Augen. »… Und für die Austern«, setzte er dann hinzu.

»Also, eigentlich mag ich gar keine Austern«, gab Susanne zu.

Er sah sie verblüfft an. »Aber warum?«

»Mir ist der Gedanke, dass sie noch leben, wenn man sie isst, irgendwie unangenehm.«

»Aber das muss dir nicht unangenehm sein, Isabella!«, rief Alain fassungslos. »Austern haben kein Gehirn. Nur Drucksensoren!«

Susanne wurde übel.

»Ist dir nicht gut, Isabella?«

»Ich glaube, ich habe zu viel gegessen«, stieß sie hervor.

Alain nickte. »Wusstest du, dass Austern kaum Fett und fast keine Kalorien enthalten? Dafür jede Menge Proteine, Vitamine, Mineralstoffe und Spurenelemente.« Er nahm Susannes Hände in seine. Dann sagte er feierlich: »Isabella, du musst zu mir nach Frankreich kommen!«

Susanne blickte wieder auf die Tanzfläche; weder Vanessa noch ihr Tanzpartner zeigten Ermüdungserscheinungen.

»Wie viel Uhr ist es eigentlich?«, fragte sie.

»Ach, erst kurz nach vier. Die Nacht ist jung. Vielleicht brauchst du ein Gläschen Champagner, das wird dich wieder munter machen. Wusstest du übrigens, dass Austern ein ausgesprochenes Aphrodisiakum sind? Casanova soll deshalb jeden Tag fünfzig geschlürft haben …«

»Ein großes Glas Wasser wäre mir lieber.«

»Ein großes Glas Wasser, kommt sofort!«, rief Alain munter und gab dem Kellner, der völlig erschöpft die Theke polierte und ganz offensichtlich darauf wartete, dass die letzten Gäste nach Hause gingen, ein Zeichen.

»Apropos groß«, sagte Alain gut gelaunt. »Wusstest du, dass die größte Auster der Welt – fünfunddreißig Zentimeter lang und zwei Kilo schwer – 2014 in der Bretagne gefunden wurde?«

»Nein, das wusste ich noch nicht«, seufzte Susanne erschöpft.

Sechzehntes Kapitel

»Ich habe mit dem Barmann Brüderschaft getrunken? Um fünf Uhr morgens?« Susanne fuhr entsetzt von ihrer Liege auf.

Sofort bereute sie die schnelle Bewegung und musste sich umgehend wieder zurücklegen. Sie hatte unglaubliche Kopfschmerzen. Ihr ganzer Schädel pochte und hämmerte.

»Ja. Und du hast sogar darauf bestanden, dass ihr mit Tequila anstoßt. Wahrscheinlich hast du deshalb jetzt solche Kopfschmerzen«, erklärte Vanessa.

Susanne stöhnte.

Sie lagen nebeneinander im Wellnessbereich des Hotels. Vanessa hatte ihnen ein dreistündiges »Wohlfühl-Verwöhn-Programm« gebucht, bestehend aus Ganzkörpermassage, Fußreflexzonenmassage, einem Gesichtspeeling und einer straffenden Po- und Oberschenkel-Packung, gefolgt von Maniküre und Pediküre.

Die Ganzkörpermassage hatte Susanne fast komplett verschlafen. Sie war erst halbwegs aufgewacht, als die Masseurin sie von der Massagebank auf die Liege verfrachtet hatte, wo sie jetzt mit der Fußreflexzonenmassage begann. Richtig wach fühlte Susanne sich zwar immer noch nicht, aber da sie an den Füßen recht kitzlig war, schlief sie immerhin nicht gleich wieder ein.

»Meine Augenlider fühlen sich ganz schwer an!«

»Siehst du«, sagte Vanessa triumphierend. »Sei froh, dass ich dich davor bewahrt habe, in diesem Zustand durch ein Museum zu geistern. Die alten Gemälde und Skulpturen laufen dir schließlich nicht weg. Ein bisschen Wellness tut dir jetzt viel besser.«

Jetzt habe ich die Uffizien schon wieder verpasst, dachte Susanne bekümmert. »Du klingst ganz schön munter«, seufzte sie.

»Ich habe ja auch nur ein Glas Tequila getrunken!«

»Und ich habe zwei getrunken?«, rief Susanne entsetzt und erinnerte sich in letzter Sekunde daran, dass es keine gute Idee war, sich aufzurichten.

»Drei«, korrigierte Vanessa. »Aber keine Sorge, das meiste bist du ja wieder losgeworden.«

Susanne stöhnte.

»So«, sagte Vanessas Masseurin, »wir lassen Sie jetzt zehn Minuten alleine, bevor es mit den Gesichtsmasken weitergeht.«

»Möchten Sie noch einen Vitaminsaft?«, fragte Susannes Masseurin.

»Unbedingt«, antwortete Vanessa an Susannes Stelle. »Und bitte ein großes Glas Wasser für meine Freundin. Und ich nehme eine Bloody Mary!«

Susanne wurde schon wieder ganz flau im Magen.

»Mir ist immer noch übel«, klagte sie.

Vanessa beugte sich über sie und betrachtete sie forschend. Dann nickte sie. »Du siehst auch immer noch ein bisschen grün aus im Gesicht. Aber keine Sorge, bis siebzehn Uhr haben wir dich wieder topfit.«

»Wieso bis siebzehn Uhr? Was ist um siebzehn Uhr?«, fragte Susanne alarmiert.

Sie war wieder von der Liege hochgefahren, hatte sich aber schnell eines Besseren besinnen müssen. Ihr Kopf schmerzte nach wie vor höllisch. Am besten, sie bewegte sich so wenig wie möglich.

»Na, die Verleihung der ›Goldenen Auster‹, oder wie dieser Preis heißt.«

»Was für eine goldene Auster?« Susanne hatte keine Ahnung, wovon Vanessa sprach.

»Na, dieser Preis, der Alain heute Abend auf der Messe verliehen wird! Weil sein Betrieb die besten Austern der Region gezüchtet hat, oder so was in der Art. Ich weiß nicht genau, worum es da geht, aber du hast auf jeden Fall darauf bestanden, dass wir da hingehen. Du wolltest unbedingt dabei sein.«

»Ich habe darauf bestanden, bei dieser Preisverleihung dabei zu sein?«, fragte Susanne ungläubig. Hier musste ein Missverständnis vorliegen.

»Ja«, antwortete Vanessa und schüttelte ungeduldig den Kopf. »Ich hatte ja keine Ahnung, dass du so fasziniert von Austern bist. Kein Wunder, dass du Alain stundenlang an den Lippen gehangen hast. Wenn ich das gewusst hätte, hätte ich gestern in der *Enoteca* natürlich nicht ausgerechnet eine Austernallergie erfunden! Tut mir wirklich leid, aber mir ist so schnell nichts anderes eingefallen. Wie sollte ich auch wissen, dass du dich ausgerechnet für Austern so sehr interessierst, also das …«

»Ich interessiere mich nicht für Austern«, sagte Susanne erschöpft.

»Warum hast du Alain denn dann gebeten, uns Eintrittskarten zu besorgen?«

»Eintrittskarten für eine Messe für Meeresfrüchte?«, fragte Susanne entsetzt. »Das kann nicht sein.«

»Doch«, bestätigte Vanessa. »Und du hast ihn nicht nur gebeten, du hast ihn geradezu angefleht. Der arme Mann hatte gar keine andere Chance, als diese Karten zu organisieren. Es ist anscheinend richtig schwierig, an die ranzukommen, sagt Eric. Aber Alain hat alle Hebel in Bewegung gesetzt. Er hat in aller Frühe mit den Veranstaltern gesprochen und ihnen gesagt, dass wir Artikel über die Messe schreiben. Eric hat mir gesagt, dass die Karten für uns an der Rezeption bereitliegen ...«

»Du hast heute Morgen schon mit Eric gesprochen?«

»Ach, was heißt gesprochen? Kurz verabschiedet, würde ich eher sagen, ich war ja auch ganz schön müde und ...«

»Verabschiedet? Heißt das, dass Eric letzte Nacht ... Oh, mein Gott! War Alain auch da? Habe ich ...?«

»Aber nein, keine Sorge. Alain ist von der Bar in sein Hotel gefahren.«

»Gott sei Dank!«, stieß Susanne erleichtert hervor.

»Erinnerst du dich denn an gar nichts mehr?«

Susanne überlegte, konnte aber keinen klaren Gedanken fassen. »Ich weiß nur noch, dass Alain ständig von Austern geredet hat und ich furchtbar müde war.«

Bei dem Gedanken an Austern wurde ihr schon wieder übel.

Glücklicherweise kam gerade die Masseurin mit den Getränken. Susanne stürzte erst das Wasser, dann den Vitaminsaft hinunter.

»Besser?«, fragte Vanessa.

»Etwas.« Susanne ließ sich wieder zurückfallen. »Also, wir gehen auf keinen Fall zu dieser Messe. Auch wenn es mir leidtut, dass Alain sich wegen dieser Karten so ins Zeug gelegt hat. Aber ich kann in meinem Zustand nicht mal den Gedanken an Austern ertragen. Überhaupt will ich nie wieder daran denken müssen.«

»Hm«, sagte Vanessa und setzte sich ruckartig auf. Sie machte ein ernstes Gesicht.

»Was heißt hier ›hm‹?« Susanne setzte sich ebenfalls auf.

»Vielleicht wäre es sinnvoll, wenn wir doch zu dieser Preisverleihung gehen. Dort gibt es nämlich ein Riesenbüfett, man kann so viel essen, wie man will. Alles umsonst, Champagner eingeschlossen.«

»Na und? Wir gehen irgendwo anders schön essen.«

Vanessa schwieg. Nach einer Weile fragte sie: »Ja, hast du denn unser kleines Problemchen vergessen?«

»Unser kleines Problemchen?«, wiederholte Susanne verwirrt.

»Ja – unser Problem!«, raunte Vanessa und sah Susanne dabei eindringlich an. Obwohl niemand in der Nähe war, hatte sie die Stimme gesenkt.

»DAS Problem, Susanne. Das große Problem. Du weißt schon …« Vanessa versuchte offensichtlich, ihr auf die Sprünge zu helfen.

Susanne schüttelte den Kopf. »Ich weiß gar nichts.«

»Aber weißt du denn auch nicht mehr, was gestern passiert ist, als du darauf bestanden hast, noch eine Runde Tequila auszugeben?«

»Keine Ahnung – was denn?«

»Nichts!«

»Nichts?«

»Ja, nichts. Die Kreditkarte hat nicht funktioniert. Daraus schließe ich, dass dein Mann sie gesperrt hat.«

»Was? Dieter hat die Kreditkarte gesperrt?«, rief Susanne entsetzt.

»Leise!«, zischte Vanessa. »Der Verdacht liegt nahe. Männer sind da komisch, und Dieter …«

»Ach du lieber Himmel! Und was machen wir denn jetzt?«

»Wir entspannen uns«, erklärte Vanessa und ließ sich in die Liege zurückfallen. »Heute Abend essen wir uns auf dieser Meeresfrüchtemesse satt. Und morgen fällt uns sicher eine Lösung ein.«

Siebzehntes Kapitel

»Signorine! Ich habe gute Nachrichten für Sie!« Vittorio eilte auf Susanne und Vanessa zu, kaum dass sie aus dem Aufzug getreten waren.

Eigentlich hatte Susanne direkt nach dem Wellnessprogramm in ihre Suite hochfahren wollen – schließlich war sie ja nur mit einem mehr als knappen Badeanzug und dem Hotelbademantel bekleidet.

Doch Vanessa hatte Heißhunger auf die Bonbons gehabt, die am Empfang angeboten wurden. »Außerdem können wir bei der Gelegenheit gleich die Karten für die Preisverleihung abholen.«

Da hatte sie natürlich recht.

»Im Übrigen ist es ja nicht so, als ob Vittorio nicht genau wüsste, was wir unter den Bademänteln tragen«, hatte Vanessa kichernd gesagt. »Schließlich hat er uns die Badeanzüge ja selbst ausgesucht.«

»Signorine«, wiederholte Vittorio euphorisch. »Ich habe tatsächlich Opernkarten bekommen! Für die

Sondervorstellung von *Così fan tutte* heute Abend um zwanzig Uhr dreißig! Nicht gerade billig, aber wenn Sie unbedingt die neue Oper besuchen wollen ...«

Ach du lieber Himmel, wie sollen wir die Karten nur bezahlen, dachte Susanne erschrocken. Dank der anregenden Behandlungen der letzten Stunden fühlte sie sich fast wieder normal, oder zumindest deutlich besser, aber mit dem Verschwinden des Nebelschleiers, der sich zuvor in ihrem Kopf breitgemacht hatte, kam auch wieder die drohende Problematik der gesperrten Kreditkarte in ihre Gedanken zurück. Vanessa hingegen schien ihre unglückliche Finanzlage sorglos hinzunehmen.

»Das ist ja ganz wunderbar«, flötete sie. Und fügte unbekümmert hinzu: »Setzen Sie den Betrag einfach auf unsere Rechnung.«

»Natürlich, kein Problem«, versicherte Vittorio sofort.

»Hat jemand etwas für uns abgegeben?«, erkundigte sich Vanessa.

»Ja, ein Kurier hat einen Umschlag vorbeigebracht«, bestätigte der Hotelmanager eifrig. »Ich hole ihn eben.«

Vittorio verschwand in seinem Büro und kam nach ein paar Sekunden mit den Opernkarten und dem Umschlag zurück.

»Sie haben sicher viele Verpflichtungen«, meinte er.

»Natürlich. Nur wer gut recherchiert, kann gute Reiseführer schreiben«, antwortete Vanessa herablassend und versorgte sich dann an der Rezeption mit einer Handvoll Bonbons.

»Du musst dich vor dem Opernbesuch unbedingt über die Handlung von *Così fan tutte* informieren«, erklärte Susanne, als sie wieder oben in der Suite waren.

»Ach, ich lasse mich lieber überraschen«, entgegnete Vanessa, aber Susanne bestand darauf, dass sie sich zumindest mit einer kurzen Zusammenfassung vertraut machte.

»Dann verstehst du alles besser und kannst die Oper noch mehr genießen.«

Vanessa gab schließlich nach und verzog sich mit ihrem Handy auf die Terrasse. Kurz darauf kam sie wieder herein und setzte sich zu Susanne, die sich zur Vorbereitung auf den langen Abend auf dem Sofa etwas ausruhte.

»›Così fan tutte‹ bedeutet ungefähr ›Alle Frauen machen das Gleiche‹«, erklärte Vanessa. »Also, drei Typen diskutieren darüber, wie treu Frauen sind. Der Anführer, dieser Don Dingsbums, behauptet, dass alle Frauen ihre Männer betrügen. Die zwei anderen glauben aber, dass ihre Geliebten treu sind.« Vanessas Blick machte deutlich, was sie von dieser Auffassung hielt. »Don Sowieso besteht darauf, dass er das Gegenteil beweisen kann. Er schickt die beiden scheinbar in den Krieg – und schwupps, die Frauen trösten sich mit anderen Männern. Alles ein bisschen kompliziert. Ich frage mich, wie verwirrend das erst wird, wenn die heute Abend alle durcheinander singen.«

Susanne wollte etwas einwenden, aber Vanessa ließ sie nicht zu Wort kommen. »Im Grunde ist es doch das Gleiche wie bei unserer Wette«, sagte sie kopfschüttelnd. »Nur andersrum. Und ohne Brotbackmaschine, aber ich nehme mal an, so was gab es damals noch nicht. Aber da siehst du es: So läuft es nun mal. Der, der sich die Story ausgedacht hat …«

»Das war Mozart«, unterbrach sie Susanne.

»Ja, also, der Typ hatte einen wachen Verstand, finde ich.«

Susanne nickte. »Das ist allgemein bekannt.«

Vanessa zuckte nur mit den Schultern. »Ich kenne mich eher mit moderner Musik aus.«

Susanne schwieg einen Moment. »Glaubst du denn wirklich, dass niemand treu ist?«, fragte sie dann.

Vanessa zog die Augenbrauen hoch. »›Tugend ist Mangel an Gelegenheit‹, hat mir mal jemand gesagt. Scheint zu stimmen.«

»Aber was ist, wenn man den perfekten Partner gefunden hat und sich total liebt?«

»Ich denke, dann kann es vielleicht schon mal etwas länger dauern mit der Untreue«, meinte Vanessa, sah aber nicht unbedingt überzeugt aus.

Susanne seufzte.

»Aber wer weiß«, fuhr Vanessa fort, als sie Susannes resignierten Blick bemerkte. »Such dir doch deinen Grafen mit dem tollen Nachnamen und probier es aus.«

Susanne verdrehte die Augen, und Vanessa lachte. »Schnapp dir einen Fidelio, das heißt ...«

»... ›der Treue‹, ich weiß«, ergänzte Susanne und grinste.

Achtzehntes Kapitel

»Und du meinst wirklich, dass wir nicht overdressed sind?«

Susanne betrachtete sich in dem großen Spiegel im Eingangsbereich der Messe. Das rote Kleid sah fantastisch aus – und es erregte Aufsehen, keine Frage. Vanessa hatte sie beim Make-up beraten (»Wieso dezent, Susanne? Du gehst nicht zum Buchclub, du gehst in die Oper!«) und ihr mit der Frisur geholfen: Sie hatte eine kunstvolle Hochsteckfrisur geschaffen, die Susanne um mindestens zwanzig Zentimeter größer machte und ihre neuen Ohrringe wunderbar zur Geltung brachte.

»Du siehst aus wie ein Filmstar«, stellte Vanessa fest. Sie selbst erinnerte in ihrem schwarzen langen Kleid auch eher an ein gefragtes Fotomodell als an eine mittellose Arbeitssuchende ohne abgeschlossene Berufsausbildung. »Und das kann in unserer Situation ja nur von Nutzen sein«, fügte sie hinzu.

Die Messe war mehr als gut besucht. Sie kamen nur langsam voran, als sie sich den Weg zum Kongresscenter bahnten, in dem in wenigen Minuten die Preisverleihung beginnen würde.

»Mir wird schon wieder ganz komisch im Magen, wenn ich all diese Kreaturen sehe«, jammerte Susanne und betrachtete die riesigen Hummer, die an einem Stand in einem Becken schwammen.

»Ach, du brauchst nur ein Glas Champagner, dann bist du wieder voll da.«

»Ich trinke nie wieder Alkohol!«, stellte Susanne mit Bestimmtheit klar.

Vanessa zog die Augenbrauen hoch. »Keine Sorge, das gibt sich.«

Im Kongresscenter waren die Feierlichkeiten offensichtlich schon in vollem Gange. Just in dem Moment, als Susanne und Vanessa die Festhalle betraten, spielte die Kapelle einen Tusch. Man rief Alain Dupré auf die Bühne.

Alain saß mit Eric in der ersten Reihe und entdeckte sie beim Aufstehen. »Hu-hu!«, rief er und ruderte wie wild mit den Armen. »Wir sind hi-hier!« Den Herrn, der ihn auf die Bühne gerufen hatte, ignorierte er. Wie Susanne und Vanessa später erfuhren, handelte es sich um den Präsidenten des internationalen Austernverbandes, also die wichtigste Person der ganzen Messe.

Alles starrte auf Susanne und Vanessa, die sich in Richtung Bühne in Bewegung setzten. Schon fingen die ersten Journalisten an, Fotos zu schießen. Andere Messeteilnehmer schlossen sich an und machten Bilder mit ihren Handys.

»Meine Austernperlen«, rief Alain enthusiastisch und streckte Susanne und Vanessa die Arme entgegen.

»Hat er uns gerade seine ›Austernperlen‹ genannt?«, flüsterte Susanne Vanessa entsetzt zu.

»Sei froh, dass er dich nicht seine Venusmuschel genannt hat«, antwortete sie leise.

Alain half Susanne galant auf die Bühne, Vanessa folgte ihnen mit Eric an ihrer Seite. Schon standen die vier im Blitzlichtgewitter der Presse auf der Bühne.

Susanne fühlte sich überhaupt nicht mehr wie Susanne. Sie fühlte sich wie Isabella. Gut, das hier war keine Oscarverleihung, sondern eine Messe für Meeresfrüchte. Und neben ihr stand auch nicht Richard Gere, sondern Alain Dupré. Seines Zeichens nicht Schlossherr oder Filmschauspieler, sondern Austernproduzent.

Aber sie trug ein aufregendes Kleid, gefährlich hohe Schuhe und eine kunstvolle Hochsteckfrisur, auf die Marie-Antoinette neidisch gewesen wäre. Und sie stand auf einer Bühne. Zu Hause würde sie in Jeans und Turnschuhen mit Helge durch den Park laufen.

Oder Dieters Essen kochen und sich dabei über Anna ärgern.

Und das alles hatte sie Vanessa zu verdanken! Sie warf einen Blick zu ihr hinüber: Vanessa lächelte souverän in die Menge – wie ein Profi, der es gewöhnt ist, täglich fotografiert zu werden.

Das Leben ist schön, dachte Susanne. Und Florenz ist wunderbar! Sie fühlte sich jung und attraktiv – und so lebendig. Wann hatte sie sich je so lebendig gefühlt? Ich möchte Italien nie wieder verlassen müssen, dachte sie.

Unter tosendem Beifall nahm Alain die Goldene Auster entgegen, küsste die Skulptur und verbeugte sich vor dem Publikum. Dann half er Susanne, ganz Gentleman, beim Abstieg von der Bühne, was in Anbetracht des langen Kleides und der hohen Absätze nicht ganz ungefährlich war.

»Wie schön, dass ihr kommen konntet!«, rief er begeistert. »Möchtest du sie mal halten?« Und schon hatte er Susanne die Goldene Auster in die Hände gedrückt.

Ein Journalist eilte herbei und nutzte die Gelegenheit für ein weiteres Foto. Alain stellte ihm daraufhin Susanne als »Isabella Capriani, die Austernexpertin schlechthin« vor.

»Ganz schön schwer«, sagte Susanne und gab Alain seinen Preis wieder zurück.

»Wusstet ihr, dass die schwerste Auster, die je gefunden wurde, drei Komma sieben Kilo wog?«

»Nein, das wussten wir nicht«, sagte Susanne. Und fügte schnell hinzu: »Leider haben wir gar nicht so viel Zeit. Wir haben später noch eine Verabredung in der Oper.«

»Aber ihr habt doch sicher noch genug Zeit, um etwas vom köstlichen Büfett zu probieren und ein Gläschen Champagner auf meinen Erfolg zu trinken!«, warf Alain ein.

»Unbedingt«, erklärte Vanessa. »Ich sterbe vor Hunger!«

Das Büfett machte der Meeresfrüchtemesse alle Ehre, und sie aßen sich an den Delikatessen satt. Susanne hatte gerade ihre letzte gegrillte Garnele gegessen und überlegte, sich noch etwas von dem leckeren Hummersalat zu nehmen, als sich einer der Journalisten näherte. Susanne erkannte den, der sie mit der Goldenen Auster fotografiert hatte.

»Entschuldigung, darf ich Ihnen ein paar Fragen stellen?«

Aber hoffentlich keine schwierigere als die nach dem maximalen Gewicht von Austern, dachte Susanne und sagte kokett: »Eine einzige!«

Der Journalist strahlte. »Was halten Sie vom Ausgang der diesjährigen Preisverleihung?«, fragte er eifrig.

»Alain Dupré hat die Goldene Auster mehr als verdient«, antwortete sie souverän. »Es gibt keinen besseren Austernzüchter.«

»Aber was denken Sie über die japanischen …«

»Nur eine Frage, habe ich gesagt«, unterbrach ihn Susanne mit einem charmanten Lächeln. Und sagte dann, so huldvoll wie nur irgend möglich, etwas, das sie in Tausenden Romanen gelesen hatte und schon immer gerne einmal selbst hatte sagen wollen: »Sie entschuldigen mich!«

Sie nickte dem Journalisten gönnerhaft zu, drückte einem vorbeilaufenden Kellner ihren leeren Teller in die Hand und ging davon.

Neunzehntes Kapitel

Susanne biss mit Genuss in ihr drittes Hörnchen. Eigentlich hatte sie sich auf zwei beschränken wollen, die mit Creme gefüllten Cornetti, die in dieser Gegend verwirrenderweise Brioche genannt wurden, waren nämlich richtige Kalorienbomben. Doch Vanessa hatte sie ermuntert, ihren guten Vorsatz in den Wind zu schlagen.

»Wer weiß, wann wir uns wieder was zu essen leisten können. Das Frühstück hier im Hotel ist immerhin umsonst.«

»Es ist nicht umsonst, es ist im Preis eingeschlossen«, korrigierte Susanne.

Sie frühstückten auf der Terrasse ihrer Hotelsuite und genossen die Mittagssonne und den herrlichen Ausblick auf Florenz. Am gestrigen Opernabend war es spät geworden.

»Das Frühstück ist die wichtigste Mahlzeit des Tages«, erklärte Vanessa. »Und wegen der Pfennigfuchserei deines Mannes ist es für uns noch wichtiger geworden!«

Susannes Gesicht verdunkelte sich. »Ein kleines bisschen Bargeld haben wir noch, aber das wird nicht weit reichen …«

»Ach, mach dir keine Sorgen«, unterbrach Vanessa sie. »Verhungern werden wir schon nicht. Zur Not machen wir eine Diät.« Sie rekelte sich in ihrem Stuhl. »So lässt es sich leben!«

Susanne pflichtete ihr bei. »Das nenne ich Dolce Vita! Und war die Oper gestern Abend nicht wundervoll? Dir hat es doch auch gefallen, oder?«

Vanessa nickte. »Ich hätte nicht gedacht, dass ich es so genießen würde. Gut, es war nicht *Mamma Mia*, und es war auch alles etwas übertrieben. Aber mich hat eben doch überrascht, dass Mozart so auf meiner Wellenlänge ist, zumindest was seine Wetten betrifft.«

»Ich habe mich wirklich gefühlt wie in einem Film«, schwärmte Susanne. »An dieses Leben hier als Isabella könnte ich mich gewöhnen. Auf jeden Fall will ich nicht wieder in mein Susanne-Dasein zurück.«

»Und Dieter?«

Susanne schüttelte nur den Kopf.

»Gute Entscheidung!«, lobte Vanessa.

»Ich habe heute früh meine Eltern angerufen und ihnen gesagt, dass ich vorerst nicht nach Deutschland zurückkomme.«

»Und was haben sie dazu gesagt?«

Susanne verzog das Gesicht. »Meine Mutter meinte: ›Also wirklich, ich bitte dich, Susanne!‹ Und dann: ›Ich geb dir mal Vati!‹ Und mein Vater hat gesagt: ›Wie hast du dir das vorgestellt, Susanne? Soll Dieter seine Hemden jetzt selber bügeln?‹«

»Eine Geliebte, die auch bügelt, wird er so schnell nicht finden«, kicherte Vanessa.

Susanne seufzte und wechselte dann das Thema. »Schade, dass die Uffizien heute geschlossen sind!«

»Ja, wirklich schade«, sagte Vanessa, klang aber nicht so, als ob sie es wirklich bedauerte. »Andererseits hast du ja gestern Abend jede Menge Kultur gehabt, davon muss man sich ja auch erst mal erholen.«

»Keine Sorge«, sagte Susanne schnell. »Es gibt ja auch noch jede Menge anderer Museen, und bei vielen ist der Eintritt sogar frei.«

Die meisten Museen waren montags geschlossen, was Vanessa mit Erleichterung zur Kenntnis nahm. Es boten sich aber noch genug Alternativen. Sie verbrachten zwei Stunden im Museo dell'Opera del Duomo. Anschließend bestand Susanne darauf, auch die Kathedrale selbst zu besichtigen und trotz ihres nicht gerade passenden Schuhwerks den Campanile zu besteigen. Weder Vanessas Protest noch der saftige Eintrittspreis hielten sie davon ab. Vanessa maulte erst, musste oben angekommen aber zugeben, dass die Aussicht sie für die Mühe des Aufstiegs entschädigte.

»Lass uns danach aber eine kleine Pause machen«, schlug sie vor.

»Ach, den Palazzo Vecchio schaffen wir noch«, entgegnete Susanne voller Tatendrang. »Danach essen wir ein Eis, in Ordnung?«

Vanessa fügte sich ihrem Schicksal, auch wenn sie dabei nicht gerade glücklich aussah. »Wenn es sein muss …«, seufzte sie.

»Puh!« Vanessa ließ sich in einen Stuhl vor dem Eiscafé fallen, in das sie Susanne nach dem Besuch des Palazzos unverzüglich gelotst hatte. »Genug olle Bilder für heute!«, stöhnte sie. »Ich brauche ein Eis und ganz viel kaltes Wasser!«

Susanne lachte. »Keine Sorge, kommt sofort – das können wir uns gerade noch leisten!«

Wie auf Kommando kam der Kellner herbei und nahm die Bestellung auf. Keine fünf Minuten später standen Eis und Getränke auf dem Tisch.

»Ich frage mich wirklich, wie wir uns über Wasser halten wollen«, überlegte Susanne und löffelte ihr Eis. »Und wovon wir die nächste Mahlzeit bezahlen sollen.«

»Ach, irgendetwas ergibt sich schon«, sagte Vanessa und zuckte gleichmütig mit den Schultern.

»Vielleicht sollten wir uns Arbeit suchen«, schlug Susanne vor.

»Jetzt mal doch nicht gleich den Teufel an die Wand! Man muss ja nicht sofort ans Schlimmste denken. Da gibt es doch sicher Alternativen«, erwiderte Vanessa entsetzt.

»An was hattest du denn gedacht? Sollen wir eine Bank überfallen?«

Vanessa verdrehte die Augen. »Ich hatte eher daran gedacht, Diät zu halten. Heute Abend könnten wir uns auch Alain und Eric anschließen, die werden bestimmt …«

»Auf gar keinen Fall«, fiel ihr Susanne ins Wort.

»Oder wir essen halt im Hotel, da geht es ja aufs Zimmer.«

»Und die Rechnung wird immer höher«, stöhnte Susanne.

Vanessa winkte ab. »Jetzt genießen wir erst mal unser Eis. Und die Tatsache, dass wir die Museen abgeklappert haben.« Dann widmete sie ihre volle Aufmerksamkeit ihrem bunten Eisbecher.

Susanne hing ihren Gedanken nach. Trotz ihrer finanziellen Schieflage bereute sie die Entscheidung, mit Vanessa nach Italien gekommen zu sein, kein bisschen. Sie hätte nur gerne gewusst, wo sie ihre nächste Mahlzeit herbekommen würden.

»Guck mal da drüben, am Ende der kleinen Gasse«,

unterbrach Vanessa ihre Überlegungen und zeigte auf eine schmale Seitenstraße, die von dem Platz, auf dem sie gerade saßen, abging. »Ich frage mich, warum da so viele Leute rumstehen. Und alle haben ein Glas Sekt in der Hand.«

Susanne folgte Vanessas Blick. »Keine Ahnung, was da los ist«, sagte sie ratlos.

»Lass uns gleich mal dort hingehen, man weiß ja nie«, meinte Vanessa.

Bei der Menschenansammlung handelte es sich offensichtlich um eine Art Restauranteröffnung, wie sie beim Näherkommen erkannten.

»Wir mischen uns unauffällig unters Volk«, raunte Vanessa Susanne zu, während sie in alle Richtungen nickte und lächelte. Kaum hatte sie den Satz zu Ende gesprochen, drückte ihnen auch schon ein Kellner ein Glas Prosecco in die Hand. Vanessa warf Susanne einen triumphierenden Blick zu. »Siehst du, geht doch!«, flüsterte sie unauffällig. Dann sagte sie: »Guck mal, Susanne, dahinten winkt dir jemand zu, der Typ kommt mir irgendwie bekannt vor.«

O nein, dachte Susanne. Nicht schon wieder dieser aufdringliche Reporter! Doch in diesem Moment war der schlaksige junge Mann auch schon bei ihnen.

»Signora Capriani, wie schön, Sie wiederzutreffen. Dann bekomme ich vielleicht doch noch die Chance, ein Interview mit der schönen deutschen Austernexpertin mit dem italienischen Namen zu führen? Ich nehme an, Ihre Vorfahren kommen aus unserem wundervollen Land?« Er gab sein Möglichstes, charmant zu wirken, was ihm aber nicht so recht gelingen wollte. Susanne fand ihn etwas schleimig.

»Tut mir leid«, sagte sie und schüttelte bedauernd den Kopf. Das stimmte sogar ein bisschen, denn er tat ihr wirklich ein wenig leid, weil er so blass und müde aussah. Vermutlich arbeitete er Tag und Nacht erfolglos daran, seiner Zeitung Interviews mit Prominenten zu verschaffen.

»Sie sind doch sicher auch zur Eröffnung des Restaurants hier? Der Inhaber ist ein begnadeter Koch, ja geradezu ein Künstler, seine Kreationen für den Gaumen sind Kunstwerke – aber das wissen Sie ja sicher alles, wenn Sie zu den geladenen Gästen gehören.«

»Also, wie gesagt, es tut mir leid, aber …«

»Ich halte das mit dem Interview für eine ganz ausgezeichnete Idee«, mischte sich jetzt Vanessa ein. »Und diese Restauranteröffnung wäre doch dafür ein ausgezeichneter Anlass. Und ein toller Hintergrund für die Fotos.«

Der Journalist nickte eifrig. Sein Gesicht hatte plötzlich etwas Farbe bekommen.

»Es ist nur leider so«, fuhr Vanessa fort, »dass der Manager von Signora Capriani die Einladung gar nicht offiziell angenommen hat.« Vanessa zuckte entschuldigend mit den Schultern. »Ein dummes Versehen, aber Signora Capriani hat so viele Verpflichtungen, wie Sie sich sicher denken können, da ist es schwierig, alles im Auge zu behalten.«

»Aber das ist doch gar kein Problem«, unterbrach sie der Journalist eifrig. »Ich habe sowieso drei Presseeinladungen dabei, ich nehme Sie einfach mit.«

»Siehst du, hat doch mal wieder alles geklappt.«

Vanessa biss unbekümmert in die Praline, die man nach dem Dessert zum Kaffee gereicht hatte. »Und das Dinner war ganz ausgezeichnet, da kann man nicht meckern! Ich bin nach den sieben Gängen total satt.«

Susanne war weniger sorglos. »Du musst ja auch nicht gleich ein Interview geben!«

»Ach, jetzt stell dich doch nicht so an, Susanne … äh, Isabella. Das machst du mit links. Der blasse Zeitungsfritze ist doch ein Grünschnabel, der frisst dir aus der Hand. Du sagst einfach ein paar nette Worte über das Restaurant, und alle sind zufrieden.«

»Aber was, wenn er schwierige Fragen stellt?«

»Fragen?«, gab Vanessa überrascht zurück. »Es ist doch völlig irrelevant, was er fragt. Hast du schon mal einen Politiker gesehen, der wirklich auf Fragen antwortet? Na also. Du sagst einfach ein paar wohlklingende Sätze, und das war's. Sieh nur zu, dass du nett in die Kamera lächelst, wenn er Fotos macht. Und zieh dir die Lippen nach.« Vanessa lehnte sich entspannt in ihren Stuhl zurück. »Du wirst das Kind schon schaukeln. Überleg dir mal, wie viel besser das alles ist als dein Leben zu Hause. Da wärst du jetzt bei deinem Chor oder im Buchclub oder was weiß ich wo und säßest in deinen matronenhaften Jeans zwischen lauter langweiligen Frauen, und ...«

»Meine Jeans waren nicht matronenhaft!«, protestierte Susanne.

»Doch, das waren sie«, entgegnete Vanessa bestimmt.

»Dieter mochte es nicht, wenn ich zu enge Hosen getragen habe«, rechtfertigte sich Susanne.

Vanessa seufzte. »Hosen müssen eng sitzen. Und natürlich mag Dieter eng sitzende Hosen. Es ist nur so, dass Dieter nicht mag, dass andere Männer dich in eng sitzenden Hosen sehen. Deshalb steckt er dich in zu weite Hosen, während er andere Frauen in eng sitzenden Hosen anguckt.« Sie machte eine kleine Pause. »Aber das soll nicht mehr deine Sorge sein, denn jetzt sitzt du hier in Florenz in einem scharfen kurzen Cocktailkleid, und die Männer gucken deine Beine an. Die man übrigens, das sei nochmals betont, auf keinen Fall in weiten Hosen verstecken muss. Und deshalb ist es auch ziemlich egal, was du gleich in dem Interview sagst. Hauptsache, du lächelst und es passt irgendwie grob zum Thema. Damit wird dieser Mann vollkommen glücklich sein, du wirst schon sehen.«

»Manchmal habe ich das Gefühl, dass du Männer nicht besonders magst«, stellte Susanne fest.

»Doch, ich mag Männer«, entgegnete Vanessa und fügte hinzu: »Ich nehme sie nur nicht ernst.«

»Signora Capriani, Sie sind Expertin für Meeresfrüchte und wissen alles über Austern, was man nur wissen kann.«

Susanne stöhnte innerlich, rang sich aber ein Lächeln ab und antwortete: »Das kann man wohl so sagen.«

»Was halten Sie von der innovativen Symbiose von Kunst und Speisen, die hier heute Abend so fachgerecht umgesetzt wurde? Ist Essen Kunst? Der Koch ein Künstler?«

Susanne überlegte einen Augenblick. »Die Verbindung von Kunst und Essen ist die hohe Schule der Kultur«, sagte sie dann. »Und mit der Auster gibt die Natur uns das beste Beispiel vor, nämlich die Perle, die in der Königin der Muscheln heranwächst.«

»Würden Sie sagen, dass der Abend ein voller Erfolg war?«

»Absolut – sowohl das Menü als auch das Ambiente haben mich überzeugt«, erklärte sie.

»Der Besitzer des Restaurants, Signor Gabriello, hat drei Jahre auf die Eröffnung des Restaurants hingearbeitet. Hat es sich gelohnt?«

»Eine Perle braucht zwei bis fünf Jahre, um in der Auster zu wachsen.«

»Möchten Sie ein paar abschließende Worte sagen, Signora Capriani?«

»Ich wünsche Signor Gabriello viel Erfolg mit dem *Mangia con Arte* – er hat es sich verdient.«

Der blasse Journalist nickte zufrieden. »Vielleicht noch ein Foto mit Signor Gabriello zum Abschluss?«, fragte er und sah sich suchend nach dem Galeristen und Restaurantbesitzer um.

Signor Gabriello stand am anderen Ende des Raumes, wo er ganz offensichtlich mit Vanessa flirtete.

»Signor Gabriello, ein Foto zusammen mit Isabella Capriani vielleicht?«

»Der berühmten Austernexpertin? Aber natürlich«, sagte er geschmeichelt und kam zu ihnen. »Das würde ich mir um nichts in der Welt entgehen lassen.«

Vanessa hat also nicht nur geflirtet, sondern auch über mich gesprochen und damit zu meiner Glaubwürdigkeit beigetragen, dachte Susanne und lächelte in die Kamera.

»Was für ein herrlicher Abend«, frohlockte Vanessa, als sie gegen Mitternacht das *Mangia con Arte* verließen.

Signor Gabriello – Corrado, man war nach den Fotos zum Du übergegangen – hatte sie noch auf einen Digestif eingeladen. Die Unterhaltung war anregend, und aus einem Getränk waren drei geworden, bevor Susanne und Vanessa als Letzte das Lokal verließen.

»Ein toller Abend, wirklich«, pflichtete Susanne Vanessa bei. »Und vor allem so günstig.«

»Jetzt können wir uns auf der Terrasse unserer schönen Suite noch etwas entspannen …«

»… und dann ruhig schlafen und etwas Schönes träumen«, führte Susanne den Satz zu Ende.

Zwanzigstes Kapitel

Aus der schönen Entspannung wurde aber leider nichts.

Signor Lombardi empfing sie mit ernster Miene in der Hotellobby. »Es gibt ein kleines Problem«, erklärte er. »Wenn Sie mir bitte in mein Büro folgen wollen.«

Susanne folgte ihm mit einem mulmigen Gefühl im Bauch. Ihr war klar, was nun kommen musste.

»Die Anwendungen in unserem Wellnessbereich werden bei uns immer separat abgerechnet«, erklärte ihnen der Hotelmanager. »Und dabei gab es Schwierigkeiten mit Ihrer Karte.« Er machte eine kleine Pause und fügte dann hinzu: »Sicher handelt es sich nur um ein kleines Missverständnis, das sich schnell aufklären lässt.«

Susanne fand allerdings, dass sein ernster Gesichtsausdruck nicht so aussah, als ob er an eine einfache und schnelle Lösung glaubte. Oder daran, dass es sich bei seinem Anliegen nur um ein »kleines« Problem handelte.

»Das wird sich bestimmt schnell klären lassen«, gurrte Vanessa und schenkte Vittorio ihr bezauberndstes Lächeln. Diesmal jedoch schien er dagegen immun zu sein.

»Da die Rechnung eine bestimmte Summe *deutlich*« – er betonte das letzte Wort und machte danach eine bedeutungsvolle Pause – »überschritten hat, muss ich leider darauf bestehen, dass die bereits entstandenen Kosten umgehend beglichen werden. Wenn Sie mir einfach eine andere Karte geben, könnte ich alles davon abbuchen. Dann wäre die Sache erledigt.«

»Kein Problem«, sagte Vanessa schnell. »Wir können Ihnen in den nächsten Tagen bestimmt …«

»Das ist leider nicht kurzfristig genug«, unterbrach Signor Lombardi. »Ich brauche die Karte heute noch.«

»Heute ist ja eigentlich sowieso schon morgen«, sagte Vanessa mit Blick zur Uhr und unterdrückte ein Gähnen. »Ich bin sicher, dass man diese kleine Unstimmigkeit morgen früh nach einer angemessenen Nachtruhe viel schneller aus dem Weg räumen kann.«

Der Hotelmanager seufzte. »Also gut, meine Damen. Aber wenn die Rechnung morgen früh nicht bezahlt werden kann, müssen Sie sich leider eine andere Unterkunft für Ihre ›angemessene Nachtruhe‹ suchen – so leid es mir tut. Und einen Ihrer Pässe muss ich so lange einbehalten – dafür haben Sie doch sicher Verständnis.« Er zuckte bedauernd mit den Schultern. »Ich mag Sie beide wirklich sehr gerne – aber da sind mir die Hände gebunden.«

»Was machen wir denn jetzt?«, fragte Susanne ängstlich, als sie auf der Terrasse ihrer Suite saßen. Sie blickte sorgenvoll auf die Lichter der Stadt hinunter. Wie sollte es jetzt weitergehen? »Wie um alles in der Welt sollen wir diese Rechnung bezahlen?«, grübelte sie laut vor sich hin. Dann sagte sie trotzig: »Ich möchte nicht aus Florenz weg. Und auf keinen Fall möchte ich zurück zu Dieter.«

»Na gut, dann bleibst du eben hier«, erklärte Vanessa gleichmütig.

Susanne zog fragend die Augenbrauen hoch. »Wie soll das denn funktionieren?«

Vanessa zuckte die Achseln. »Ach, es gibt immer irgendwelche Möglichkeiten. Vielleicht kannst du ja wirklich einen Reiseführer schreiben? Du scheinst dich ja auszukennen mit diesen ganzen Museen hier und den Kunstwerken und so. Oder du heiratest einen Grafen und lebst auf einem Schloss.«

Susanne verdrehte genervt die Augen, aber Vanessa fuhr unbekümmert fort: »Und falls dich Austern nun doch interessieren … damit scheint man ja Geld machen zu können. Vielleicht wäre das …«

Susanne unterbrach sie ungeduldig. »Das sind doch Hirngespinste, Vanessa! Ich brauche Geld, um die Hotelrechnung zu bezahlen, und zwar sofort. Ich brauche eine Unterkunft, und ich brauche einen Job. Und das alles brauche ich blitzschnell.«

Vanessa ließ sich nicht aus der Ruhe bringen. »Also, was den Job betrifft: Hier muss es doch auch eine Art Stellenvermittlung geben. Da gehen wir morgen hin. Mit deiner ganzen Ausbildung und dem, was du alles so weißt – da bekommst du bestimmt einen richtig gut bezahlten Job. Und dann suchen wir dir eine günstigere Bleibe. Ich bin gut im Wohnungen-Finden.«

»Und was ist mit der Hotelrechnung?«

»Für das Problem hätte ich vielleicht eine Lösung. Ich kenne jemanden, der uns helfen könnte, einen Freund, der mir noch einen Gefallen schuldet, weil ich ihm mal aus der Patsche geholfen habe. Ein ganz reizender Mann – ein bisschen so ein Typ wie Alain.«

»Wie Alain? Was meinst du damit? Ist er klein und dick? Oder spricht er gerne über Austern?«

»Er ist klein und dick und spricht gerne über Kunstrasen. Er ist Kunstrasenhersteller«, antwortete Vanessa.

»Oh«, sagte Susanne nur.

»Er würde sich sicher gerne bei mir revanchieren und die Hotelrechnung begleichen.«

Susanne staunte. »Dann schuldet er dir aber einen großen Gefallen!«

»Ich habe seine Ehe gerettet«, erklärte Vanessa.

»Wie das?«, fragte Susanne misstrauisch. Sie ahnte nichts Gutes.

»Ich habe seiner Frau den Liebhaber abspenstig gemacht.«

Susanne stöhnte. »Das ist natürlich ein großer Gefallen!«

Vanessa zuckte mit den Schultern. »Aus seiner Sicht, ja. Der Liebhaber war nämlich gut aussehend, groß und schlank – und hat nicht andauernd über Kunstrasen gesprochen.«

Susanne sah Vanessa unsicher an. »Aber das können wir doch unmöglich annehmen!«

»Warum nicht? Klaus ist steinreich. Und glücklich, dass seine Frau zu ihm zurückgekehrt ist. Die Hotelrechnung zahlt der aus der Portokasse. Mach dir also keine Gedanken und konzentrier dich lieber auf deinen neuen Job. Du willst ja dein neues Leben hier in Italien nicht mit einem Schuldenberg beginnen.«

»Und was machst du?«

»Ich fliege zurück nach Deutschland und regele das mit Klaus. So etwas macht man am besten persönlich. Ich rede mit Vittorio, das wird schon klappen. Er muss sich halt ein paar Tage gedulden. Und danach fliege ich wie geplant nach Spanien und trete dort meinen Job an.«

Vanessa schwieg einen Moment und sprang dann unvermittelt auf. »Aber das alles sollte uns nicht unseren letzten Abend in der Medici-Suite verderben!«, rief sie und ging ins Wohnzimmer. Kurz darauf hörte Susanne das Klirren von Gläsern. Offensichtlich plünderte Vanessa die Mini-Bar. »Schließlich haben wir was zu feiern«, rief sie von drinnen. »Dein neues Leben in Italien!«

Einundzwanzigstes Kapitel

»Und Sie haben keinerlei Referenzen, keine Zeugnisse, und noch nicht einmal einen Pass, Signora …?«

»Klein. Susanne Klein«, antwortete Vanessa der Dame von der Arbeitsvermittlung, noch bevor Susanne den Mund aufmachen konnte.

Susanne war heilfroh, dass Vanessa mitgekommen war, denn sie war ziemlich nervös. Allerdings wäre sie weitaus lieber als Isabella durch ihr neues Leben gegangen. Doch wenn man Pass und Papiere benötigte, ging das natürlich nicht, dachte sie bedauernd.

»Natürlich hat Frau Klein Referenzen. Jede Menge, sie hat Zeugnisse und Referenzen ohne Ende. Und natürlich einen Pass. Nur ist der Pass im Moment gerade nicht zur Hand.«

»Genau«, bestätigte Susanne.

»Aber diese kleine Widrigkeit sollte doch einem Jobangebot nicht im Wege stehen, der Pass lässt sich auf jeden Fall in den nächsten Tagen nachreichen«, ergänzte Vanessa.

Die Dame schüttelte resolut den Kopf. »Ohne Pass lässt sich leider gar nichts machen. Alle Arbeitgeber benötigen selbstverständlich die entsprechenden Papiere. Ich schlage vor, Sie beschaffen die nötigen Unterlagen, und dann kommen Sie in ein paar Tagen wieder.«

»Aber ich brauche sofort eine Stelle! Haben Sie denn überhaupt nichts? Irgendetwas – egal, was?«, fragte Susanne.

»Leider nein.« Die Dame zeigte auf einen Papierstapel auf ihrem Schreibtisch. »Selbst bei Putzstellen ist es Voraussetzung, dass man einen Pass vorlegen kann.«

»Den Pass können wir aber doch nachreichen«, versuchte Vanessa es noch einmal.

Ohne Erfolg. Die Dame schüttelte erneut energisch den Kopf. »Wie gesagt, kommen Sie wieder, wenn Sie die …«

»Aber irgendetwas müssen Sie doch für mich haben«, unterbrach Susanne sie verzweifelt. »Ganz egal, was es ist – ich mache alles!«

Die Dame seufzte und griff zu einem Blatt Papier, das auf einem anderen Stapel lag und auf dem nur ein Name und eine Telefonnummer notiert waren.

»Also, da wäre vielleicht etwas …«, sagte sie zögernd. »Das ist heute Morgen erst reingekommen. In einem Hotel, das demnächst eröffnet wird, sind kurzfristig zwei Fachkräfte ausgefallen, und der Besitzer sucht dringend eine Art Küchenhilfe oder Zimmermädchen. Jemanden, der sofort einspringen kann, ansonsten hat er keine Anforderungen genannt. Allerdings befindet sich das Hotel in einem Schloss, das etwa fünfzig Kilometer außerhalb von Florenz liegt. Verbindungen mit öffentlichen Verkehrsmitteln gibt es kaum, die Arbeitszeiten sind nicht klar umrissen, und die Bezahlung ist auch nicht besonders … Aber immerhin wird die Unterkunft gestellt, und …«

»Haben Sie gerade ›Schloss‹ gesagt?«, unterbrach Susanne sie begeistert.

»Na ja, schon, aber wie gesagt, es ist sehr abgelegen, und die Arbeitszeiten …«

»Frau Klein nimmt den Job«, fiel Vanessa der Dame ins Wort.

»Sie müsste aber heute schon …«

»Ich kann sofort anfangen«, bestätigte Susanne.

»Gut.« Die Dame von der Jobvermittlung rang sich ein dünnes Lächeln ab. »Dann rufe ich den Besitzer an und kläre die weiteren Details.«

Das ist wieder mal typisch, dachte Susanne. Ein Job als Putzfrau und Mädchen für alles – als Isabella wäre mir das nicht passiert.

Aber das war ihr egal. Ich werde in Italien bleiben, dachte sie glücklich. Und in einem Schloss wohnen.

»Siehst du, Isabella … äh, Susanne, das hat sich doch alles wunderbar gefügt«, frohlockte Vanessa. »Du wirst in einem Schloss wohnen. Genau das hast du doch gewollt.«

Sie waren zum Hotel zurückgekehrt, um ihre Sachen zu packen. Susanne sollte schon am Nachmittag ihre neue Arbeitsstelle antreten, und Vanessa wollte am frühen Abend mit dem letzten Bargeld einen Billig-Flug nehmen, um möglichst schnell mit ihrem Bekannten, dem Kunstrasenhersteller, das »kleine finanzielle Problem« zu erörtern.

Signor Lombardi kam den Damen nochmals zu Hilfe, vermutlich eher in der Hoffnung, so am schnellsten an sein Geld zu kommen, denn aus reiner Nächstenliebe. Weder Susanne noch Vanessa hatten einen Koffer, jedoch jede Menge Garderobe, die irgendwie transportiert werden musste. Glücklicherweise gelang es dem Hoteldirektor, zwei alte Koffer für sie aufzutreiben, die irgendein Gast vor Urzeiten zurückgelassen hatte. Sie waren völlig verstaubt und hatten definitiv schon bessere Zeiten gesehen. Susanne war es peinlich, mit so einem abgewetzten Gepäckstück bei ihrem neuen Arbeitgeber aufzutauchen, aber sie musste dankbar sein, dass sie ihre Kleider nicht über dem Arm tragen musste.

Der Abschied fiel schnell, aber herzlich aus. Vanessa gab Susanne einen dicken Kuss und drückte sie innig.

»Mach dir bloß keinen Kopf, du wirst das Kind schon schaukeln!« Und schon war sie winkend in den Bus gestiegen.

Susanne würde Dieters Geliebte vermissen!

Ihren Mann hingegen vermisste sie nicht, da war sie sich ziemlich sicher. Auch wenn sie von nun an Toiletten putzen und Teller spülen würde – alles war besser, als sich ständig über Dieter zu ärgern, Annas Unverschämtheiten ausgesetzt zu sein, ihren furchtbaren Hund auszuführen oder ihre ungezogenen Zwillinge zu beaufsichtigen.

Und auch wenn sie es sich nie wieder würde leisten können, in der *Enoteca Ghibellina* zu speisen: Alles war besser, als mit einer vollautomatischen Brotbackmaschine als Dieters Frau kleine Brötchen zu backen.

Zu guter Letzt hatte Vanessa Vittorio tatsächlich noch dazu gebracht, Susanne vom Hotelchauffeur zu dem fünfzig Kilometer entfernten Schloss von Signor Montevarchi fahren zu lassen. Sie hatte dem Hoteldirektor vertraulich die Hand auf den Oberarm gelegt, mit den Augen geklimpert und geflötet, dass ein wirklicher Gentleman wie er doch bestimmt keine Frauen in Not hängen ließ.

Vermutlich hat er sich darauf eingelassen, weil er Angst hat, uns sonst nie loszuwerden, überlegte Susanne, als sie in der Limousine saß und die herrliche Landschaft der Toskana an ihr vorüberzog.

Zweiundzwanzigstes Kapitel

Die Städte und Dörfer, durch die sie fuhren, wurden immer kleiner und vereinzelter, die Straßen immer schmaler. Die Gegend war traumhaft schön. Die hügeligen Wiesen waren von einem derart intensiven Grün, dass es Susanne den Atem verschlug. Felder und Straßen waren von Zypressen gesäumt, hier und da tauchten majestätisch anmutende Herrschaftshäuser von beeindruckender Architektur auf. Susanne war geradezu verzaubert und genoss die Fahrt in dem komfortablen Auto, obwohl ihr auch etwas mulmig zumute war. Nach circa einer Stunde Fahrt bog der Fahrer plötzlich scharf rechts ab und fuhr durch ein schmiedeeisernes Tor auf eine unbefestigte Straße, die ebenfalls von Zypressen gesäumt war.

»Diese ganze Gegend hier gehört bereits zum Montevarchi-Anwesen«, erklärte er.

»Und wo ist das Schloss?«, fragte Susanne aufgeregt.

»Das liegt genau vor uns, hinter der Bergkuppe. Sie werden es jeden Moment sehen können.«

Und richtig, keine Minute später tauchte vor ihnen das imposante Gemäuer auf.

Es war noch größer und beeindruckender, als Susanne es sich vorgestellt hatte. Der fast quadratische Bau wurde von zwei Türmen flankiert, einem kleineren zur Linken und einem großen zur Rechten. Der große Turm hatte etwas von einer Burg oder Festung. Der Rest des Gebäudes war völlig symmetrisch. Jedes der vier Stockwerke hatte sieben große Fenster auf jeder Seite. In der ersten, zweiten und dritten Etage hingen weinrote Außenvorhänge über den Fenstern, die jeweils ein goldenes Wappen trugen. Vermutlich, um die Räume vor der Sonne zu schützen, überlegte Susanne. Es sah sehr edel aus, fand sie.

Das riesige Tor in der Mitte des Gebäudes stand offen. Susanne vermutete, dass es in eine Art Innenhof führte. Auf dem großen gekiesten Platz vor dem Schloss parkten einige Autos.

Die Limousine hielt direkt vor dem Tor. Irgendwo schlug ein Hund an, aber es war weit und breit kein Mensch zu sehen.

»Da wären wir«, sagte der Fahrer und sprang auch schon aus dem Auto. Er wuchtete ihren Koffer aus dem Kofferraum und öffnete ihr dann die Tür. Susanne stieg aus.

Bevor sie sich bei dem Fahrer bedanken konnte, war er bereits um das Auto herumgelaufen, um wieder einzusteigen.

»Viel Glück!«, rief er ihr noch zu, dann startete er den Motor.

»Vielen Dank«, sagte Susanne, doch der Wagen brauste bereits davon.

Da stand sie nun und versank mit ihren hohen Absätzen im Kies. Susanne verfluchte ihr Schuhwerk. Und den antiquierten Koffer, der aus einer Zeit stammte, in der Koffer weder Rollen noch Bügel zum Ziehen hatten.

Nicht dass Rollen auf diesem Kies einen Unterschied gemacht hätten. Noch dazu war es brütend heiß.

Was, wenn hier niemand ist, dachte sie plötzlich.

Sie schleppte den Koffer, der mindestens dreißig Kilo wog, durch das Tor. Es führte tatsächlich in einen Innenhof, der wunderschön war. In der Mitte befand sich ein Brunnen mit einer Statue, darum herum standen Tische mit weinroten Sonnenschirmen. Weitere Statuen, Olivenbäume und rosa blühende Oleander in Terrakotta-Töpfen waren überall in dem Hof verteilt.

Zur Rechten schien das Restaurant zu liegen. Auf der linken Seite stand eine Tür offen, die, wie es Susanne schien, zu einer Art Rezeption führte. Vermutlich war dort das Hotel. In der Mitte lag wahrscheinlich der private Bereich, in dem die Eigentümer wohnten, spekulierte Susanne.

Nirgendwo jedoch war jemand zu sehen. Ratlos setzte Susanne den schweren Koffer ab und überlegte, was sie tun sollte. »Ist da jemand?«, rief sie vorsichtig.

Keine Reaktion.

Sie lief zu der Tür, die sie für den Hoteleingang hielt, und trat ein. Der Raum war sehr elegant und wurde von einem großen Schreibtisch beherrscht, vor dem einige Stühle standen. Auf dem Schreibtisch stand eine altmodische Klingel. Die Rezeption war ganz offensichtlich nicht besetzt.

Das fängt ja gut an, dachte Susanne. Sie zögerte kurz und schlug dann mit der flachen Hand auf die Schelle.

Nichts passierte.

Susanne wiederholte den Klingelvorgang.

Endlich. Von Weitem rief jemand: »Ich komme ja schon!« Der Tonfall ließ vermuten, dass die Besitzerin der Stimme nicht gerade angetan von der Störung war.

Susanne hörte schlurfende Schritte, die sich langsam näherten. Dann stand eine alte Dame vor ihr. Von einer weißen Schürze abgesehen war sie völlig in Schwarz gekleidet: schwarzes Kleid, schwarze Strümpfe, schwarze Schuhe.

Vielleicht ist meine Vorgängerin plötzlich verstorben, und deshalb suchen sie jemanden, ging es Susanne durch den Sinn. Ein Gedanke, der nicht gerade dazu beitrug, dass sie sich behaglicher fühlte. Vielleicht machte sie ja gerade einen großen Fehler?

Die alte Dame musterte sie von oben bis unten. Ihr Alter konnte Susanne nicht schätzen, sie konnte zwischen siebzig und hundertfünf sein.

»Wir haben kein Zimmer frei«, sagte sie knapp und war bereits dabei, sich umzudrehen.

»Ich brauche kein Zimmer«, erwiderte Susanne schnell. »Das heißt, ich brauche doch ein Zimmer, aber ich bin kein Gast.«

Die alte Dame sah sie fragend an.

»Ich soll um sechzehn Uhr hier den Conte di Montevarchi treffen.«

Die betagte Dame zog die Augenbrauen hoch und musterte Susanne nochmals von oben bis unten.

»Ich komme von der Jobvermittlung. Ich soll hier anfangen, als Aushilfe.«

»Sie sind die Küchenhilfe?«

Die Dame musterte Susanne überrascht und ließ ihren Blick an ihrem Cocktailkleid und den hohen Schuhen hinunter- und wieder hinaufgleiten. Für einen kurzen Moment blieb er an Susannes Chanel-Handtasche hängen, bevor die Dame ihr wieder ins Gesicht blickte.

»Das muss ein Missverständnis sein. Wir suchen

eine Hilfe zum Treppensaubermachen, Bäderputzen, Kartoffelschälen, Gemüseputzen …«

»Ganz genau«, unterbrach Susanne sie. »Das bin ich. Susanne Klein aus Deutschland. Und ich kann sofort anfangen.« Sie streckte der Dame die Hand entgegen, die diese ignorierte. Stattdessen stellte sie sich nur knapp als »Agostina« vor.

»Nun gut. Dann kommen Sie mal mit.« Begeistert klang sie ja nicht gerade. »Haben Sie Gepäck?«

»Ja, einen Koffer, er steht …«

»Den holen Sie am besten sofort, dann müssen Sie nicht zweimal die ganzen Stufen hoch«, sagte Agostina und setzte sich schlurfend in Bewegung.

Susanne hatte Mühe, der alten Dame zu folgen, was nicht nur an dem schweren Koffer und ihren unpassend hohen Schuhen lag, sondern auch an der Tatsache, dass Agostina schneller war, als Susanne vermutet hatte. Als sie am Ende des langen Korridors angekommen waren, war Susanne bereits mächtig ins Schwitzen gekommen.

»Hier geht es nach oben, wir haben Sie unter dem Dach untergebracht.«

Agostina erklomm die steilen Stufen ins oberste Stockwerk überraschenderweise ausgesprochen rasch, während Susanne sich abmühte, ihren Koffer hochzuwuchten und dabei nicht auf ihren hohen Schuhen umzuknicken.

Sie hatte höllischen Durst, ihr war unglaublich heiß,

und jeder Muskel in ihrem Körper schmerzte. Worauf hatte sie sich nur eingelassen? Und warum hatte sie sich gegenüber Vanessa nicht durchgesetzt und flache Schuhe gekauft?

Agostina hatte das Ende des Gangs erreicht und stieß die letzte Tür auf. »Das ist Ihr Zimmer«, sagte sie. »Im Winter ist es hier unter dem Dach etwas kühl, aber dafür ist es im Sommer schön warm.«

Schön warm? Es ist furchtbar stickig, hier herrschen gefühlte tausend Grad, dachte Susanne frustriert. Sie betrat das Zimmer und stellte den Koffer ab. Der Schweiß lief ihr nur so den Rücken hinunter.

Das Zimmer war kleiner als ihr begehbarer Kleiderschrank in der Medici-Suite. Deutlich kleiner, wenn man die Dinge realistisch betrachtete. Links stand ein schmales Einzelbett, eher eine Art Pritsche. Rechts befand sich ein Schrank, dem die Türen fehlten. Wohl, weil man sie nicht hätte öffnen können, da zwischen Bett und Schrank nicht genug Platz war. Darin baumelten drei vereinsamte Drahtbügel. Neben der Tür stand ein Stuhl.

»Das Bad ist am Ende des Ganges«, informierte Agostina sie.

Susanne nickte nur.

»Also, wenn Sie sofort anfangen könnten … In der Küche gibt es sicher jede Menge Arbeit. Ich nehme Sie mit nach unten.«

Ohne Susannes Zustimmung abzuwarten, drehte sie sich um und schlurfte los. Susanne blieb nichts anderes übrig, als ihr zu folgen.

Dreiundzwanzigstes Kapitel

Es war fast neunzehn Uhr, stellte Susanne mit einem Blick zu der großen Wanduhr in der Küche fest. Das bedeutete, dass sie seit über zwei Stunden unter Giuseppes Anweisung schuftete. Giuseppe, der Koch, war circa sechzig Jahre alt und sehr, sehr streng. Alle paar Minuten rief er Susanne neue Anweisungen zu. Sie putzte Gemüse, schälte Kartoffeln, schrubbte den Ofen, räumte hinter Giuseppe her, füllte und leerte die Geschirrspülmaschine, polierte Gläser … doch nichts schien sie dem Mann recht zu machen.

Es gab noch einen weiteren, jüngeren Koch, Pietro, der von Giuseppe ebenfalls mit Anweisungen überhäuft wurde. Pietro schien ein bisschen zugänglicher zu sein, sodass Susanne versucht hatte, ein Gespräch mit ihm anzufangen. Doch Giuseppe machte klar, dass er während der Arbeit keine Unterhaltung duldete: »In meiner Küche herrscht Konzentration!«

Susanne ging davon aus, dass der Restaurantbetrieb

in Kürze beginnen würde, und hoffte sehnlichst auf eine Mahlzeit. Sie hatte seit dem Frühstück nichts mehr gegessen und getrunken und hatte das Gefühl, jeden Moment zusammenzubrechen. Wie sie bis zum Ende ihrer Schicht durchhalten sollte, die sicher mindestens bis Mitternacht dauern würde, war ihr ein Rätsel.

Und sie sehnte sich nach einer kalten Dusche – ihr war so heiß! Wehmütig dachte sie an die Medici-Suite mit ihrem luxuriösen Badezimmer. Hier hatte Agostina nur »ein Bad am Ende des Ganges« erwähnt. Hoffentlich verbarg sich dahinter mehr als eine Waschschüssel.

Susanne seufzte und blickte an sich herunter. Natürlich war sie völlig unpassend gekleidet. Sie kam sich richtig idiotisch vor, hier in einem Designer-Kleid und hohen Schuhen in der Küche zu stehen. Das Kleid wies bereits einige Flecken auf, außerdem war es völlig zerknittert. Die Schuhe waren vom Kies auf dem Vorplatz verstaubt. Ihre Fingernägel waren, spätestens seit sie die Rote Beete gewürfelt hatte, ruiniert. Und wie ihre Frisur aussah, konnte sie nur erahnen – nach dem Schweiß, der ihr die Stirn hinunterlief, zu urteilen, ging sie von einem Desaster aus.

Gut, dass niemand mich so sieht, dachte sie – gerade in dem Moment, als sie plötzlich Stimmen aus dem Innenhof vernahm.

Schritte näherten sich dem Restaurant. Waren das schon die ersten Gäste? Oder war etwa ihr neuer Arbeitgeber, der Conte di Montevarchi, nach Hause gekommen?

Eine Tür wurde geöffnet, und eine Männerstimme rief: »Giuseppe, Agostina sagte mir, dass die neue Küchenhilfe eingetroffen ist?« Susanne blickte zur Küchentür – und in ein Paar wunderschöne braune Augen. Wunderschöne braune Augen, an die sie bereits so einige Male gedacht hatte in den letzten Tagen …

Sie erschrak so sehr, dass das Schälchen mit Oliven, das Pietro ihr gerade in die Hand gedrückt hatte, mit lautem Krach zu Boden ging. Es zerbrach auf den Fliesen, und die Oliven kullerten in Richtung Tür. Der gut aussehende Mann, der nun im Raum stand – offensichtlich der Conte – war kein anderer als der attraktive Italiener vom Flughafen in Köln! Der Herr, der neben ihnen in der Seafood-Bar gesessen und Susanne so intensiv angesehen hatte. Der, mit dem Vanessa vor der Toilette ein paar Worte gewechselt hatte. Susanne hatte ihn sofort wiedererkannt – kein Wunder, schließlich war ihr der gut aussehende Mann in lebhafter Erinnerung geblieben.

Jetzt wäre sie am liebsten im Erdboden versunken. Hier stand sie nun, völlig verdreckt und verschwitzt!

Die Reaktion des Contes war allerdings seltsam. Auch er schien Susanne trotz ihres desolaten Äußeren sofort wiederzuerkennen. Für einen kurzen Moment schien er erfreut, wenngleich auch etwas belustigt. Dann aber änderte sich sein Gesichtsausdruck: Er wirkte plötzlich erschrocken, geradezu panisch. Er starrte sie mit weit aufgerissenen Augen an. Schließlich schien er sich zusammenzunehmen und bemühte sich um einen neutralen Gesichtsausdruck.

»Was machen Sie denn in meinem Restaurant?«, fragte er verhalten.

»Ich bin die neue Küchenhilfe.« Susanne streckte ihm die Hand entgegen. »Susanne Klein.«

»Susanna?« Wieder riss er erstaunt die Augen auf. »Ha! Was Sie nicht sagen.«

Susanne fand sein Verhalten merkwürdig. Gut, er war vielleicht überrascht, seine Bekanntschaft vom Flughafen hier vorzufinden, aber eine Küchenhilfe namens Susanne Klein musste er doch erwartet haben. Schließlich hatte er mit der Jobvermittlung gesprochen und sie für heute hierherbestellt.

»Gibt es ein Problem mit meinem Namen?«, fragte sie spitz.

Der Conte schien sich wieder gefasst zu haben. »Aber nein«, sagte er, plötzlich in jovialem Ton. »Ganz im Gegenteil. Susanna ist mein Lieblingsname. Meine Großmutter hieß Susanna – Contessa Susanna di Montevarchi.« Endlich ergriff er ihre ausgestreckte Hand, aber auf Susanne wirkte er immer noch etwas verwirrt. »Luca di Montevarchi. Sehr erfreut!«

Einen Augenblick starrte er auf das Treiben in der Küche, dann sah er wieder Susanne an und fragte entsetzt: »Man hat Sie hier arbeiten lassen?« Er suchte ganz offensichtlich nach Worten. »Sie hätten sich doch erst einmal ausruhen sollen!«, meinte er schließlich. »Agostina!«, rief er laut. »Agostina!«

Schlurfende Schritte näherten sich.

»Wo hast du Signorina Susanna untergebracht?«

»In der kleinen Kammer unter dem Dach. Da, wo Pietro manchmal übernachtet, wenn …«

»Was?« Der Conte starrte die alte Bedienstete entsetzt an.

Dann wandte er sich wieder an Susanne. »Das ist ein Versehen«, erklärte er verlegen. »Wir haben ein anderes Zimmer frei. Das Zimmer, in dem früher einmal meine Großmutter Susanna schlief, vor ihrer Heirat – das wäre doch viel …« Er hüstelte kurz, offensichtlich suchte er wieder nach den richtigen Worten. »… angemessener!«, beendete er dann seinen Satz.

Agostina wollte gerade etwas entgegnen, da fasste er Susanne bereits leicht am Arm. »Kommen Sie, Susanna, ich zeige Ihnen Ihr Zimmer.«

Er ignorierte Susannes Versuch, schnell noch die Oliven und die Scherben aufzusammeln, und führte sie aus der Küche. Susanne sah noch, wie Giuseppe, Pietro und Agostina ihnen verdutzt hinterherblickten.

»Hier entlang, bitte«, sagte der Conte, und führte sie durch den Innenhof zur Rezeption. Von dort aus betraten sie den hohen Turm und stiegen die Treppe in das erste Stockwerk hinauf.

Hier war alles äußerst elegant. Auf dem Marmorfußboden lagen dicke rote Teppiche, und an den Wänden hingen imposante Gemälde, die aussahen wie eine Ahnengalerie.

»Ich muss mich entschuldigen. Man hätte Sie doch nicht in der Küche arbeiten lassen sollen!«, erklärte der Conte.

»Ich dachte, es wäre sozusagen Not am Mann«, meinte Susanne, »und ich würde dringend gebraucht.«

»Ach, so dramatisch ist es auch wieder nicht«, erwiderte der Conte schnell. »Es sind nur kurzfristig ein paar Kräfte in der Küche und im Service ausgefallen.«

Hatte Agostina nicht nur von zwei Personen gesprochen, überlegte Susanne. Offensichtlich gab es deutlich mehr Angestellte, als sie zuerst gedacht hatte. Nun ja, kein Wunder, bei dem riesigen Schloss!

»Es hat mir nichts ausgemacht, mich direkt mit der Küche vertraut zu machen«, sagte sie.

Der Conte schluckte. »Aber es ist doch Wochenende.« Er lachte nervös. »Sie konnten sich ja noch gar nicht ausruhen.«

Irgendwie wirkt er verstört, dachte Susanne irritiert. Sein Verhalten war äußerst merkwürdig. Irgendwie aufgesetzt, aber auch unsicher und nervös, fast schon fahrig. Vielleicht bin ich ja hier bei einem Irren gelandet, dachte sie plötzlich erschrocken. Vielleicht war der Conte verrückt oder zumindest etwas gestört? Man las doch immer so viel über Inzucht in Adelshäusern und ihre Folgen …

Susanne betrachtete ihren neuen Arbeitgeber verstohlen von der Seite. Er war äußerst elegant gekleidet, was ihr ja schon am Flughafen in Deutschland aufgefallen war. Sie hatte es Vanessa gegenüber nicht erwähnt, aber der schöne Italiener war ihr seit ihrer ersten Begegnung nicht aus dem Kopf gegangen. Sie hatte selten einen so attraktiven Mann gesehen. Wie schon bei dem kurzen Treffen am Flughafen bekam Susanne Herzklopfen, sobald sie ihn ansah …

Während sie ihm an diversen Türen vorbei einen Flur entlang zu ihrem neuen Zimmer folgte, beobachtete sie ihn. Sie betrachtete bewundernd seine hochgewachsene, schlanke Gestalt mit den kräftigen Schultern, seine dunklen Locken, den maßgeschneiderten Anzug, der ihm so gut stand …

Ob er wohl verheiratet war? Kinder hatte? Sie konnte sich kaum vorstellen, dass ein solcher Mann nicht vergeben war. Vermutlich lebte er mit seiner schönen Frau und den reizenden Kindern im hinteren Flügel des Schlosses. Warum er wohl so verschreckt reagiert hatte bei ihrem Anblick? Sah sie wirklich so schlimm aus? Wie peinlich, dass der erste Eindruck bei ihrem Arbeitgeber so danebengegangen war! Sie wäre ihm gerne frisch geduscht, in angemessener Kleidung und makellos frisiert unter die Augen getreten. Hoffentlich hatte sie bald Zeit und Gelegenheit, das nachzuholen.

Nach der Größe der Türen zu urteilen, bestand Hoffnung, dass ihre neue Kammer geräumiger war als der Verschlag unter dem Dach. Wer weiß, vielleicht hatte sie sogar ein eigenes Bad und musste nicht über den Flur? Natürlich würde sie erst einmal ihren Koffer hier heraufschleppen müssen. Susanne grauste es bei dem Gedanken an die steilen Stiegen.

»So, da wären wir«, unterbrach der Conte ihre Gedanken und öffnete eine Tür. Mit einer leichten Verbeugung trat er zur Seite und bedeutete ihr einzutreten.

Beim Anblick des Zimmers stockte Susanne der Atem. Es war riesig! Und wunderschön, nein mehr als das: ein Traum. Es hatte absolut nichts mit der Dienstbotenkammer unter dem Dach gemein, sondern konnte locker mit der Medici-Suite mithalten. Ein gigantisches Himmelbett stand zur Rechten. Das Holzparkett und die vereinzelten Teppiche waren von erlesener Schönheit. Überall standen kostbare Antiquitäten. Das Beeindruckendste jedoch war ein riesiges Ölgemälde, das den Raum dominierte. Eine wunderschöne Frau mit blonden Haaren in einem roten Kleid lächelte aus einem Goldrahmen.

»Das ist Susanna, meine Großmutter«, erklärte der Conte, der ihrem Blick gefolgt war. Dann fügte er hinzu: »Ihre Namensvetterin.« Er sah Susanne eindringlich an. »Ich finde, Sie sehen ihr ähnlich.«

Susanne wusste nicht, was sie sagen sollte, also stand sie nur schweigend da.

Der Conte räusperte sich verlegen. »Die Tür dahinten führt zum Bad und zum Ankleidezimmer.«

Susanne nickte stumm.

»Sicher möchten Sie sich etwas ausruhen und sich in Ruhe frisch machen. Lassen Sie sich Zeit! Sie müssen ja auch Hunger haben. Ich schlage vor, dass Sie heute Abend als mein Gast im Restaurant speisen. So lernen Sie am besten kennen, wie der Betrieb hier funktioniert. Sagen wir um neun?«

»Aber ich dachte, ich soll in der Küche helfen, wenn Sie doch so unterbesetzt …«

Der Conte unterbrach sie. »Ach, das wird schon gehen. Es ist doch viel wichtiger, dass Sie …« – während er sie mit glühenden Augen eindringlich ansah, suchte er wieder nach den richtigen Worten – »… dass Sie den richtigen Eindruck von unserem Betrieb bekommen.«

Wieder brachte Susanne nur ein Nicken zustande. Sicher war es das Klügste, einfach zu tun, was er sagte. Wenn sie es wirklich mit einem Irren zu tun hatte, war es wohl das Vernünftigste, ihm nicht zu widersprechen. Insbesondere, wenn man bedachte, dass sie hier weitab von jeder Zivilisation in seinem Schloss festsaß.

»Ich müsste dann noch meinen Koffer holen«, stieß sie hervor.

»Den Koffer holen?« Wieder sah der Conte ganz entsetzt aus. »Das macht natürlich Pietro. Ich schicke ihn sofort hierher.«

Der Conte di Montevarchi verbeugte sich noch einmal lächelnd und verschwand.

Irgendetwas stimmt mit diesem Mann definitiv nicht, dachte Susanne wieder. Dann aber beschloss sie, die Dinge nicht zu hinterfragen und lieber das Bad und das Ankleidezimmer in Augenschein zu nehmen.

Beide Räume enttäuschten sie nicht, ganz im Gegenteil: Das Ankleidezimmer war riesig, das Bad luxuriös. Das muss ich Vanessa erzählen, dachte Susanne begeistert, als sie ans Fenster trat. Das Panorama, das sich ihr bot, war überwältigend. Sie blickte auf riesige Olivenhaine, dahinter schmiegten sich malerische Wiesen an sanfte Hügel. Die Zypressenallee, die von der Hauptstraße zum Schloss führte, sah aus dieser Perspektive besonders romantisch aus. Susanne hielt den Atem an.

Es war traumhaft schön. Sie musste sich kneifen, um sich zu vergewissern, dass das alles real war.

Es klopfte an der Tür, und Pietro trat ein. In einer Hand trug er Susannes Koffer, mit der anderen balancierte er ein Tablett mit einer Flasche Wasser, einem Glas und einem Teller Plätzchen.

Sobald er wieder gegangen war, machte sich Susanne hungrig über die Plätzchen her und trank fast die ganze Wasserflasche leer. Dann nahm sie ein ausgiebiges Bad. Anschließend packte sie ihren Koffer aus.

Was sollte sie heute Abend anziehen? Wie es aussah, würde sie ja, anstatt zu arbeiten, im Restaurant speisen. Und zwar mit einem echten Grafen! Sie überlegte. Zu welchem Kleid würde ihr Vanessa wohl raten? Zu dem goldenen? Oder dem weißen? Oder lieber dem schwarzen mit dem tiefen Rückenausschnitt?

Für den Abend ein passendes Kleid zu finden war kein Problem. Das Problem bestand eher darin, ab morgen etwas zum Anziehen zu finden, das zur Küchenarbeit geeignet war. Seufzend betrachtete Susanne ihre Auswahl an eleganter Kleidung. Zum Putzen und Gemüseschneiden war das alles völlig ungeeignet. Sie beschloss, das Problem auf den nächsten Tag zu verschieben.

Schließlich entschied sie sich für das weiße Kleid. Es war recht kurz, vorne hochgeschlossen und ärmellos.

Genau das Richtige für einen schönen Sommerabend. Dazu passten die rehbraunen *Sergio-Rossi*-Schuhe wunderbar.

Sie gab sich Mühe mit dem Make-up und steckte ihre Haare so kunstvoll hoch, wie sie es ohne Vanessas Hilfe konnte. Dann legte sie die großen goldenen Ohrringe an, die Vanessa in dem Geschäft neben dem Hotel entdeckt hatte. Anschließend lackierte sie sich die Nägel.

Susanne warf einen prüfenden Blick in den Spiegel: Kein Vergleich zu dem Schmutzfink mit der verlaufenen Wimperntusche und der verunglückten Frisur von vorhin, dachte sie zufrieden. So konnte sie ihrem Arbeitgeber gegenübertreten.

Vierundzwanzigstes Kapitel

Es war Punkt neun Uhr, als Susanne das Restaurant betrat. Agostina, die an einer Art Pult im Eingangsbereich stand und offenbar die Gäste in Empfang nahm, schien wie verwandelt. Wenngleich immer noch etwas reserviert, so war sie doch deutlich freundlicher als am Nachmittag: Sie begrüßte Susanne sogar mit einem Lächeln.

Bis auf einen Tisch – den besten, wenn Susanne das auf die Schnelle richtig erfassen konnte – war das Lokal voll besetzt. Die meisten Gäste aßen bereits ihre Vorspeisen oder schienen zumindest ihre Bestellung aufgegeben zu haben und hatten schon Getränke vor sich stehen. Ein junger Kellner lief emsig hin und her. Im hinteren Teil des Gastraums entdeckte Susanne noch einen zweiten Kellner.

Der Conte di Montevarchi – wieder sehr elegant in einer dunkelblauen Hose und mitternachtsblauem Hemd – unterhielt sich mit einigen Gästen.

Susanne war überrascht, dass das Restaurant so voll war. Immerhin lag es ja ganz schön abgeschieden. Und den Autos nach zu urteilen, die bei ihrer Ankunft auf dem Vorplatz geparkt hatten, schien das Hotel auch kaum Gäste zu haben. Auch auf den Fluren und im Innenhof war ihr niemand begegnet.

Wenn wirklich so viele Leute aus der Umgebung den weiten Weg auf sich nahmen, um hier zu essen, dann musste das Restaurant ja sehr gut sein. Was wohl auch erklärte, dass so viel zu tun war und man eine Küchenhilfe brauchte. Aber warum hatte der Conte dann darauf bestanden, dass ihre Hilfe heute noch nicht benötigt wurde, obwohl es doch ganz offensichtlich reichlich Arbeit gab?

Sehr seltsam, dachte Susanne. Gerade in dem Moment schien der Conte sie zu bemerken. Er entschuldigte sich sofort bei seinen Gesprächspartnern und kam auch schon auf sie zu. Susanne spürte, dass alle Gäste sie anstarrten.

»Susanna, meine Liebe!« Der Conte deutete eine Verbeugung an. Aber obwohl er sie freundlich anlächelte, hatte sie das Gefühl, dass er gestresst war. »Ich darf Sie doch Susanna nennen?«, erkundigte er sich charmant.

Susanne nickte nur und überlegte fieberhaft, wie man wohl einen italienischen Grafen korrekt anredete. Einen Grafen, der zudem noch ihr Arbeitgeber war. Herr

Graf? Oder lieber Signore Conte? Oder Conte Montevarchi? Oder musste es »di Montevarchi« heißen?

»Natürlich, Signore … äh … Conte …«

»Nennen Sie mich einfach Luca«, fiel er ihr ins Wort.

Er nahm sie beim Arm und führte sie zu dem freien Tisch. »Setzen Sie sich doch. Ich habe mir erlaubt, diesen Tisch für Sie freizuhalten, ich hoffe doch sehr, dass er Ihnen zusagt?«

Natürlich sagte er ihr zu. Wie auch der Aperitif ihr zusagte, der sofort von dem hübschen Kellner serviert wurde. Susanne schmeckte Aprikose und Champagner – es war einfach köstlich.

Nach nur zwei kleinen Schlucken merkte sie bereits, dass der Alkohol ihr zu Kopf stieg. Kein Wunder, sie hatte ja nur ein paar Plätzchen gegessen. Der Conte di Montevarchi trat mit der Speisekarte und einem Teller mit kleinen Pastetchen an ihren Tisch. »Ein kleiner Appetithappen«, erklärte er. »Schmeckt Ihnen der Aperitif? Der Aprikosenlikör stammt aus eigener Produktion, wie fast alle Zutaten, die wir verwenden«, fuhr er fort. Und fügte hastig hinzu: »Alles biologischer Anbau, versteht sich.«

Susanne nickte beeindruckt.

Agostina kam herüber und trat neben den Conte. Sie sprach leise, aber doch so, dass Susanne es hören konnte. »Noch zwei weitere Anrufer, die für heute Abend einen Tisch buchen wollten und die ich leider auf nächsten Monat vertrösten musste.« Sie schüttelte bedauernd den Kopf und sagte in Susannes Richtung: »Das Telefon steht nicht still.«

»Aber wenn so viel zu tun ist, sollte ich dann nicht lieber in der Küche helfen?«, fragte Susanne.

»Aber nein«, sagte der Conte schnell.

»Aber schaffen Giuseppe und Pietro das denn ganz alleine, mit so vielen Gästen?«

Der Conte lachte. »Giuseppe und Pietro sind doch nicht alleine, da sind doch noch Nicolo, Andrea, Roberto, der Suppenchef …«

»Es gibt einen Suppenchef? Einen Koch nur für Suppen?«, fragte Susanne erstaunt.

»Natürlich – was hatten Sie denn gedacht, Susanna?«

»Ich hatte gedacht, dass Sie völlig unterbesetzt wären und dass Sie deshalb dringend eine Küchenhilfe brauchen, die …«

Der Conte winkte ab. »Das muss ein Missverständnis sein. Ein Lokal wie dieses braucht viel Personal, mit zwei Köchen kommt man da nicht weit. Sehen Sie sich doch um, es ist immer voll, die Gäste müssen ja auch bedient werden …« Er lachte noch einmal, aber diesmal klang es nervös. »Diese vielen Gedecke, das ließe sich zu zweit überhaupt nicht bewältigen.«

Susanne blickte auf die Karte. Es gab eine recht große Auswahl. Sie hatte riesigen Hunger und hätte alles essen können.

»Vielleicht darf ich Ihnen etwas empfehlen?«, bot sich der Conte an.

Warum nicht, dachte Susanne.

»Wie wäre es mit den mit Wildschwein gefüllten Ravioli als Vorspeise, der Minestrone als Zwischengang, dem Bistecca alla fiorentina mit weißen Bohnen als Hauptspeise … und dann vielleicht das Holundersorbet zum Dessert? Es ist die Spezialität des Hauses.«

»Danke, gerne«, sagte Susanne begeistert. Ihr lief bereits das Wasser im Mund zusammen.

Der Conte lächelte sie noch einmal charmant an und verschwand dann Richtung Küche.

Susanne war das Ganze ein wenig peinlich. Natürlich war sie froh, heute nicht noch weiter in der Küche schuften zu müssen. Und natürlich hatte sie großen Hunger und freute sich auf das Essen. Aber etwas seltsam war es ja schon. Sie hatte erwartet, mit den anderen Bediensteten nach Ende ihrer Schicht in der Küche die Reste zu essen. Oder sich vielleicht übrig gebliebene Speisen mit aufs Zimmer nehmen zu dürfen. Aber sie hatte keinesfalls damit gerechnet, dass sie hier so fürstlich bewirtet würde!

Nun ja, spätestens morgen würde sie ja wieder in der Küche stehen. Da sollte sie den heutigen Abend genießen. Und vielleicht hatte der Conte di Montevarchi – Luca – ja recht: So würde sie den Betrieb am besten kennenlernen.

Kaum hatte sie den Gedanken zu Ende gedacht, stand der Conte bereits wieder vor ihr und wedelte mit einer anderen Karte. »Die Weinkarte«, erklärte er und lächelte entschuldigend. »Unser Sommelier ist heute auf einer Hochzeit, deshalb habe ich ausnahmsweise seine Aufgabe übernommen.«

»Es gibt hier auch einen Sommelier?«, staunte Susanne.

»Aber natürlich! Er ist ein Meister seines Faches, seit Jahren bei uns, nachdem er lange in Frankreich und der Schweiz gearbeitet hat ... unser Personal ist hoch qualifiziert.«

Der Conte wedelte noch einmal lächelnd mit der Karte, sagte dann jedoch: »Aber vielleicht darf ich Ihnen ja einen Wein empfehlen?«

»Gerne«, antwortete Susanne erleichtert. So merkte der Graf nicht gleich, dass sie keine Ahnung von Wein hatte. Nun ja, von einer einfachen Küchenhilfe wurde das vielleicht auch nicht erwartet, überlegte sie. Aber wer weiß – wenn alle hier so furchtbar qualifiziert waren? Und sie hatte noch nicht einmal Referenzen!

Der Conte war mitsamt der Weinkarte wieder verschwunden, und Susanne blickte sich um. Die Gäste schienen sich gut zu unterhalten, die Kellner brachten eifrig Speisen und Getränke an die Tische und räumten leere Teller ab.

Doch bei genauerem Hinsehen fielen Susanne ein paar merkwürdige Dinge auf. Zum Beispiel schienen fast alle die gleiche Vorspeise gewählt zu haben. Eigentlich seltsam, überlegte Susanne, wo doch so viele verschiedene Entrées auf der Karte standen. Sicher waren die Ravioli eine Spezialität des Hauses. Oder war gerade Wildschweinsaison? Jetzt weiß ich so viel über Austern, dachte Susanne leicht amüsiert, aber ich habe keine Ahnung von Wildschweinen.

Auch schienen sich die meisten Gäste zu kennen. Viele sahen sich sogar ähnlich, was Susanne etwas befremdlich fand. Aber vielleicht war das hier auf dem Land ja normal? Aber wenn sie an das merkwürdige Verhalten des Conte di Montevarchi dachte ... vielleicht waren das tatsächlich Anzeichen eines genetischen Defekts, der auf Inzucht in der Adelsfamilie hindeutete?

Einer der Kellner sah dem Conte ausgesprochen ähnlich – und hätte zugleich der Zwillingsbruder des Gastes am Nebentisch sein können. Ein anderer Kellner sah überhaupt nicht wie ein Kellner aus und stellte sich auch nicht besonders geschickt an beim Servieren der Speisen. Doch immer, wenn er an einen Tisch trat, nahm er kleine Korrekturen an den Blumenarrangements vor. War das nur eine merkwürdige Angewohnheit? Oder ebenfalls ein Zeichen einer Erbkrankheit?

Der Conte brachte eine Flasche Rotwein an Susannes Tisch. Er präsentierte ihr formvollendet das Etikett, dann ließ er sie probieren. Der Wein war ausgezeichnet, er erinnerte Susanne an den edlen Tropfen, den sie im *Ghibellina* in Florenz getrunken hatten.

Was Vanessa wohl sagen würde, wenn sie ihr erzählte, dass sie hier am besten Tisch im Restaurant gespeist hatte – anstatt in der Küche den Fußboden zu schrubben?

»Ganz hervorragend«, lobte Susanne den Wein und machte ein entsprechend kundiges Gesicht.

Der Conte reagierte mit einem erleichterten Lächeln. Er schenkte Susanne ein, verbeugte sich wieder charmant und verschwand.

Susanne seufzte. Wie schade, dass ihr Arbeitgeber ganz offensichtlich nicht alle Tassen im Schrank hatte. Ein normaler Arbeitgeber hätte doch nie und nimmer eine simple Küchenhilfe so hofiert! Susanne hatte noch nie einen so attraktiven Mann getroffen. Seit sie ihn am Flughafen zum ersten Mal gesehen hatte, hatte sie immer wieder an ihn denken müssen. Und dann entpuppte er sich auch noch als Schlossherr!

Und ausgerechnet dieser Mann musste sich als nicht ganz klar im Kopf herausstellen! Auch wenn er noch nicht völlig dem Wahnsinn verfallen war – sein Restaurant- und Hotelbetrieb schien ja halbwegs zu funktionieren – so zeigte er definitiv erste Anzeichen davon. Wie Vanessa es sicher formulieren würde: Er hatte ganz klar eine Schraube locker.

Dennoch genoss Susanne den Abend in vollen Zügen. Es war herrlich, sich bei edlem Wein und köstlichen Speisen zu entspannen. Und nach dem anstrengenden Tag machte es ihr auch nichts aus, alleine zu essen. Außerdem kam der Conte – Luca, der Graf bestand darauf, dass Susanne ihn so anredete – andauernd an ihren Tisch, um sich zu versichern, dass es ihr schmeckte.

Die Minestrone war ein Traum. Kein Wunder, wenn man einen Koch hatte, der nichts anderes tat, als Suppe zu kochen, überlegte Susanne. Dann stellte sie fest, dass sich auch alle anderen Gäste für die Minestrone entschieden hatten. Offensichtlich war der Meisterkoch berühmt dafür!

Nach dem köstlichen Hauptgang trank Susanne noch ein weiteres Glas des fantastischen Weins und lehnte sich entspannt zurück. Wie herrlich das Leben doch war! Vielleicht war der Conte ja doch nicht so schrecklich wahnsinnig? Vielleicht ging man hier in Italien einfach nur großzügiger mit seinen Küchenhilfen um? Oder – Susanne wagte es kaum zu denken – vielleicht … findet er mich ja attraktiv? Und interessiert sich für mich?

Und wenn er doch ein bisschen wahnsinnig war, überlegte sie weiter, vielleicht ließe sich so etwas ja mit

Tabletten in den Griff bekommen? Vielleicht brauchte er nur die richtige Diagnose und einen guten Arzt. Sie kannte sich mit psychischen Störungen nicht aus – vielleicht war das heutzutage gut behandelbar und gar nicht so schlimm?

Wenn alles andere stimmte ... Er sah toll aus, war gut gekleidet, charmant, er besaß ein Schloss ... Und hoffentlich hatte er weder eine Ehefrau noch eine Zwillingsschwester?

Susanne schüttelte entschieden den Kopf. Sie sollte vernünftig sein. Vermutlich musste sie morgen in aller Herrgottsfrühe ihren Putzdienst antreten. Da sollte sie besser nicht zu viel Wein trinken und sich nicht in romantischen Träumereien verlieren.

Was um alles in der Welt sollte sie morgen nur anziehen, fiel es ihr wieder ein. Die Edeljeans mit dem eleganten schwarzen rückenfreien Top? Vielleicht konnte ihr Agostina ja eine Schürze leihen.

Ihr Dessert kam. Und wie alle anderen Gänge war auch das Holundersorbet vorzüglich. Doch irgendwie hatte Susanne das Gefühl, dass alle anderen Gäste sie beobachteten. Oder bildete sie sich das nur ein? Vielleicht hatte sie ja doch ein bisschen zu viel getrunken und sah bereits Dinge, die gar nicht da waren?

Aus dem Augenwinkel meinte sie zum Beispiel bemerkt zu haben, dass eine Frau kurz ihre Hand auf den Po des Kellners gelegt hatte, der dem Grafen so ähnlich sah. Susanne schüttelte irritiert den Kopf. Das konnte ja nicht sein …

Was aber definitiv keine Einbildung war, war die Tatsache, dass so gut wie alle Gäste die gleiche Nachspeise gewählt hatten. Wie seltsam!

Der Conte persönlich brachte ihr einen Digestif und einen Espresso, zu dem er eine kleine Praline reichte, natürlich hausgemacht, wie er eilig versicherte.

Er strahlte zufrieden, als Susanne das Essen überschwänglich lobte.

»Und Sie haben wirklich gar nichts auszusetzen?«

»Aber nein«, beteuerte Susanne noch einmal.

Der Conte entspannte sich sichtlich – und mit ihm die anderen Gäste. Bei seiner Frage waren plötzlich die Unterhaltungen an den Nachbartischen verstummt, jetzt aber setzten die Leute ihre Gespräche fort.

Lieber Himmel, wenn die wüssten, dass ich nur eine einfache Küchenhilfe bin, dachte Susanne. Aber vielleicht liefen die Dinge in diesen offensichtlich von Inzucht und Wahnsinn geprägten Adelskreisen in Italien einfach anders, wer wusste das schon.

Um kurz nach Mitternacht verließen die meisten Gäste das Restaurant. Auch Susanne machte sich zum Aufbruch bereit, schließlich musste sie ja morgen früh raus. Wann sollte sie wohl zur Arbeit antreten? Und wo? Sie hatte ja keine Ahnung von ihrem Dienstplan.

Sollte sie Betten machen? Bäder putzen? Oder beim Frühstück helfen?

Keiner der Gäste hatte beim Hinausgehen bezahlt, das war ihr aufgefallen. Das konnte ja nur heißen, dass sie alle Hotelgäste waren. Was wiederum bedeutete, dass am nächsten Tag viele Zimmer und Bäder geputzt werden müssten.

Susanne stand auf.

Sofort war der Conte bei ihr. »Ich begleite Sie. Nicht dass Sie sich am ersten Abend verlaufen.«

Susanne räusperte sich. »Um wie viel Uhr soll ich denn morgen früh anfangen?«

»Anfangen?«, fragte der Conte irritiert.

»Ja, mit der Arbeit. Es muss doch bestimmt Frühstück gemacht werden, und dann sind da ja sicher auch …«

»Frühstück!«, unterbrach er sie entsetzt und starrte sie an.

Er hat definitiv eine Schraube locker, dachte Susanne enttäuscht. So ein unglaublich attraktiver Mann – wie schade!

Der Conte machte eine wegwerfende Handbewegung. »Ach, ich schlage vor, Sie schlafen erst einmal gründlich aus.«

»Ja, aber …«

»Alles Weitere können wir morgen früh besprechen.«

Nun gut, dachte Susanne. Mir soll es recht sein.

Der Conte begleitete sie zu ihrem Zimmer. Susanne hätte gerne noch einige Fragen zu ihrer Arbeit gestellt, doch er redete nur über das Restaurant, das Menü, die Produkte aus der eigenen Produktion, die Weine …

Dann standen sie vor ihrer Zimmertür.

Der Conte wünschte ihr eine gute Nacht, verabschiedete sich und verschwand.

Susanne entledigte sich ihrer hohen Schuhe, schnappte sich ihr Handy und wählte Vanessas Nummer. Es war zwar eigentlich zu spät, um jemanden anzurufen, aber sie musste unbedingt von den Ereignissen des Tages erzählen. Vanessa würde staunen, wenn sie erfuhr, wie zuvorkommend man hier eine Putzhilfe behandelte! Und dass der tolle Mann vom Flughafen ihr Arbeitgeber war – auch wenn er aufgrund von seit Generationen andauernder Inzucht vermutlich dem schleichenden Wahnsinn verfallen war.

Leider meldete sich nur die Mailbox. Wahrscheinlich schlief Vanessa schon tief und fest, dachte Susanne enttäuscht. Sie würde es morgen früh noch einmal probieren.

Fünfundzwanzigstes Kapitel

Am nächsten Morgen wurde Susanne von Sonnenstrahlen geweckt, die durch die Vorhänge blinzelten. Sie setzte sich in ihrem Himmelbett auf und griff zum Telefon. Ach du lieber Himmel, es war bereits Viertel nach zehn! Sie hatte verschlafen, und das an ihrem ersten richtigen Arbeitstag!

Zwar hatte der Conte von Ausschlafen gesprochen, aber damit hatte er ja sicher nicht zehn Uhr gemeint. Der Hotelbetrieb musste in vollem Gange sein, das Frühstück war sicher schon fast vorbei. O mein Gott, die ganzen Zimmer mussten geputzt werden!

Susanne sprang unter die Dusche und machte sich, so schnell es ging, fertig. Dann zögerte sie – nur zu gerne hätte sie Vanessa angerufen, aber dafür war nun wirklich keine Zeit. Die Arbeit ging vor.

Susanne stürzte die Treppen hinunter in den Innenhof und war überrascht, als sie dort niemanden antraf.

Sie hatte natürlich erwartet, dass die Tische mit frühstückenden Hotelgästen besetzt wären. Sie schaute kurz ins Restaurant, aber auch da war niemand zu sehen. Oje – offensichtlich hatten alle Gäste bereits gefrühstückt!

Hoffentlich würde man ihr noch eine Chance geben und sie nicht sofort entlassen. Susanne beschloss, sich auf die Suche nach Agostina zu machen und sie um Entschuldigung zu bitten. Allerdings hatte sie keine Ahnung, wo diese sich üblicherweise aufhielt. Am besten wäre es sicher, es wieder an der Rezeption mit Klingeln zu versuchen.

Die Rezeption war verlassen, und Susanne betätigte wieder die Schelle. Diesmal war kein Schlurfen zu hören, stattdessen ertönten dynamische Schritte, die sich schnell näherten. Und da stand auch schon der Conte vor ihr. Susanne wäre am liebsten im Erdboden versunken.

Doch der Conte schien keineswegs verärgert zu sein. Im Gegenteil, er strahlte sie an. »Susanna, meine Liebe – ich hoffe, Sie haben gut geschlafen?«

Susanne wusste nicht, wie sie reagieren sollte. War die Frage ironisch gemeint?

»Hervorragend«, antwortete sie zögernd. »Allerdings ist es mir sehr peinlich, dass ich verschlafen habe. Das passiert mir sonst nie. Ausgerechnet heute, es tut mir wirklich sehr leid«, stammelte sie nervös. »Und jetzt habe ich das Frühstück verpasst!«

»Aber nein«, beruhigte sie der Conte. »Setzen Sie sich einfach an einen der Tische in den Innenhof, und Ihr Frühstück kommt sofort.«

Bitte was? War das Sarkasmus? Ein weiteres Anzeichen von Wahnsinn? Oder ein Missverständnis?

»Aber was ist mit den anderen Gästen?«, fragte sie.

»Den anderen Gästen?« Der Conte wirkte verwirrt.

»Ja, den Hotelgästen. Muss deren Frühstück nicht vorbereitet werden? Müssen ihre Zimmer nicht gemacht werden?«

»Ach so, die Hotelgäste!« Der Conte lachte. »Ja, die sind alle schon unterwegs, es ist ja gleich elf Uhr.«

»Das tut mir so leid«, wiederholte Susanne.

»Aber das muss es doch gar nicht! Ohne die anderen frühstückt es sich doch viel gemütlicher. Aber wenn Sie gerne Gesellschaft hätten, dann mache ich Ihnen einen Vorschlag. Ich habe auch noch nichts gegessen. Warum frühstücken wir nicht gemeinsam? Natürlich nur, wenn Sie keine Einwände haben. Sie würden mir eine Freude machen.«

Der Conte blickte Susanne erwartungsvoll an.

Hatte er sie gerade wirklich gefragt, ob sie etwas dagegen hätte, im wunderschönen Innenhof eines traumhaft schönen Schlosses mit einem charmanten, fantastisch aussehenden – wenn auch leicht verrückten – Grafen zu frühstücken? Mit einem Mann, der sie Susanna nannte? Und ihren Namen so auf ganz dezente Art tausendfach erträglicher machte?

Sie nickte nur.

»Setzen Sie sich – ich bin in zehn Minuten wieder da.«

Susanne folgte seiner Anweisung. Sie nahm an einem der hübschen, mit frischen Blumen dekorierten Tische Platz und blinzelte in die Sonne. Konnte das Leben noch schöner sein? Sie saß vor einem Schloss in der Toskana und ließ es sich gut gehen. In der Gesellschaft des schönsten Mannes, den sie je zu Gesicht bekommen hatte.

Und was für einen Namen er hatte! Sie schloss einen Moment die Augen und sprach ihn leise vor sich hin. *Conte Luca di Montevarchi*. Da konnten ein Dieter oder ein Rolf, ein Steffen oder ein Uwe natürlich nicht mithalten.

In diesen Mann könnte sie sich verlieben. Und wenn sie ehrlich war … Wahrscheinlich hatte sie sich schon längst in ihn verliebt!

Gut, da gab es das kleine Problem, dass er ein bisschen verrückt war. Susanne seufzte. Doch möglicherweise war das ja halb so schlimm? Vielleicht durfte man ein bisschen exzentrisches Verhalten nicht überbewerten.

Ein paar Minuten später tauchte der Conte mit einem voll beladenen Tablett auf: Neben zwei Tassen Cappuccino türmten sich darauf mit Creme gefüllte Hörnchen, kleine Törtchen, die mit frischen Früchten belegt waren, frisch gebackene, noch warme Hefebrötchen, eine beeindruckende Auswahl an Marmelade und Kompott, Joghurt, Butter, eine Schale Beeren und ein Teller mit Feigen und Nüssen.

»Wer soll denn das alles essen?«, fragte Susanne.

Der Conte lachte entwaffnend. »Sie!« Er stellte das Tablett auf dem Tisch ab. »Mit herzlichem Gruß vom Patisserie-Chef!« Seine Augen blitzten.

Susanne staunte nicht schlecht. »Einen Patisserie-Chef gibt es also auch?«

»Aber selbstverständlich«, nickte der Conte. »Sie haben ihn knapp verpasst. Er fängt morgens immer schon um vier Uhr an, aber am Nachmittag hat er frei. Er ist einer der besten in der Region.«

Während der Conte sprach, arrangierte er die köstlichen Versuchungen geschickt auf dem Tisch. Was ein fürstliches Mahl, wie für einen König geschaffen, dachte Susanne. Und korrigierte sich dann im Geiste: Wie für einen Grafen geschaffen!

Sie hatte tatsächlich schon wieder Appetit und griff mit Genuss zu. Der Conte sah sie fragend an.

»Vorzüglich«, lobte sie.

Ihr Arbeitgeber schien sichtlich erleichtert, dass es ihr so gut schmeckte. Das ist ja wirklich nett, dass ihm das Urteil seiner Angestellten so wichtig ist, freute sich Susanne.

»Ihr Italienisch ist wirklich ausgezeichnet«, stellte der Conte mit einem charmanten Lächeln fest.

Susanne bedankte sich für das Kompliment. Und überlegte dann, dass es sich bei dem gemeinsamen Frühstück vielleicht um so etwas handelte wie eine Art formloses Vorstellungsgespräch? In zwanglosem Ambiente? Sie musste sich konzentrieren – und einen guten Eindruck machen. Sofern das mit Puderzucker im Gesicht möglich war. Sie nahm sich vor, sich mehr auf das Gespräch als auf die Köstlichkeiten auf ihrem Teller zu konzentrieren. Schließlich konnte sie es sich nicht leisten, ihren neuen Job gleich wieder zu verlieren. Auch wenn es nur eine Tätigkeit als Putz- und Küchenhilfe war – sie musste den Conte davon überzeugen, dass sie gut und erfahren in ihrem Metier war.

»Wo haben Sie denn so gut Italienisch gelernt?«, fragte er.

»Ich habe jahrelang in einer Bücherei gearbeitet und dort oft Gelegenheit gehabt, Sprachkassetten zu hören, da habe ich es mir im Laufe der Jahre angeeignet.«

»In einer Bücherei?« Er zog erstaunt die Augenbrauen hoch.

»Ja, als Putzhilfe«, erklärte Susanne schnell und fügte dann hinzu: »Ich habe aber auch jahrelange Erfahrung im privaten Catering, insofern bin ich auch als Küchenhilfe perfekt geeignet.«

Der Conte sah wenig überzeugt aus. »Haben Sie Familie? Kinder? Einen Ehemann?«

»Ich habe keine Kinder. Und von meinem zukünftigen Ex-Mann bin ich getrennt.« So weit stimmte ja alles.

»Ach, Sie sind geschieden?«

»So gut wie«, schwindelte Susanne. »Ich bin also völlig unabhängig, und es spricht nichts gegen eine langfristige Anstellung.«

»Langfristig?« Bildete sie es sich ein, oder sah er jetzt entsetzt aus? »Wie lange wollten Sie denn bei uns bleiben?«

Vielleicht suchten sie ja nur jemanden bis zum Ende der Sommersaison, überlegte Susanne schnell. Aber eigentlich machte das nichts. Bis dahin würde sie längst ihren Pass aus dem Hotel zurückerhalten haben und auch ihre Zeugnisse und Referenzen aus Deutschland haben. Sie würde genug Fuß gefasst haben, um sich nach einer »richtigen« Arbeit umzusehen. Sicher wäre es am besten, etwas vage zu bleiben.

»Vielleicht sollten wir da offen sein?«, schlug sie vor. Wenn das hier tatsächlich so eine Art Vorstellungsgespräch sein sollte, dann war es jetzt sicher an der Zeit, selbst auch ein paar intelligente Fragen zu stellen. Die Fragen, die sich Susanne aufdrängten, waren: Sind Sie verheiratet? Haben Sie eine Geliebte?

Finden Sie mich attraktiv? Aber diese Erkundigungen waren wohl kaum angebracht.

»Wie viele Gedecke haben Sie im Durchschnitt pro Tag in der Saison?«, erkundigte sie sich nach kurzem Überlegen. Das war eine gute Frage, fand sie. Damit würde sie bestimmt einen intelligenten Eindruck machen. Und für eine Küchenhilfe war es ja auch wichtig zu wissen, wie viele Teller am Abend gespült werden mussten. Vielleicht sollte sie auch erfragen, welche Kapazität die Geschirrspülmaschine hatte. Damit könnte sie zeigen, dass sie organisiert war und praktisch dachte. Susanne hatte in ihrem Leben erst ein Vorstellungsgespräch gehabt, und das war vor über fünfzehn Jahren gewesen, bei der Bücherei. Dabei war es natürlich um Bücher gegangen, um Ausleihfrequenzen und dergleichen. Doch im Grunde war der Unterschied zwischen einem Teller und einem Buch ja gar nicht so groß. Das Buch wurde ins Regal geräumt, der Teller in die Geschirrspülmaschine.

Der Conte unterbrach ihre Gedanken. »Wir sind so gut wie immer ausgebucht, Sie haben es ja gestern Abend gesehen. Wir müssen sogar Leute wegschicken.«

Susanne nickte. »Und wie viele Zimmer hat das Hotel?«

»Ach, wir haben ja komplett renoviert im letzten Jahr. Und uns dabei noch einmal vergrößert«, erklärte der Conte.

»Ach so.« Susanne nickte erneut und suchte nach einer neuen Frage. »Wie oft wird denn die Karte geändert?«, fragte sie dann. Mit dieser Frage würde sie bestimmt Eindruck machen, dachte sie stolz.

»Ständig«, versicherte der Conte sofort. »Wir sind hier alle sehr kreativ. Abwechslungsreiche, innovative Gerichte sind unsere Spezialität, ohne dass wir dabei die Traditionen vergessen und die Bedeutung einer gesunden, vielseitigen Ernährung ignorieren. Die Kunst liegt im Detail. Und natürlich isst das Auge mit. Qualität ist oberstes Gebot.«

»Beeindruckend«, meinte Susanne.

Der Conte lehnte sich entspannt zurück und bedachte sie wieder mit einem charmanten Lächeln.

Langsam gingen Susanne die Fragen aus. Sie dachte fieberhaft nach. Vielleicht war es an der Zeit für ein paar konkrete Informationen?

»Was wird denn alles zu meinen Aufgaben gehören?«

Der Conte warf ihr einen merkwürdigen Blick zu, den Susanne nicht deuten konnte. »Zu Ihren Aufgaben?«

»Ja, ich möchte gerne wissen, was von mir erwartet wird und wann ich mit der Arbeit als Küchenhilfe anfangen soll.«

»Ach ja, die Arbeit!« Der Conte seufzte. »Wissen Sie was, Susanna? Es ist doch so ein schönes Wochenende.« Er blickte schuldbewusst auf Susannes Hörnchen, das nur halb gegessen auf ihrem Teller lag. »Ich bombardiere Sie hier mit Fragen, und Sie Arme kommen gar nicht dazu, Ihr Frühstück in Ruhe zu genießen. Ich mache Ihnen einen Vorschlag: Wir frühstücken jetzt in Ruhe, und dann nehmen wir uns den Tag frei. Immerhin ist Samstag. Was halten Sie davon, wenn wir einen Spaziergang machen? Sie kennen ja die Schlossgärten noch gar nicht, unseren Weinberg, die Obstwiesen … Davon müssen Sie sich doch auch ein Bild machen. Das Wetter ist so herrlich … Später machen wir dann ein schönes Picknick.« Er sah Susanne erwartungsvoll an.

Einen Spaziergang? Über Wiesen und Felder? Susanne dachte an ihr Schuhwerk und verfiel in Panik.

»Das hört sich gut an«, stimmte sie dem Conte zu. »Ich fürchte nur, ich habe nicht die geeigneten Schuhe.« Sie atmete tief durch. »Überhaupt habe ich nicht die richtige Garderobe. Es ist nämlich so: Ich bin mit zwei Koffern angereist, einem mit Arbeitskleidung und flachen Schuhen und einem mit Abendkleidung«, log sie. »Und ein Koffer ist leider verloren gegangen.«

»Soso.« Der Conte schien wenig überzeugt von ihrer Geschichte. »Das ist natürlich ein Problem.«

»Ich gehe aber davon aus, dass der Koffer bald gefunden und hierhergebracht wird«, fügte Susanne schnell hinzu. Vielleicht könnte sie ja Vanessa bitten, ihr ein paar praktische Sachen zum Arbeiten zu schicken?

»Wir werden schon ein Paar Wanderschuhe für Sie auftreiben können«, sagte der Conte. »Welche Größe haben Sie denn? Vielleicht kann Ihnen eine der Kellnerinnen etwas ausleihen.«

»Größe achtunddreißig«, antwortete Susanne.

Er nickte. »Ich sehe, was ich tun kann, aber jetzt frühstücken Sie erst mal in Ruhe zu Ende.«

Das ließ sich Susanne nicht zweimal sagen. Die ganzen Törtchen waren so verlockend – und erst recht die süßen Hefebrötchen! Am liebsten hätte sie von allem probiert, was natürlich nicht ratsam war, wenn sie nicht aus ihrer engen Hose platzen wollte. Aber wenn sie für den Rest des Tages wandern würde, dann wäre es sicher angebracht, eine solide Grundlage im Magen zu haben. Und da der Conte nun schon einmal ein so üppiges Frühstück aufgetragen hatte, wollte sie ihn auch nicht enttäuschen. Also langte sie kräftig zu.

Der Conte war sichtlich erfreut, dass es ihr so gut schmeckte. Nachdem sie zu Ende gefrühstückt hatten, entschuldigte sich der Conte und stand auf. »Ich sehe mal nach, ob ich ein Paar passende Wanderstiefel für Sie auftreiben kann. Und dann hole ich Sie in zehn Minuten in Ihrem Zimmer ab?«

Susanne nickte. »Soll ich das Frühstück abräumen?«

»Nur, wenn Sie mit mir Ärger bekommen wollen«, sagte der Conte lachend. »Sie haben heute frei.«

Susanne stöckelte zurück in ihr Zimmer. Zehn Minuten, überlegte sie, da hatte sie genug Zeit, Vanessa eine Kurzfassung der Ereignisse mitzuteilen. Doch leider ging diese wieder nicht ans Telefon. Ob sie wohl noch schlief? Susanne seufzte. Zu schade, aber dann musste sie das Gespräch auf heute Nachmittag verschieben.

Sie wollte gerade ihr Handy zur Seite legen, als eine Nachricht einging: *Ich denke, du solltest zu Dieter zurückkehren. Anna*

Soso, dachte Susanne halb amüsiert, halb verärgert. Kein »Hallo Susanne«, kein Gruß. Diese eingebildete Kuh! Ob Anna wohl über Dieters Affäre Bescheid wusste? Hatte Dieter seine Schwester beauftragt, ihr eine Nachricht zu schicken?

Susanne horchte in sich hinein und stellte fest, dass es ihr egal war. Am besten, sie ignorierte Annas Nachricht einfach. Außerdem hatte sie jetzt keine Zeit für ihre Schwägerin, denn sie war mit einem Grafen zum Spaziergang verabredet!

Gerade, als sie die Nachricht gelöscht hatte, klopfte es an ihrer Tür.

Sechsundzwanzigstes Kapitel

Mit einem strahlenden Lächeln hielt ihr der Conte ein Paar robuste Wanderstiefel entgegen. »Sie sind leider Größe vierzig, aber ich habe mir erlaubt, ein Paar dicke Tennissocken von mir mitzubringen. Damit müsste es gehen – wenn Ihnen das nichts ausmacht?«

Die Wanderschuhe schienen neu zu sein; sie sahen aus, als wären sie noch nie getragen worden. Susanne probierte sie an. Sie waren ein bisschen zu groß – aber mit den dicken Socken ging es wirklich wunderbar, und nach Tagen in hohen und unbequemen Schuhen waren sie geradezu ein Genuss.

»Wie angegossen«, sagte sie begeistert.

»Dann kann es ja losgehen.«

Zuerst zeigte der Conte ihr den Küchengarten. Susanne war beeindruckt, wie viel er über die einzelnen Kräuter und Gemüsesorten, die hier wuchsen, wusste. Man hätte meinen können, er hätte das alles selbst angepflanzt, dachte Susanne und schmunzelte amüsiert. Danach folgten die Obstwiesen. Ein Gärtner war dabei, Johannisbeeren zu ernten. Er kam Susanne irgendwie bekannt vor.

»Der Mann dort drüben bei den Sträuchern – ist das nicht einer der Kellner?« Sie war sich fast sicher, dass es sich um denjenigen handelte, der am Vorabend im Restaurant immer an der Blumendekoration herumgezupft hatte.

»Welcher Mann?«

»Na der, der da drüben die Beeren erntet!«

»Aber nein«, meinte der Conte. »Da vertun Sie sich. Das ist einer unserer Gärtner.«

»Die beiden sehen sich aber ganz schön ähnlich«, sagte Susanne.

»Das ist mir noch nie aufgefallen«, beteuerte der Conte und führte sie weiter zu den Stallungen.

»Sie haben Pferde?«, fragte sie erstaunt.

»Nur noch drei«, bedauerte der Conte. »Früher hatten wir viele – meine Großmutter Susanna war eine begeisterte Reiterin.«

»Und wer reitet diese drei Pferde?«

»Ich«, antwortete der Conte. »Und hin und wieder mein Cousin. Jetzt sind die Pferde auf der Weide, ich zeige sie Ihnen später, wenn wir auf unserem Spaziergang dort vorbeikommen. Zuerst besichtigen wir den Weinberg!«

Sie liefen gute zwei Stunden durch Weinberge und kleine Wälder, über Felder und Wiesen. Susanne war überrascht, wie viele Ländereien zum Schloss gehörten. Der Conte erklärte ihr, dass viele der Felder an Bauern aus der Gegend verpachtet waren. »So kann ich mich ganz auf das Restaurant konzentrieren«, erklärte er.

»Und das Hotel?«, ergänzte Susanne.

»Ach ja, das Hotel, auf das natürlich auch«, stimmte der Conte ihr zu.

Er hatte einen schnellen Schritt, und Susanne musste sich anstrengen, um mitzuhalten. Sie hörte ihm aufmerksam zu, wie er lebhaft von seiner kleinen, aber feinen Weinlese erzählte.

»Wir keltern nur einige Hundert Flaschen, nur für den Bedarf im Restaurant.«

Dann referierte er über den biologischen Anbau von Gemüse. Susanne beobachtete ihn. Sie konnte gar nicht glauben, wie gut er aussah. Diese edlen Gesichtszüge! Die schöne olivfarbene Haut. Die dunklen Locken, die ihm hin und wieder in die Stirn fielen. Und dann dieses Lächeln, mit dem er sie immer wieder bedachte. Er erzählte animiert, gestikulierte mit den Händen. Diese wunderschönen Hände, dachte Susanne und schmolz geradezu dahin.

Bei einer riesengroßen Eiche neben einem kleinen plätschernden Bach machte er halt.

»Da wären wir!«, rief er fröhlich.

Susanne sah ihn fragend an, und der Conte zeigte auf eine Stelle am Bach.

»Unser Picknick!«, erklärte er vergnügt.

Susanne ging näher und erkannte im hohen Gras eine rote Decke und einen Picknickkorb. Im Wasser des Baches lagen zum Kühlen eine Flasche Champagner, eine Flasche Saft und zwei Flaschen Mineralwasser.

»Wie kommt das alles hierher?«, staunte Susanne bewundernd.

Der Conte grinste. »Gute Organisation macht es möglich.« Er schaute auf seine Armbanduhr. »Ich habe es nach dem Frühstück in der Küche in Auftrag gegeben und darum gebeten, dass einer der Küchenjungen es hier abstellt. Seit genau fünf Minuten stehen die Sachen hier bereit.« Er schaute Susanne entschuldigend an. »Deshalb der schnelle Schritt – ich wollte nicht so spät kommen und hatte nicht eingeplant, dass wir uns die Stallungen so genau ansehen würden.«

Der Conte machte sich daran, die Decke unter der Eiche auszubreiten und das Picknick auszupacken. Susannes Angebot, ihm zu helfen, wurde resolut ausgeschlagen. Also gab sie sich damit zufrieden, ihren Arbeitgeber dabei zu beobachten, wie er die erlesenen Speisen in nur wenigen Sekunden so kunstvoll und professionell arrangierte, dass man ein Foto für eine Zeitschrift wie *Essen & Trinken* hätte schießen können.

Es gab frisch gebackenes, herrlich duftendes Brot, Pasteten, Wachteleier, Schinken, diverse Salate und Käse. Eisgekühlte Kristallgläser, gestärkte Stoffservietten und Silberbesteck rundeten das Bild ab. Susanne wusste gar nicht, was sie sagen sollte. Es hatte ihr schlichtweg die Sprache verschlagen.

Plopp machte der Champagnerkorken. Der Conte füllte die edlen Gläser und reichte eins galant an Susanne weiter.

»Auf unsere Zusammenarbeit«, sagte er und blickte ihr tief in die Augen.

Susanne dachte über diese Zusammenarbeit nach. Hatte er nicht gerade gesagt, »einer der Küchenjungen« hätte das Picknick hierhergebracht? Es gab also auch Küchenjungen – im Plural, also waren es mindestens zwei! Wenn er so viele Angestellte hatte, warum brauchte er dann so dringend noch eine Küchenhilfe?

Susanne konnte sich kaum vorstellen, dass er alle neuen Mitarbeiter so zuvorkommend begrüßte wie sie. Eigentlich konnte das doch nur bedeuten, dass sie ihm gefiel? Oder aber, dass er komplett verrückt war. Oder natürlich beides …

Der Champagner machte Susanne mutig. »Haben Sie eigentlich Kinder?«, wagte sie zu fragen.

»Nein«, antwortete der Conte. »Leider nicht. Ich hätte aber gerne welche.«

Im ersten Augenblick freute sich Susanne über diese Antwort, dann aber kam ihr der Gedanke, dass sie vielleicht eher alarmierend war. War dem Conte seine Erbkrankheit möglicherweise bewusst, und er wollte sie nicht an arme, unschuldige Kinder weitergeben?

»Machen Sie es sich bequem und greifen Sie zu!«, ermunterte er Susanne. »Sie müssen unbedingt die Perlhuhn-Pastete probieren. Ein Geheimrezept unseres Hauses.«

Susanne hätte es nicht für möglich gehalten, dass sie nach dem üppigen Frühstück schon wieder Appetit haben könnte, aber der Spaziergang und die frische Luft hatten sie tatsächlich hungrig gemacht. Das Landbrot war herrlich, die Pastete ein Hochgenuss. Susanne schwebte im siebten Himmel, und das nicht nur kulinarisch: Passierte ihr das alles gerade in Wirklichkeit? Ein Picknick mit einem richtigen Schlossherrn? Einem überaus anziehenden Schlossherrn noch dazu, in Italien …

Das war doch völlig surreal, überlegte Susanne. Sie hatte erwartet, heute Vormittag Toiletten und Fußböden zu schrubben. Nach einem kurzen Abenteuer in die Welt von Isabella wieder ihr altes Susanne-Leben zu führen. Doch stattdessen war sie plötzlich Susanna! Und saß – beziehungsweise lag, mehr oder weniger – mit ihrem attraktiven Arbeitgeber auf einer Wiese und genoss einen romantischen Tag!

Mit Dieter hatte sie nie etwas Romantisches unternommen. Ein- oder zweimal hatte sie ihm einen Ausflug oder Spaziergang mit Picknick vorgeschlagen, aber Dieter hatte sie dann immer nur verständnislos angesehen. »Also wirklich, ich bitte dich, Susanne! Du weißt doch, dass ich Heuschnupfen habe!« In ihrer Kindheit hatten ihre Eltern auf Urlaubsreisen mit dem Auto manchmal auf einem Rastplatz angehalten, um ein »Picknick« zu machen. Der Nudelsalat war immer matschig und warm gewesen, das Obst nach Stunden im Auto braun und unappetitlich.

Und jetzt war sie hier in der Toskana, trank eisgekühlten Champagner aus einem Kristallglas und aß Perlhuhn-Pastete. Von einem richtigen Teller! Mit Silberbesteck! Auf einer Wiese, die dem Schlossherrn gehörte, der ihr jeden Wunsch von den Augen ablas.

Der Conte betrachtete Susanne aufmerksam. »Wie geht es Ihren Füßen? Sind die Schuhe bequem?«, erkundigte er sich.

»Danke, mit den Socken geht das wunderbar, ich merke gar nicht, dass sie zwei Nummern zu groß sind.«

»Sie können sie gerne behalten, niemand wird sie vermissen.«

Susanne sah ihn fragend an.

»Die Wanderschuhe habe ich mal für meine Ex-Frau gekauft«, gab der Conte zu. »Sie hat sie allerdings nie getragen. Sie hatte kein Interesse am Landleben, und schon gar nicht an einem Leben hier auf dem Schloss. Es war ihr zu langweilig, sie liebt das Stadtleben.«

»Und wo ist sie jetzt?«, fragte Susanne interessiert.

»Wieder zurück in Rom«, sagte der Conte in neutralem Tonfall und mit einem gleichmütigen Achselzucken. Dann nahm er noch einen Schluck Champagner.

»Das tut mir leid«, sagte sie, obwohl es nicht der Wahrheit entsprach.

»Das muss es nicht – inzwischen halte ich es für eine günstige Fügung des Schicksals. Dass sie weg ist – und auch, dass Sie heute passendes Schuhwerk haben. Wenn auch leider zwei Nummern zu groß.« Er räusperte sich. »Meine Ex-Frau hat immer gerne auf großem Fuß gelebt.« Der Conte schwieg einen Augenblick, dann wechselte er abrupt das Thema. »Sollen wir langsam zurückgehen? Wir können einen anderen Weg nehmen, an den Pferden vorbei, wenn Sie Lust haben.«

Susanne machte sich daran, das Geschirr zusammenzuräumen, aber der Conte hielt ihre Hand fest. »Lassen Sie das, heute wird nicht gearbeitet. Einer der Küchenjungen wird das gleich hier abholen.«

Der Rückweg war fast noch schöner und romantischer als der Hinweg. Offene Weiden und Felder wechselten sich mit kleinen Waldstücken ab. Sobald der Weg uneben wurde oder es galt, einen Bach zu überqueren, reichte der Conte ihr galant den Arm.

Susanne stellte fest, dass sie in vielen Dingen gleiche Ansichten oder den gleichen Geschmack hatten. Und der Conte war ein aufmerksamer Zuhörer. Überhaupt konzentrierte er sich völlig auf sie.

An der Pferdeweide machten sie halt. Susanne verstand nicht viel von Pferden, aber doch genug, um zu erkennen, dass es sich um erlesene, schöne Tiere handelte. Kaum hatten sie den Conte erblickt, kamen sie auch schon herangaloppiert und ließen sich streicheln.

Besonders eine schöne, mittelgroße schwarze Stute hatte es Susanne angetan.

»Das ist Arabella«, erklärte der Conte. »Ein fantastisches Springpferd.«

Natürlich, dachte Susanne, Arabella. Nomen est omen. Das galt auch für Pferde.

Sie hätte Ewigkeiten hier verweilen und die zutraulichen Tiere streicheln können. Ganz kurz kam ihr Helge, der ungezogene Hund ihrer Schwägerin, in den Sinn. Sie musste fast lachen – was für ein Unterschied!

Der Conte sah sie fragend an.

»Ich genieße nur den schönen Spaziergang«, erklärte Susanne.

Er lächelte und blickte ihr tief in die Augen. »Das freut mich«, sagte er. Und wiederholte dann: »Das freut mich sogar sehr!«

Am späten Nachmittag waren sie wieder zurück im Schloss. Alles war still. Es sieht fast ein wenig verlassen aus, dachte Susanne. Wo wohl all die Gäste waren? Sicher machten sie Ausflüge in die Umgebung.

Der Conte begleitete Susanne zu ihrem Zimmer. »Sie möchten sich ja jetzt sicher erst einmal etwas ausruhen«, sagte er, als sie an der Tür angekommen waren.

Nein, ich möchte die Geliebte meines Mannes anrufen und ihr erzählen, dass ich einen traumhaften Nachmittag mit meinem fantastisch aussehenden, wenngleich auch aufgrund einer Erbkrankheit ein kleines bisschen wahnsinnigen Arbeitgeber verbracht habe, dachte Susanne. Dennoch nickte sie.

»Wie wäre es, wenn wir heute Abend nach Pistoia zum Essen fahren?«, fragte der Conte. »Sie würden dann ein anderes Restaurant in der Gegend kennenlernen und sehen, was unsere direkte Konkurrenz so macht. Dann können Sie unser Haus doch gleich viel besser einordnen?«

Sie würde mit dem Conte essen gehen!, frohlockte Susanne innerlich. Und korrigierte sich dann sofort: Sie würde zusammen mit ihrem Arbeitgeber die Konkurrenz kennenlernen. Das ergab ja Sinn, es handelte sich natürlich sozusagen um ein Geschäftsessen. »Gerne!«, antwortete sie schnell.

»Außerdem ist hier vermutlich sowieso alles ausgebucht. So wie ich Agostina kenne, hat sie längst alle

Tische vergeben. Sie haben ja gestern selbst gesehen, was hier los ist.«

Susanne hatte nichts dagegen, mehr von der Gegend kennenzulernen und den Abend mit ihrem Arbeitgeber alleine zu verbringen.

»Dann ist das also abgemacht.« Der Conte lächelte erfreut. »Ich hole Sie um halb acht ab, in Ordnung?«

Susanne nickte.

Er warf ihr noch ein weiteres umwerfendes Lächeln zu und ließ seine dunklen Augen einen Moment auf ihr ruhen. Dann drehte er sich um und ging davon.

Kaum war Susanne alleine, schnappte sie sich ihr Telefon, wählte Vanessas Nummer und wartete ungeduldig. Endlich, nach mindestens zwanzig Mal Klingeln, meldete sich die Freundin verschlafen. »Susanne?«

»Habe ich dich etwa geweckt? Du kannst dir nicht vorstellen, was passiert ist!«

»Giorgio! Lass das! Giorgio, nicht«, kicherte Vanessa am anderen Ende der Leitung.

»Vanessa?«, fragte Susanne irritiert. »Vanessa? Bist du da?«

»Ja, natürlich.« Im Hintergrund hörte Susanne Geräusche.

»Wer ist Giorgio?«, fragte Susanne verwirrt.

»Ach, ein ganz entzückender junger Mann, den ich auf dem Rückflug kennengelernt habe. Er saß mit seinen Eltern in der Reihe neben mir, und wir ...« Wieder brach Vanessa ab. »Giorgio, nicht jetzt!«, sagte sie kichernd auf Italienisch und flüsterte dann auf Deutsch: »Du solltest mal seinen knackigen Po sehen, er ...«

Susanne verlor langsam die Geduld. »Du kannst dir nicht vorstellen, was passiert ist«, unterbrach sie die Freundin. »Erinnerst du dich an den gut aussehenden Italiener, den wir ...«

»Ach du lieber Himmel, Susanne – wie viel Uhr ist es?« Vanessa schien plötzlich hellwach zu sein.

»Es ist zwanzig nach fünf.«

»Was?«, rief Vanessa entsetzt. »Ich bin um sechs mit Klaus Kremmel verabredet – wegen der Hotelrechnung. Können wir heute Abend telefonieren? Ich kann Klaus unmöglich warten lassen. Also, bis später, Susanne, und drück mir die Daumen.«

Bevor Susanne etwas erwidern konnte, hatte Vanessa das Gespräch auch schon beendet.

Ihr blieb nichts anderes übrig, als sich in Geduld zu üben. Schade, sie hätte Vanessa so gerne vom Conte di Montevarchi und dem Schloss berichtet! Aber das Problem mit der Hotelrechnung ging natürlich vor!

Dieser Giorgio hatte im Flugzeug *mit seinen Eltern* neben Vanessa gesessen? Susanne seufzte. Hoffentlich ist der Junge wenigstens volljährig, dachte sie.

Dann fiel ihr der Conte wieder ein. Sie freute sich

auf den Abend. Pistoia! Wie aufregend! Und wie nett von dem Grafen, sie zum Essen auszuführen. Sie würde das kurze, ärmellose schwarze Kleid anziehen, entschied sie sich. Es bestach durch Schlichtheit und Eleganz. Dazu die schwarzen hohen Pumps und natürlich die tollen Ohrringe ... Auch wenn es nur ein dienstliches Essen mit ihrem Arbeitgeber war – sie wollte den Abend genießen. Und dabei so gut wie möglich aussehen. Vermutlich würde sie nie wieder in ihrem Leben die Gelegenheit haben, mit einem richtigen Grafen auszugehen!

Siebenundzwanzigstes Kapitel

Der Conte überschüttete Susanne mit Komplimenten, als er sie pünktlich um halb acht abholte.

»Das Kleid sieht umwerfend aus, es steht Ihnen hervorragend«, sagte er bewundernd.

Du solltest erst mal die goldene Unterwäsche sehen, dachte Susanne und erschrak im nächsten Moment über ihren eigenen Gedanken.

Der Conte war wieder einmal angezogen, als wäre er soeben einem Modemagazin entstiegen: Er trug ein tadellos geschnittenes dunkelblaues Sakko über einem anthrazitfarbenen Hemd und dazu eine schwarze Edeljeans. Als sie über den gekiesten Vorplatz gingen, erwartete Susanne, gleich in einen Sportwagen zu steigen, und war überrascht, als der Conte sie stattdessen zu einem Landrover führte.

»Mein anderer Wagen ist leider im Moment in der Werkstatt«, erklärte er.

Die Fahrt nach Pistoia verging wie im Flug. Susanne

konnte sich gar nicht sattsehen an der herrlichen Landschaft. Es dämmerte bereits, hier und da gingen ein paar Lichter in den vorbeiziehenden Gehöften und Häusern an, was der Stimmung eine besondere Romantik verlieh. Das ist so gar nicht mit Wangerooge zu vergleichen, dachte sie.

Das Restaurant, in das sie der Conte führte, hieß *Rafaello* und war – wie nicht anders erwartet – ausgesprochen schön. Der Conte erklärte ihr, dass man im *Rafaello,* genau wie im *Montevarchi,* auf einen Michelin-Stern hinarbeitete. Vermutlich würde nur eins der beiden Restaurants die begehrte Auszeichnung bekommen, insofern war der Besitzer und Küchenchef, ein gewisser Signor Innocenti, der direkte Konkurrent des Conte.

»Aber das haben Sie sich ja sicher schon gedacht, Susanna«, meinte der Conte.

Susanne nickte eilfertig, denn sie wollte einen guten Eindruck machen. Natürlich hatte sie sich das nicht gedacht. Warum auch? Sie hatte keine Ahnung von Michelin-Sternen. Aber das konnte man als angehende Küchenhilfe in einem Nobelrestaurant natürlich schlecht zugeben.

Der Service war tadellos, die Karte beeindruckend, das Publikum machte einen vermögenden und gebildeten Eindruck, fast alle Tische waren besetzt … aber dennoch hatte Susanne das Gefühl, dass das *Rafaello* in allem etwas schlechter abschnitt als das *Montevarchi.*

Vielleicht waren die Unterschiede nicht riesig, und vielleicht konnte sie es auch nicht ganz objektiv betrachten. Aber ihrer Meinung nach war das *Montevarchi* schon fast mit der *Enoteca Ghibellina* in Florenz zu vergleichen – die ja immerhin drei Sterne hatte –, und hier merkte man den Unterschied zwischen fast einem und drei Sternen recht deutlich.

Susanne überlegte kurz, ob der Conte das *Rafaello* bewusst gewählt hatte: um ihr zu demonstrieren, wie viel besser sein eigenes Restaurant war. Aber sie verwarf den Gedanken gleich wieder. Warum sollte er das tun? Er wollte einfach schauen, was die Konkurrenz so machte, das war ganz normal. Und er hatte Susanne mitgenommen, weil sie ja demnächst in seinem Restaurant arbeiten würde. Wer wusste es schon, vielleicht sah er sogar Aufstiegsmöglichkeiten für sie? Immerhin schien er auf ihr Urteil großen Wert zu legen.

Auch jetzt fragte er sie nach ihrer Meinung zum Hauptgang – sie hatten beide das Zanderfilet mit *patate arrosto,* einer italienischen Art von Bratkartoffeln, gewählt – und wartete gespannt auf ihr Urteil.

»Es ist alles ganz ausgezeichnet, vielen Dank«, antwortete Susanne wahrheitsgemäß. »Aber nicht ganz so gut wie im *Montevarchi*«, fügte sie hinzu.

Ganz offensichtlich war dies die richtige Antwort. Dem Conte stand die Erleichterung geradezu ins Gesicht geschrieben.

Vielleicht war es an der Zeit, ein bisschen mit Halbwissen zu glänzen, überlegte Susanne. Krampfhaft versuchte sie, sich an alles zu erinnern, was sie zu dem Thema gelesen hatte. In der Bücherei hatten sie jedes Jahr den neuen Michelin-Führer bekommen. Susanne hatte immer mal kurz darin geblättert, konnte sich aber an nichts erinnern, womit sie hier und jetzt hätte punkten können. Zu blöd – warum hatte sie vorhin in ihrem Zimmer nicht noch ein bisschen recherchiert? Das war ein großer Fehler gewesen.

Stattdessen hatte sie sich mit der Frage beschäftigt, ob sie die goldene Unterwäsche anziehen sollte. Lingerie, die ja sowieso niemand sah! Lieber hätte sie sich ein wenig über Sterne-Restaurants in der Toskana informieren sollen. Sie suchte krampfhaft im Geiste nach intelligenten Kommentaren. Der Conte sollte wissen, dass er eine Küchenhilfe mit Potenzial für Größeres vor sich hatte!

»Das *Montevarchi* kann es – soweit ich das bislang beurteilen kann – sogar mit einem 3-Sterne-Haus wie der *Enoteca Ghibellina* in Florenz aufnehmen«, sagte sie schließlich.

Der Conte strahlte. »Oh Susanna, Sie glauben gar nicht, was für eine Freude Sie mir mit Ihrem Urteil machen!«

Susanne neigte – ganz Isabella Capriani – leicht den Kopf und erwiderte sein Lächeln. Wenn man nicht wusste, was man sagen sollte, war das oft das Beste. Zum Glück schien der Conte sich nicht zu wundern, dass sie, eine Küchenhilfe, schon einmal im *Ghibellina* gespeist hatte. Das würde ihre Aussicht auf Beförderung sicher begünstigen.

»Sind Sie eigentlich kulinarisch auf etwas spezialisiert?«, fragte der Conte.

»Austern«, antwortete Susanne geistesgegenwärtig und wie aus der Pistole geschossen. Sie frohlockte innerlich. Nach dem Abend mit Alain wusste sie so gut wie alles über dieses Thema. Die Frage, die sie nicht beantworten konnte, sollte ihm erst einmal einfallen!

Aber er stellte keine solche Frage. Überhaupt wandten sie sich jetzt viel interessanteren Themen zu. Bücher, Filme, Kunst, Musik … An Gesprächsthemen mangelte es ihnen nicht, die Unterhaltung floss wie von selbst dahin. Immer wieder stellten sie fest, dass sie in vielen Dingen den gleichen Geschmack hatten.

Was für ein schöner Abend, dachte Susanne begeistert. Und was für ein toller Tag! Sie konnte sich nicht daran erinnern, wann sie mit Dieter das letzte Mal eine so schöne Zeit gehabt hatte. Es musste Jahre her sein – wenn es überhaupt jemals vorgekommen war.

Alles war so wunderbar entspannt mit dem Conte! Noch entspannter wäre es allerdings, wenn der Restaurantbesitzer, dieser Signor Innocenti, sie nicht immer so anstarren würde! Susanne warf ihm einen verstohlenen Blick zu. Es ist ja schon fast peinlich, dachte sie.

Dem Conte schien es auch aufzufallen. »Vielleicht kennt er Sie von irgendwoher?«, schlug er mit einem Gesichtsausdruck vor, den Susanne nicht deuten konnte.

»Das ist unmöglich«, erklärte Susanne schnell. Immerhin war dies ihr erster Besuch in der Toskana.

»Dann liegt es einfach nur daran, dass Sie eine so schöne Frau sind«, stellte der Conte mit einem bewundernden Blick fest und fügte nach einer Pause hinzu: »Es ist kein Wunder, dass man Sie anstarrt, Susanna!« Hatte sie richtig gehört? Susanne zweifelte einen Moment, aber der Conte klang wirklich so, als ob er es ernst meinte.

Und Susanne sonnte sich in dem Kompliment. Ganze fünf Minuten.

Denn dann wurde ihr klar, wie es zu der Aufmerksamkeit des Restaurantbesitzers kam, als sie auf dem Weg zur Toilette die aktuelle Ausgabe der Zeitschrift *La Cucina Toscana* auf einer Kommode im Flur liegen sah. Sie traute ihren Augen kaum, als sie das Titelblatt sah: Darauf prangte ein Foto von ihr bei der Verleihung der Goldenen Auster.

O mein Gott! Susanne sah sich kurz um, um sich zu vergewissern, dass niemand im Flur war, und riss dann die Zeitschrift an sich. Der Conte durfte sie auf keinen Fall zu Gesicht bekommen, falls er ebenfalls zur Toilette ging. Hastig schlug sie die Seite mit dem entsprechenden Artikel auf.

Er füllte eine ganze Doppelseite, und er enthielt drei weitere großformatige Fotos. Auf allen dreien war Susanne zu sehen: einmal auf der Messe und zweimal bei der Eröffnung des *Mangia con Arte*. Und unter jedem Bild prangte dick und fett der Name: Isabella Capriani.

Wie sollte sie das bloß dem Conte erklären? Die Zeitschrift musste verschwinden, der Conte durfte sie auf keinen Fall sehen!

In ihre kleine Abendhandtasche passte sie allerdings nicht. Warum hatte sie sich auch von Vanessa zu einem so unpraktischen Accessoire überreden lassen? Zerreißen und die Toilette hinunterspülen ging auch nicht. Erstens würde das zu lange dauern, und zweitens würde sie damit das Klo verstopfen.

Sollte sie die Zeitschrift hinter der Kommode verschwinden lassen? Nein, das ging nicht, denn das Möbelstück stand auf zierlichen Füßen. Die *La Cucina Toscana* würde dort auf dem Boden für alle sichtbar sein.

Susanne blickte sich um. Vielleicht der Teppich? Kurz entschlossen bückte sie sich, hob ihn an, schob die Zeitschrift darunter und zog den Perser anschließend wieder so glatt, wie es nur ging. Das würde hoffentlich niemand bemerken!

»Alles in Ordnung?«, fragte der Conte, als Susanne wieder an den Tisch zurückkehrte.

»Natürlich, alles bestens«, versicherte sie nervös.

»Sie sind so außer Atem. Soll ich uns jetzt den Espresso bestellen?« Er musterte sie besorgt.

»Ach, vielleicht gehen wir doch lieber gleich nach Hause«, wehrte sie ab. »Ich brauche keinen Espresso.«

Es war weit nach Mitternacht, als der Conte Susanne zu ihrer Zimmertür begleitete.

Sie bedankte sich für den wunderschönen Tag. »Ich habe den Spaziergang und das schöne Picknick so genossen – und auch das Abendessen war ganz wunderbar.«

»Aber nicht so wunderbar wie das Essen im *Montevarchi*«, sagte der Graf mit einem verschmitzten Lächeln.

»Da haben Sie natürlich recht, werter Conte«, stimmte Susanne zu.

»Luca«, korrigierte er sie.

»Luca«, wiederholte Susanne artig. Und schwärmte wieder im Stillen: Luca! Was war das für ein schöner Name!

»Was halten Sie davon, auch den morgigen Tag mit mir zu verbringen? Wir könnten ans Meer fahren, vielleicht nach Viareggio. Haben Sie einen Badeanzug dabei? Oder ich könnte Ihnen Lucca zeigen.«

Susanne dachte an ihren neuen Badeanzug, der ja mehr entblößte als verdeckte. »Ich würde liebend gerne Lucca sehen«, sagte sie.

»Gut. Dann fahren wir dorthin. Vielleicht brechen wir etwas früher auf und frühstücken unterwegs? Sollen wir um neun Uhr losfahren?«

»Perfekt«, stimmt Susanne zu.

Der Conte zögerte. Dann beugte er sich näher zu ihr. Für einen Moment dachte sie, er würde sie küssen, und hielt den Atem an. Sie wünschte sich nichts sehnlicher und war gleichzeitig unsicher – eine gute Idee wäre das nicht, oder? Er war ihr Arbeitgeber – und litt zudem vermutlich an genetisch bedingtem Wahnsinn. Ob er überhaupt Auto fahren durfte, in seinem Zustand, überlegte sie plötzlich. Gleichzeitig sehnte sie sich nach ihm. Zum Teufel mit der Vernunft!

Doch der Conte schien es sich anders überlegt zu haben. Er küsste Susanne nur sanft auf beide Wangen und trat dann schnell einen Schritt zurück.

Als er ging, wusste Susanne nicht, ob sie enttäuscht oder erleichtert sein sollte.

Achtundzwanzigstes Kapitel

Allein in ihrem Zimmer, sah Susanne auf die Uhr. Viertel vor eins. Sie entschied, dass sie Vanessa zu dieser späten Stunde getrost noch anrufen konnte. Sicher hatte dieser Giorgio sie sowieso wachgehalten. Es sei denn, er musste um elf zu Hause sein, in seinem Alter …

Vanessa antwortete nach dem ersten Klingeln. »Ich wollte dich auch noch angerufen. Alles in bester Ordnung – Kremmel hat sofort in Florenz angerufen und die Dinge mit Vittorio geregelt. Unser kleines Problem ist aus der Welt. Und Vittorio lässt schöne Grüße ausrichten. Er fragt, an welche Adresse er dir den Pass schicken soll.«

»Das ist ja wunderbar«, rief Susanne erleichtert.

»Ja, finde ich auch. Jetzt kannst du deine Stelle als Küchenhilfe kündigen und dir eine richtige Anstellung suchen. Ich nehme an, du bist froh, wenn du da schnell wegkommst. Es ist doch bestimmt anstrengend, bei der Hitze in einer Restaurantküche zu schuften!«

»Ach, ich kann nicht klagen. Bislang musste ich eigentlich noch gar nicht arbeiten. Ganz im Gegenteil: Man behandelt mich hier wie eine Prinzessin. Ich habe es gar nicht eilig damit, von hier wegzukommen.« Susanne setzte sich auf das traumhafte Himmelbett und fühlte sich nun wirklich wie eine Prinzessin. Von hier hatte sie Susanna, die geliebte Großmutter des Grafen, genau im Blick. Aufgeregt erzählte sie weiter: »Du kannst dir nicht vorstellen, wer mein Chef ist: Erinnerst du dich an den tollen Mann, den wir kurz vor dem Abflug in Köln in der Seafood-Bar gesehen haben? Der, mit dem du kurz vor den Toiletten gesprochen hast? Ein absoluter Traummann! Was für ein Zufall, dass ausgerechnet er sich als mein Arbeitgeber entpuppt hat! Und du glaubst gar nicht, wie zuvorkommend er mich behandelt. Ich fürchte, ich habe mich ein bisschen in ihn verliebt.«

Die Worte sprudelten nur so aus ihr heraus. Erst nach einer Weile merkte sie, dass Vanessa ungewohnt still blieb.

»Bist du noch dran, Vanessa?«, fragte sie irritiert.

»Ja, natürlich.«

»Also, du hast keine Ahnung, wie nett er zu mir ist. Und du solltest das Zimmer sehen, in dem er mich untergebracht hat! Ich fürchte nur, er ist ein bisschen verrückt – denn manchmal verhält er sich etwas merkwürdig.«

»Hm«, machte Vanessa nur.

»Du machst dir also auch Sorgen, dass er verrückt ist? Ich habe schon überlegt, ob es am Inzest liegt. Du weißt schon, das soll es ja in Adelsfamilien geben. Und dazu noch auf dem Land. Das wäre natürlich ein Problem …«

Am anderen Ende der Leitung herrschte einen Augenblick Stille. »Ich glaube nicht, dass er wahnsinnig ist«, sagte Vanessa schließlich gedehnt.

»Nein?«, fragte Susanne erfreut.

»Nein. Aber … vielleicht hat sein Verhalten etwas mit unserem kurzen Gespräch am Flughafen zu tun.«

»Wieso?«, fragte Susanne verwirrt. »Worüber habt ihr denn gesprochen?«

»Ach, weißt du … Er hat sich darüber gewundert, dass du so viele verschiedene Teller vor dir stehen hattest. Deshalb wollte er wissen, ob du so ausgehungert warst, dass du dir so viele Gerichte bestellen musstest.«

»Ja und?«, fragte Susanne gespannt.

Vanessa zögerte. »Ich wollte natürlich nicht, dass er denkt, du wärst ein Vielfraß. Außerdem hattest du mir gerade erst erzählt, dass du deinen Namen hasst und so gerne Isabella Capriani heißen würdest, wie diese Frau in deinem Buch.«

»Ich verstehe immer noch nicht.«

»Na ja«, druckste Vanessa herum. »Ich habe ihm erzählt, du wärst Isabella Capriani, eine berühmte Gastronomie-Kritikerin, die incognito durch Italien reist und Restaurants testet.«

»Was?«, entfuhr es Susanne.

»Wie sollte ich denn sonst erklären, dass wir jede Menge leere Teller vor uns stehen hatten?«, verteidigte sich Vanessa.

»O mein Gott – du meinst, er glaubt, ich wäre unter falschem Namen hier, um sein Restaurant zu testen? Um anschließend eine Kritik zu schreiben?«

»Es scheint so zu sein«, stellte Vanessa fest.

»Und ich hatte gedacht, er mag mich!« Susanne hatte das Gefühl, gerade von einer rosa Wolke in ein tiefes Loch zu stürzen. »Dabei ist er nur nett zu mir, weil er glaubt, dass ich ihm zu einem Michelin-Stern verhelfen kann«, jammerte Susanne. »Ich muss ihm sofort die Wahrheit erzählen.«

»Wieso denn?«, fragte Vanessa erstaunt.

»Ich kann ihn doch nicht in dem Glauben lassen, ich sei eine Restaurantkritikerin!« Susanne war entsetzt.

»Und warum nicht?«, fragte Vanessa verständnislos. »Scheint doch alles prima zu laufen bei dir.«

»Aber ich kann ihn doch nicht anlügen!«

»Das ist wieder mal typisch Frau«, seufzte Vanessa. »Glaubst du denn, er sagt dir die Wahrheit? Er hat doch offensichtlich auch keine Probleme mit der Schwindelei. Schließlich glaubt er ja zu wissen, dass du nicht die Küchenhilfe Susanne Klein bist, und spielt das Spielchen trotzdem mit. Glaub mir: Männer lügen ständig. Nicht immer, aber meistens.«

»Hm«, machte Susanne.

»Also, ich sehe dich sowieso nicht als Küchenhilfe. Restaurantkritikerin passt viel besser zu dir. Immerhin hast du studiert. Oder möchtest du wirklich Gemüse putzen? Kartoffeln schälen? Den Küchenfußboden fegen?«

Susanne sagte nichts.

»Na also«, meinte Vanessa zufrieden. »Vielleicht verliebt er sich ja in dich und du wirst die Contessa di Montevarchi, dann hast du das Problem mit dem Namen immerhin zur Hälfte gelöst«, witzelte Vanessa.

»Wenn er die Wahrheit erfährt, wird er mich rauswerfen«, sagte Susanne traurig. »Dabei waren die beiden letzten Tage so wunderschön!« Sie seufzte.

»Ein guter Grund, weiterhin deine Rolle zu spielen«, beharrte Vanessa. »Im Grunde genommen hast du sowieso nichts falsch gemacht. Schließlich hast du ihm die Wahrheit gesagt. Es ist ja sein Problem, wenn er glaubt, du wärst jemand anderes.«

»Na ja, aber du hast ihm am Flughafen …«

»Ich, ja«, unterbrach Vanessa sie. »Aber das konntest du ja nicht wissen. Du hast dich völlig korrekt verhalten. Es gibt keinen Grund, dir jetzt den Kopf zu zerbrechen.«

»Ein schlechtes Gewissen habe ich aber doch«, räumte Susanne ein.

»Auch typisch. Diesen Fehler machen die meisten Frauen«, erklärte Vanessa.

Neunundzwanzigstes Kapitel

Pünktlich um neun Uhr klopfte der Conte an Susannes Tür.

Wider Erwarten hatte sie wunderbar geschlafen. Und obwohl sie inzwischen den wahren Grund dafür kannte, dass der Conte sie so zuvorkommend behandelte, freute sie sich auf den gemeinsamen Ausflug nach Lucca.

Ihr Arbeitgeber war in Bestlaune. »Am besten, wir brechen direkt auf«, schlug er vor. »Dann haben wir mehr vom Tag. Frühstück gibt es unterwegs.«

Im Hotel war alles ruhig. Keine Menschenseele war zu sehen. Auch im Restaurant schien niemand zu sein.

»Schlafen etwa alle noch?«, fragte Susanne erstaunt.

»Ich glaube, die meisten Gäste sind heute schon früh aufgebrochen«, sagte der Conte.

»Was ist mit den Köchen? Und wo sind die Kellner? Ist das Frühstück schon vorbei?«, fragte Susanne erstaunt.

»Ach«, winkte der Conte ab. »Sonntagabends ist das Restaurant geschlossen. Und montags haben wir Ruhetag. Da heute Morgen zufällig ausnahmsweise alle schon so früh gefrühstückt haben, wird das Personal wohl in der Küche sein und putzen. Wir legen auf Hygiene besonderen Wert. Aber lassen Sie uns nicht mehr über die Arbeit sprechen. Sie sollen sich doch heute entspannen und etwas von der Gegend kennenlernen.«

Der Conte war ein guter Autofahrer. Er raste nicht und beschwerte sich nicht über die anderen Verkehrsteilnehmer. Besonders Letzteres fand Susanne sehr sympathisch. Dieter fluchte ständig über andere Fahrer.

Die Landschaft war zauberhaft. Susanne konnte sich nicht an den hügeligen Wiesen und Feldern und den majestätischen Zypressen sattsehen. Ein reizvolles Dorf folgte dem anderen. Sie frühstückten in einer Bar in einem davon. Der Conte war wieder äußerst zuvorkommend und charmant, doch auch wenn die Unterhaltung mit ihm völlig ungezwungen war, hatte Susanne das Gefühl, dass er heute ein bisschen nervös war.

Ob er wohl Angst vor einer schlechten Kritik hatte? Doch warum sollte er das, dachte sie. Das Restaurant war mehr als gut besucht, hatte jede Menge Reservierungen und war auf Wochen ausgebucht. Das Hotel war ebenfalls voll und hatte hoch qualifiziertes Personal – und davon nicht zu knapp. Die Küche war exzellent, die Speisekarte hervorragend. Der Conte war doch wohl kaum darauf angewiesen, dass eine einzelne Restaurantkritikerin eine gute Beurteilung schrieb? Susanne konnte sich auch kaum vorstellen, dass eine einzige negative Kritik einem so wunderbar florierenden Restaurant und Hotel etwas anhaben konnte. Warum war er also so angespannt?

Als sie in Lucca angekommen waren, vergaß Susanne ihre Grübeleien und konzentrierte sich darauf, die Stadt zu genießen. Lieber Himmel, war es hier fantastisch! Da konnte Wangerooge nicht mithalten. Wenn sie sich nicht längst in die Toskana verliebt hätte, so würde sie es jetzt tun.

Der Conte kannte sich natürlich bestens in der Stadt aus und war ein ausgezeichneter Fremdenführer.

Susanne war überglücklich. Was war das Leben herrlich! Und was hatte sie für ein Glück, an der Seite eines so attraktiven Mannes diese unglaubliche Stadt zu erkunden. Ihr entging nicht, dass viele Frauen den Conte ansahen und ihr neidische Blicke zuwarfen.

Susanne musste sich eingestehen, dass sie sich längst in ihren gut aussehenden Arbeitgeber verliebt hatte. Was für ein Jammer, dass der Conte seinerseits nur daran interessiert war, dass sie eine gute Kritik über das *Montevarchi* verfasste! Wenn herauskäme, dass er sich die ganze Mühe für eine einfache Küchenhilfe gemacht hatte, würde er sicher verärgert sein. Susanne musste fast auflachen, wenn sie daran dachte, wie absurd die ganze Situation war: In Wirklichkeit war sie ja noch nicht einmal eine Küchenhilfe, sondern eine Bibliothekarin, die über keinerlei Erfahrung in der Gastronomie verfügte. Eins war ihr klar: Wenn sie aufflog, wäre sie ihre Stelle – und damit auch ihre Unterkunft – im Handumdrehen los. Und der zuvorkommende und attraktive Arbeitgeber wäre ganz schnell ihr Ex-Arbeitgeber. Und dann würde er auch nicht mehr zuvorkommend sein.

»Alles in Ordnung?«, erkundigte sich der Conte besorgt. »Sie sind so still, Susanna.«

»Ach, ich bin nur glücklich, diesen schönen Tag zu erleben«, sagte Susanne ehrlich.

Der Conte sah ihr in die Augen. »Das bin ich auch, sogar sehr«, sagte er, und seine Stimme klang heiser. Dann wandte er sich schnell ab.

Sie verbrachten einen herrlichen Tag zusammen, schlenderten durch die romantischen Straßen, aßen in einer kleinen Trattoria zu Mittag und teilten sich eine kleine Karaffe Wein. Sie lachten und scherzten zusammen. Manchmal hatte Susanne fast das Gefühl, dass sie sich seit Ewigkeiten kannten. Beim Mittagessen waren sie zum »Du« übergegangen.

Am Nachmittag schlenderten sie wieder durch die Gassen. Sie aßen ein Eis, und Susanne entdeckte ein wunderschönes Kaschmirtuch in einer kleinen Boutique. Der Conte – Luca – bestand darauf, es ihr zu kaufen.

Einmal wäre Susanne fast gestolpert, doch der Conte hatte sie bereits fest im Arm, bevor sie fallen konnte.

Sie spürte seine Nähe und war wie elektrisiert. Und wünschte, er würde sie nie wieder loslassen. Auch der Conte schien keine Eile zu haben und hielt Susanne weitaus länger im Arm als nötig. Warum tat er das? Susanne konnte sein Verhalten nicht deuten.

Jetzt wich der Conte plötzlich von ihr zurück und seufzte.

Susanne sah ihn fragend an.

»Ach, Susanna!«, sagte er nur. Dann gab er sich einen Ruck. »Ich fürchte, ich muss dir etwas beichten.«

Er zog sie weg von der belebten Gasse in eine ganz kleine Seitenstraße. Hier waren so gut wie keine Passanten unterwegs. Vor einem Torbogen plätscherte ein Brunnen.

»Wollen wir uns kurz setzen?«, schlug er vor.

Susanne nahm neben ihm auf dem Brunnenrand Platz und sah ihn gespannt an. Sicher würde er ihr jetzt erzählen, dass er doch noch verheiratet war, überlegte Susanne, und spürte einen Stich der Enttäuschung.

»Es tut mir wirklich leid«, begann er. »Ich war nicht ehrlich zu dir. Ich habe dir etwas vorgemacht. Ich dachte, ich könnte das einfach durchziehen, aber jetzt ist auf einmal alles anders.« Er zuckte hilflos mit den Schultern. »Ich weiß, dass du nicht Susanne Klein bist.«

O nein, dachte Susanne in einem Anflug von Panik. Jetzt ist alles aus! Sie würde der Realität ins Auge sehen müssen. Der Conte würde sie natürlich auf der Stelle entlassen. Da half jetzt alles nichts, auch sie musste ehrlich zu ihm sein. Sie schluckte.

»Doch«, sagte sie dann tapfer. »Ich bin Susanne Klein.«

Der Conte schüttelte entschieden den Kopf. »Es nützt gar nichts, wenn wir uns gegenseitig etwas vormachen. Aber mich trifft ja die Hauptschuld. Schließlich habe ich dir ja auch nicht die Wahrheit gesagt.« Der Conte hatte ihr nicht die Wahrheit gesagt, überlegte Susanne. Was meinte er damit? Dann fiel es ihr wie Schuppen von den Augen.

»Du bist noch verheiratet«, stellte sie düster fest.

»Was? Nein, das mit der Scheidung stimmt alles, der Teil war nicht gelogen. Bloß das mit dem Restaurant … Ach, Susanna, ich habe dir so viel vorgemacht.« Er atmete tief durch. »Ich weiß, wer du in Wirklichkeit bist.« Er sah sie direkt an. »Dein richtiger Name ist Isabella Capriani. Bestimmt hast du einen italienischen

Vater, sonst wäre dein Italienisch nicht so gut …« Er lachte auf. »Eigentlich schade, dass du Isabella heißt. Susanna ist tatsächlich mein Lieblingsname.«

»Aber ich …«

»Sag jetzt nichts. Lass mich alles erklären.« Er schwieg einen Augenblick, bevor er mit leiser Stimme weitersprach. »Ich habe das Schloss vor zehn Jahren von meinen Eltern geerbt. Wie du dir sicher denken kannst, ist es ein kostspieliges Unterfangen, so ein altes Schloss in Schuss zu halten. Ständig muss etwas repariert oder restauriert werden, die Erträge aus der Landwirtschaft decken kaum die Ausgaben für die Instandhaltung. Letzte Woche musste ich sogar meinen Sportwagen veräußern. Ich liebe das Schloss meiner Vorfahren und möchte nicht als der Conte di Montevarchi in die Geschichte eingehen, unter dem das Anwesen verkauft werden musste.«

Er machte eine kurze Pause und fuhr dann fort: »Deshalb wollte ich ein Restaurant eröffnen. Doch aller Anfang ist ja bekanntlich schwer. Das Schloss ist ziemlich abgelegen, und am Anfang kennt einen noch niemand. Es braucht Zeit, bis sich so etwas herumspricht … Ich habe auch versucht, einen Hotelbetrieb zu starten, doch auch der steckt noch in den Kinderschuhen. Der Umbau hat jede Menge Geld verschlungen, und dazu kamen noch die hohen Kosten für meine Scheidung. Ich kann mir nicht viel Personal leisten, aber es ist schwierig, mit nur einem Koch, einem Küchenjungen, der gleichzeitig als Kellner einspringt, und einem Gärtner einen ganzen Betrieb zu managen.« Er seufzte. »Nächstes Wochenende sollten das Restaurant und das Hotel nach dem Umbau offiziell eröffnet werden. Deshalb wollte ich eine günstige Küchenhilfe anheuern. Die sollte in der Küche mitarbeiten und auch Agostina, meinem alten Kindermädchen, im Hotel zur Hand gehen. Für eine ausgebildete Fachkraft hätte das Geld nicht gereicht.«

Er zuckte mit den Schultern und fuhr fort, bevor Susanne etwas sagen konnte: »Doch dann kamst du. Und ich musste schnell handeln. Ich hatte gerade erst die beiden Artikel über dich in der *Cucinare* und der *La Cucina Toscana* gelesen und dich auch als die schöne Frau vom Flughafen in Deutschland wiedererkannt. Mir war klar, wie wichtig dein Urteil sein würde … ohne einen Michelin-Stern kann ich das Restaurant nämlich langfristig vergessen. Also musste ich improvisieren. Ich habe dir vorgespielt, dass wir hier ein florierendes Restaurant und Hotel betreiben …«

»Aber die vielen Gäste im Restaurant …«, wandte Susanne ein.

»Das waren keine Gäste, das waren alles Freunde und Familienmitglieder, die ich auf die Schnelle mobilisiert hatte.«

»Und die Hotelgäste?«

»Es gibt keine.«

»Aber was ist mit dem ganzen Personal, den Kellnern?«

Der Conte sah Susanne entschuldigend an. »Der eine Kellner war mein Cousin, der andere der Gärtner.«

Also doch, dachte Susanne. Der Kellner, der immer an den Blumenarrangements herumgezupft hatte, war wirklich der Gärtner und sah ihm nicht nur ähnlich.

»Und die Köche? Sommeliers? Der Suppenkoch?«

»Alle eine Erfindung meiner blühenden Fantasie. Ich wollte, dass du den besten Eindruck von uns bekommst.«

»Aber das Essen ist doch absolut hervorragend, oder hast du das von irgendwoher kommen lassen?«

»Nein, nein, das war alles selbst gekocht, wir haben wirklich eine gute Küche. Giuseppe ist ein Genie. Wir brauchen nur Gäste. Und natürlich mehr Personal, wenn wir verschiedene Gerichte gleichzeitig anbieten wollen. Und deshalb brauchen wir gute Kritiken, wir können es uns nicht leisten, wenn ausgerechnet jetzt unser Haus in der Presse verrissen wird.« Er seufzte wieder.

»Aber inzwischen ist mir nur noch wichtig, dass ich dich nicht weiter belüge«, fuhr er nach einer Weile fort. »Weil ich mich in dich verliebt habe, Susanna, ich meine: Isabella. Ich habe ein furchtbar schlechtes Gewissen.«

Susanne glaubte, nicht richtig gehört zu haben. Hatte der Conte ihr gerade gestanden, dass er sich in sie verliebt hatte? Ihr Herz machte geradezu Luftsprünge. Luca liebte sie! Sie jauchzte innerlich – bis sie nur eine Sekunde eine eiskalte Erkenntnis traf: Der Graf hatte sich in Isabella Capriani verliebt – und nicht in Susanne Klein. Sie musste jetzt ehrlich sein – auch wenn das bedeuten würde, dass Luca sie dann nie wieder sehen wollte.

»Ich habe auch ein schlechtes Gewissen, Luca«, sagte sie leise. »Denn ich habe dir auch etwas vorgemacht«.

»Aber das gehört ja zu deinem Beruf, dass du inkognito arbeitest«, beruhigte sie der Conte.

»Nein«, erklärte Susanne. »In Wirklichkeit ist alles ganz anders.«

Und dann erzählte sie ihm alles. Angefangen bei der Brotbackmaschine und der Wette mit Vanessa, über ihren Aufenthalt in dem teuren Hotel in Florenz und schließlich, wie es dazu gekommen war, dass sie die Stelle als Küchenhilfe hatte annehmen müssen.

Der Conte lachte schallend. »Das ist ja wunderbar!«, rief er erleichtert aus.

»Wieso wunderbar?«, fragte Susanne kleinlaut. »Du musst doch enttäuscht sein, dass ich dir nicht mit einer tollen Restaurantkritik helfen kann.«

Aber Luca war jetzt bester Laune. »Ach, ich sehe das ganz anders«, sagte er vergnügt. »Jetzt können wir einfach noch mal von vorne anfangen, uns kennenzulernen – ganz ehrlich und mit offenen Karten.« Er schmunzelte. »Und weißt du was? Ich bin so froh, dass du Susanna heißt!«

Susanne musste lachen. Susanna! Wie Luca ihren Namen aussprach, war es etwas ganz anderes …

»Dann bin ich also nicht fristlos entlassen?«

»Ganz im Gegenteil! Wenn du aber wirklich eine Anstellung möchtest: Ich könnte eine Marketing-Chefin gebrauchen. Und wenn ich an die beiden Artikel in den Fachzeitschriften denke, könnte ich mir vorstellen, dass du das Talent dazu hast … Du verstehst es offensichtlich, die Presse um den Finger zu wickeln.«

»Einverstanden«, sagte Susanne glücklich. »Ich habe auch schon ein paar gute Ideen.«

Doch sie kam nicht dazu, diese auszuführen, denn der Conte brachte sie zum Schweigen, indem er ihr den Finger auf die Lippen legte. Dann nahm er ihren Kopf zärtlich in beide Hände und küsste sie leidenschaftlich.

Epilog

Susanne eilte hektisch durch das Schloss; sie erteilte den Zimmermädchen Anweisungen, während sie gleichzeitig am Handy mit der Druckerei verhandelte, die die neuen Broschüren fürs *Montevarchi* erstellte und mit der Lieferung in Verzug geraten war. Die Prospekte mussten unbedingt noch vor heute Abend, also innerhalb der nächsten Stunde, hier sein! Rechtzeitig vor der großen Feier zur Verleihung des Michelin-Sterns.

Susanne hatte alle Hände voll zu tun. Sie liebte ihre Arbeit. Seit über einem Jahr war sie nun als Marketing-Chefin und Hoteldirektorin im Schloss angestellt. Und sie war erfolgreich! Nach kurzer Zeit hatte sie sich auf Buchclubreisen aus Deutschland spezialisiert. Die Idee war ihr gekommen, als Luca ihr die beeindruckende Bibliothek des Schlosses gezeigt hatte, und ihr Plan war aufgegangen. Es hatte kein halbes Jahr gedauert, bis das Hotel florierte, inzwischen war es so gut wie ständig ausgebucht. Und obwohl sie eine ganze Menge

Personal hatten einstellen müssen und Susannes Gehalt mehr als großzügig bemessen war, warf allein der Hotelbetrieb ordentliche Gewinne ab. Susanne konnte stolz auf sich sein.

Sie hatte auch entscheidend dazu beigetragen, das Restaurant erfolgreich aufzubauen. Geschickt hatte sie ihre »Kontakte in der Szene« spielen lassen: Vittorio empfahl seinen Gästen regelmäßig das *Montevarchi*, und auch Alain, der immer froh war, Susanne einen Gefallen zu tun, und in der Branche bestens vernetzt war, rührte kräftig die Werbetrommel und sorgte dafür, dass es schnell bekannt wurde. Schon bald konnten sie sich vor Reservierungen kaum retten.

Ihrem alten Leben trauerte Susanne kein bisschen nach. Dieter war überraschend schnell einverstanden gewesen, die Scheidung in die Wege zu leiten. »Steuerlich macht das unter Umständen auch mehr Sinn«, hatte er gemeint. Mit Anna hatte er sich inzwischen überworfen. Die Geschwister hatten wohl unterschiedliche Auffassungen davon, wie involviert ein Patenonkel in Sachen Kinder- und Hundebetreuung sein sollte …

Und heute, dreizehn Monate nach der Restauranteröffnung, feierten sie die Verleihung des ersten Michelin-Sterns.

Alle waren nervös gewesen – und hatten befürchtet, er könne an die Konkurrenz, das *Rafaello* in Pistoia gehen, in das der Conte Susanne an ihrem zweiten Abend ausgeführt hatte. Beide Restaurants waren in die enge Auswahl gekommen. Doch das *Montevarchi* hatte gewonnen. Giuseppe war einfach der bessere Küchenchef. Signor Innocenti, dem Besitzer und Küchenchef in Pistoia, musste man allerdings zugestehen, dass er etwas benachteiligt war, denn sein rechter Arm war nach einem kleinen Unfall immer noch nur eingeschränkt zu bewegen. Vor etwa einem Jahr war er unglücklich über einen unebenen Perserteppich im Korridor seines Restaurants gestolpert und hatte sich die Schulter ausgekugelt und den rechten Arm mehrfach gebrochen. Für einen Koch war das eine Katastrophe.

Susanne hatte ganze Arbeit geleistet. Sie hatte den Fotografen, den sie auf der Seafood-Messe kennengelernt hatte, eingeladen und ihm Exklusivfotos versprochen. Im Gegenzug würde er die wichtigsten Journalisten von Florenz mitbringen. Vittorio war natürlich ebenfalls eingeladen. Auch Alain und Eric waren zur Feier des Tages angereist – und mit ihnen eine Riesenladung Austern, mit denen Giuseppe in der Küche heute wahre Wunder vollbringen würde. Er hatte ein Traummenü für den Abend geplant: Austern à la crème mit Kaviar als Vorspeise, überbackene Austern mit Estragon als Zwischengericht, gegrillten Hummer mit buntem Gemüse und Limettensorbet als Hauptgang, gefolgt von Himbeersoufflé als Dessert.

Vanessa war aus Gran Canaria angereist, und sogar Susannes Eltern waren gekommen. Erst hatten sie sich geweigert (»man hört doch immer, wie viel in Italien gestohlen wird, und außerdem ist es für Vati sicher zu heiß«), aber dann war es Luca doch noch gelungen, sie zu überreden.

Alles war bestens vorbereitet. Susanne warf einen letzten Blick ins Restaurant. Auch hier war alles perfekt. Die Tische waren gedeckt, das Kristall glänzte so sehr, dass man sich darin hätte spiegeln können, und die Blumenarrangements waren ein Traum. Die blütenweißen Tischdecken waren frisch gestärkt und wiesen nicht eine einzige Falte auf.

Giuseppe trat freundlich lächelnd aus der Küche. Im Laufe des letzten Jahres war Susanne in seiner Achtung sehr gestiegen, inzwischen war er sogar mächtig beeindruckt von ihr. »Keine Sorge, Signorina Susanna – ich habe hier alles unter Kontrolle. Sie können sich jetzt entspannen.«

Susanne sah auf die Uhr. So spät schon! Sie musste unbedingt noch unter die Dusche und sich umziehen. Und sie musste natürlich unbedingt vor allen Gästen im Restaurant sein. Sie wusste, dass sowohl ihre Eltern als auch Vanessa und Agostina längst auf ihren Zimmern weilten und dabei waren, sich für den Abend herauszuputzen. Immerhin war elegante Abendgarderobe gefragt. Ihr Vater hatte sich sogar einen Smoking aus Deutschland mitgebracht. Alain und Eric hatten angekündigt, sich für den Abend in Paris Anzüge maßschneidern zu lassen. Und Vanessa hatte Susannes Mutter tatsächlich dazu gebracht, sich in Florenz von ihr einkleiden zu lassen. Susanne war gespannt …

Sie selbst wollte zur Feier des Tages – auch weil sie wusste, dass es Luca ganz besonders gefallen würde – ihr langes rotes Abendkleid tragen.

Susanne sah sich um. Wo war Luca? Eigentlich hatte sie erwartet, ihn hier mit Giuseppe anzutreffen.

»Ist der Conte nicht hier?«, fragte sie den Koch überrascht.

»Der musste noch mal weg«, sagte Giuseppe schnell und entschuldigte sich sofort in die Küche.

Komisch! Susanne ging in ihr Schlafzimmer, das sie sich inzwischen mit Luca teilte. Es war nicht weniger beeindruckend als die Suite, in der sie vorher gewohnt hatte, befand sich allerdings im privaten Flügel des Schlosses. Ihr zu Ehren hatte Luca das Gemälde seiner Großmutter hierhin verfrachtet, wo es gegenüber vom Fenster hing. Susanne liebte das Gemälde.

Sie sprang schnell unter die Dusche, vorsichtig darauf bedacht, dass die kunstvolle Hochsteckfrisur nicht nass wurde, die Vanessa ihr am Nachmittag gemacht hatte, während Susanne am Telefon von einer Illustrierten zur Verleihung des Michelin-Sterns interviewt wurde.

Sie schminkte sich sorgfältig und schlüpfte dann in ihr rotes Abendkleid. Wo Luca nur blieb? Langsam machte sie sich Sorgen.

Gerade als sie in Erwägung zog, ihn auf dem Handy anzurufen, kam der Conte zur Tür herein.

»Wow!«, rief er anerkennend. »Du siehst umwerfend aus!« Er bedachte Susanne mit einem liebevollen Blick. »Und nicht nur das!« Er wedelte mit einem Prospekt, den er in der Hand hielt. »Du bist auch eine Zauberin!«

Susanne stutzte kurz und musste dann lachen. »Dann sind die Broschüren also noch pünktlich angekommen.«

»Gerade eben mit einem Boten«, sagte der Conte zufrieden. »Und sie liegen bereits am Empfang aus.«

Susanne betrachtete Luca. Er trug bereits seinen Abendanzug, musste sich also schon umgezogen haben, bevor er in unbekannter Mission noch einmal verschwunden war. Er sieht einfach toll aus, dachte sie zum wohl hunderttausendsten Mal. Noch immer konnte sie ihr Glück, dass dieser wunderbare Mann sie liebte, nicht fassen.

»Wo hast du eigentlich gesteckt? Ich habe schon befürchtet, du würdest zu spät kommen«, sagte sie.

»Ich musste unbedingt noch etwas besorgen«, sagte er geheimnisvoll.

»Was denn?«, fragte Susanne überrascht. Sie war sich sicher, dass sie bereits an alles gedacht hatte.

»Das hier!« Mit einem verschmitzten Lächeln zog der Conte ein kleines, viereckiges Kästchen aus seiner Anzugtasche. Feierlich ging er vor Susanne in die Knie, öffnete das Kästchen und streckte es ihr entgegen.

Ihr stockte der Atem. Konnte es wirklich das sein, was sie dachte? Ihr Blick fiel auf einen wunderschönen antiken goldenen Ring mit einem großen Rubin, der von zahllosen Diamanten umrandet war. Susanne kannte den Ring gut – von dem Bild, das hinter ihr an der Wand hing. Es war der Verlobungsring von Lucas Großmutter, ihrer Namensvetterin. Susanne war sprachlos.

Luca nicht. Er steckte ihr den Ring an den Finger, blickte ihr tief in die Augen und fragte: »Susanna – ich bitte dich – willst du meine Frau werden?«

Sie feierten bis tief in die Nacht, der Champagner floss in Strömen. Nie hätte Susanne gedacht, dass sie jemals so glücklich sein könnte.

Susanne Klein gab es nicht mehr. Damit war es vorbei.

Fortan würde sie Susanna di Montevarchi sein.

Contessa Susanna di Montevarchi.

Autorin

Cristina Externest, Jahrgang 1966, stammt aus Bochum und lebt in England. Dort hat sie über zwanzig Jahre lang für einen Kinderbuchverlag gearbeitet, bevor sie endlich getan hat, was sie schon immer tun wollte: selbst Bücher schreiben. »Dolce Vita ohne Dieter« ist ihr zweiter Roman bei Goldmann.

Weitere Informationen unter:
www.cristinaexternest.com

Cristina Externest im Goldmann Verlag:

Wenn nicht jetzt, wen dann? Roman
Dolce Vita ohne Dieter. Roman

(alle auch als E-Book erhältlich)